U0063478

浮艷誌

李天葆

目次

序 艷紅淡去

舊同事送我一件瓷器茶碟，她笑道：瓜蝶綿綿——淺淺碟子裡內開花結瓜，瓜蔓如飛天散花，不時夾隔著蝴蝶倒掛，蝶翅或半張或全展，彩衣繽紛，有的粉紫雙翼藍綠裙裾，是蝴蝶仙子穿雲裳，設色艷麗大膽，看來並不是古舊瓷具，而是新造，是她另一套蛋殼瓷的同類型餐具仿古吧，可我仍然覺得那是幻美如夢的碟子，快樂得好一陣子。她收藏為樂，偶爾我會瀏覽其藏品圖照，一時留言讚美，一時只是默然驚艷——回過頭看，如今家裡有個萬壽無疆圖案的茶壺茶杯，如意欄杆花樣團團圓圓，也很有點意思了；後來找到了一小扇形娘惹風彩繪瓷盤，自是仿造的，嬌黃底長著牡丹花，線條潦潦，色澤倒是近似胭脂口紅模糊了一般，那種華麗彷彿小心翼翼的，學童填色的手筆，有一種人味。正宗娘惹瓷器確實美艷絕倫，有次在雜貨攤上瞥見一小件盛擱醬油辣醬的方碟，碧綠底色有彩鳳坐鎮、牡丹作襯，老闆娘難得應酬我，說這是以前舊人家陪嫁珍品，很貴重的；她的口音乍聽便是大埔，比一般客家人軟糯，感覺親切——

再貴重，不過是一套裡的配件。一瞥，還有稍微摩挲，萍水相逢而已。我廳室內燈下的舊物是個銹黃餅盒，兩層方盒，盒面繪著跨鳳乘龍圖，艷色逐漸黯淡……親戚中有個伯娘，是在其娘家茶樓掌櫃的，廣東人，戴一副黑邊眼鏡，他們家月餅很有名，幾年前結業，終歸也屬地鐵建站事件的犧牲品，老吉隆坡味道等於走進歷史——伯娘之前便不在了。掌櫃婦娘的印象，也便分花拂柳的隱身小說裡。兩篇故事裡的對白仿造客家音調，多半是茶陽大埔口音，也夾帶俚語熟語的。

這些掌櫃女人的小故事若是寫得疏淡些，更像是接近逸聞掌故——可惜力有未逮。以前喜看骨董傳奇的說部，如《煙壺》之類，改編成電影《八旗子弟》，也照樣看得津津有味。李翰祥導演的酒肆茶寮裡，風騷老闆娘簡直不可少——當年見識過胡錦的眼風一飄，後來才曉得非得經過荀派花旦洗禮方有這一番嬌媚的……那時縱使有人覺得傖俗浮艷，或者用道德標準衡量，殊不知藝術可再也找不回了——近年來胡錦彷彿要以演祝英台來當一朵復活玫瑰，而我一直想著更早期的胡錦，她的阮媽媽報花名是怎樣俏皮老練，那還是俏生生的少女，不比原版本評劇《花為媒》的趙麗蓉……只是趙麗蓉愈老愈是個人物了——也唯有差不多世代的熟友才明白。當然之後我聽了荀慧生的紅娘、香羅帶、得意緣……深深覺得他的柔媚風韻，更應著重在看戲的視覺上，而不是聽腔賞音啊。尤物這詞語用得較重，歌聲裡的尤物有幸一聽，到底值得——陳年畫報老是寫道：馬來艷星莎蘿瑪（Saloma），她戲唱巫語版時代曲，如今回首傾聽，竟然妖嬈婉轉，那潘秀瓊式的低音首本曲〈意亂情迷〉（rindu hatiku rindu）、〈何必旁人來說媒〉（bila sang bulan menjelang），經她拖腔繚繞，卻也迷人——不就是海棠形狀彩繪西廂待月圖托盤？而且是娘惹風的。網絡尋覓到時代背後的桃源春，山口淑子一九五八年隱退前演出一小段〈夜來香〉，嬌軀香扇墜似的，歌聲則媚月映蘭亭，珠花玉生香，兩個男子左右扛住，女皇巡場，繞一圈回來，真身還是變作了李香蘭。這些尤物靜悄悄的從歲月幽谷裡踱回來，在生前的歌臺舞榭盤桓，再不濟，即使剩下一個老舊書店，衣香花氣也會依循而來——我寫的一對姊妹，在舊書灰塵氣味裡過招拆招，不過是時光倒影裡的備選尤物。

九十年代我隨著詩人假牙步行，炎午紅日頂頭，以至月東升，從燕美律、峇都律走到法國文化協會窺探光影祕密，像是古時人們的趕路——看的電影不少，難忘的是《傾國傾城欲海花》（*Lola Montes*），近來重看，瑪丁．卡露（Martine Carol）在馬戲班將半生艷史零售，讓眾人發問，於是倒溯往事，她木然坐在蓮座，團團旋轉，燈影閃爍，一個男人到另一個男人，世事變幻；然後繼而表演高空跳躍，一美元觸摸玉手，給俗世人挨近風流韻事裡的名女人，恍如得到了聖母普度和救贖，令人心驚——我寫的舊日伶人〈杏花天影〉，自有其艷屑情事，但不曾用到類似羅拉．孟德絲之泥淖紅蓮的情節，很是不甘。義大利名導維斯康蒂一部女人戲，更是婉轉娥眉芙蓉泣露。一看三歎，連譯名也屬過去年代的筆法：《斷腸飄香不了情》（*Senso*）——女伶丁香影缺乏了那種執著癡戀的心，她也並沒有闖進薄倖郎的房間，要面對掀開血肉的鮮紅，歸根結柢不過是戀戀於自身，更為自私的生存方式。

這年來天女駕返瑤池隊伍裡，還有包括洛琳．白考兒（Lauren Bacall）——她的《夜長夢多》（*The Big Sleep*）冷艷懾人，可是倒楣偵探到舊書店的情節，卻不是她的戲分——女職員拉下簾幕，特地要在午後雷雨的閑暇來個小調情，脫下眼鏡，撥鬆了馬尾，嫣然的找出兩個杯盛酒……驚鴻一瞥，後來也沒再出現，只是印象頗深。論理這小角色也屬後備娥眉了。而〈浮艷誌〉裡過氣歌后閑坐二手書店，不協調中尋找戲劇性，著實是為了其人而量身定做的。雙生花之一，款款的拎著家傳瓷器，前來鑑定——我落筆背後總有《迷魂記》（*Vertigo*）流動的畫面，珠灰套裝的女人玉容淡妝，不動聲色裡有她殘缺的過去。男人們灰撲撲的，來去自有他們的軌跡，樓梯間的鞋音足聲，比較瑣碎。我願意寫，而沒寫出來的，當然不必贅言——現在窗口這樣多，日常小事輪番貼上，只怕沒人看，話匣子放映機並無日夜排班停歇，分享連結，轉發截取，要多少有多少，水聲鳥噪，朝生暮死。我覺得靜默懷抱著一些東西也好，收住，留著，讓它凝結存印，不必交代；若有飄逝蒸散的，徒生惆悵，那也沒有什麼；艷紅悄然要淡去，自有不為人知的黯然魂銷。

燈月團圓

第一則　訪翁

燈娘來到蓬萊巷口店屋樓房，是炎熱下午。南洋州府的日頭像說書人口中的碧霄仙子祭出的混元金斗，一大片金熾熾的光網，密密麻麻是晃漾閃動的金花，人走在底下，更像是被卍字圖案的織錦籠罩著。燈娘來了好幾年，也還是不大習慣，只是比唐山大埔鄉下好受一點，記得那時是大熱大暑，入眼盡是赤土乾旱，枯樹光椏，一條山道寸草不生；黃瘦狗兒躺著，也餓得昏了，有人經過，狗兒嗅了嗅，沒有好吃的——夢裡似的，燈娘向那人喊道，祺慶伯，漢光有轉來嘸：他這兒子漢光是水客，希望捎來男人的消息，還是有順道搭來的銀錢和糧食。祺慶搖搖頭，一路行至對過——祺慶也是她男人的「自家人」，楊姓同房的叔伯輩，按照字輩順序，漢光叫她「南田嫂」。燈娘那年生兒寶堂，南田抱住嬰孩在祠堂點燈寫族譜，灰撲撲的祖宗祭臺，頂上掛著的六角玻璃大燈盞，添油點火，明晃晃的，照亮殘冬。老人家事後微笑說，南田嫂好命水，過年時定要「上花燈」——燈娘坐足了月，在廳堂織「笠嫲」，笑得臉頰兩團桃紅透亮，好比抹上胭脂。如今想起恍似昨天的事，不大真實。

來到州府，太陽高照，赤燒火燎，走到哪裡都睜不開眼睛；有時稍停歇腳，一陣風兒吹，灰濛濛的雲氣掠過，瞬間臂膀涼了一下，就飄起雨絲——這霎時變臉，燈娘總覺得稀奇。眼望這靠近菜市的樓房陽臺，吊掛一面竹簾，阻擋日頭，金色斜光照在其上，如同波浪，風動則浮晃一下。她找了門洞走上洋灰階梯，朝外的牆上還貼著「有房出租」——她挽住個竹籃，還好不重，上樓還是得仔細，那腳下步履不敢分心；外邊大熱天氣，裡面烏燈黑火，有一絲陰涼意思。二樓門板虛掩，推開，只餘鐵柵欄鎖上，燈娘喊了一聲，有老婦踱出，望了一眼，懶懶地拉開柵欄，顯得認出是熟人，讓她進去了。

大白天的廳堂也顯得陰沉，靠壁一張神案，供奉著蓬頭長髮的將士，像是武財神趙公明，挨著是關聖帝君畫像，上邊簪花孔雀翎有點歪了，也沒扶正。這裡吉隆坡似乎都安裝了收費的「麗的呼聲」，木盒子裡播唱著戲曲，多半是粵劇，大鑼大鼓的……燈娘會聽廣東話，戲文倒是一知半解，不像家鄉的山歌，隔山隔江的高亢唱起來，尾音收了，仍餘回聲迂迴繚繞；好多妹仔結伴採茶都不由自主拉起喉嚨，一片脆生生歌聲，一如空氣裡唱出朵朵花來——當年她也曾是後生妹仔。

後面長廊頭房門簾掀開，老人穿汗衫，側頭張望，招呼道：「來啦？擔張凳坐。」燈娘忙不迭地說：「阿叔得啦，得啦。南田。」小時候叫父親「阿叔」，大抵是算命先生說互有刑克，如此稱謂，意即故意疏遠關係，小孩容易拉拔長大；她跟男人南田叫家翁「阿叔」，問他吃飽了嗎，邊問邊逕自找來了小矮圓桌，把籃子裡的搪瓷食盒取出，用帶來的八角碗盛了，是家常的炆芋頭片，沒有肉，燈娘笑道：「賣不到豬肉。」老人忙說沒關係，牙齒都爛壞了，還是寧願吃軟綿綿的，「芋頭綿巴巴，好送飯。」她端出一淺盎，是菜乾湯，另外剝了個鹹蛋。老人倒是扒了白飯，舀了湯在碗裡，慢慢的吃著。走廊裡有穿堂風，吹得洋灰欄杆上掛在竹竿的衣裳婆娑起舞——燈娘踱進房裡，看靠壁一張行軍床，搭著幾件衣褲，順手撈起來，要到後面洗去。老人說道：「唔使啦……」說他自己會洗，燈娘哎一聲，卻也自顧自的在廚房外尋到一個小桶，在水龍頭底下盛了些水，讓髒衣物浸著。

一個穿黑灰斜方細紋衫褲的少婦兩手捧住小搪瓷罐，像是燉了什麼東西，見了燈娘則笑盈盈的點頭，燈娘叫她「月妹」——是住在後尾房間的住客，也是「自家人」，卻不算過海過番的唐山人，是在這裡土生的，雪蘭莪州一個小地方搬來，口音反而略為偏向惠州客家，喜歡學他們動輒「冤枉」不絕，而大埔客稍微帶軟糯的聲口不大聽得出來。月妹低聲說小孩咳嗽，一直不見好，也就燉了川貝，看可有見效。燈娘暗地指了指前邊阿叔，問說最近有什麼事，月妹笑道：「……冤枉哦，吵著要吃算盤子呢。」燈娘微笑，心裡盤算要尋一日做給他吃。月妹走進房間，擱下搪瓷罐之後，回過頭來：「我自己不會做，要向你拜師呢。」燈娘口裡答應，心想她不要嫌棄工多繁瑣才好。

月妹見燈娘來過幾次，瞥見送來給家翁吃的家鄉菜，芳香撲鼻，好生豔羨，每一回來都沒口子的讚。燈娘反留心月妹的一身衣衫，尋常素淨的布料，手工卻極好，知道了她原是在大埠學過裁縫的——眼前這身黑色灰色梅花間竹格子圖案雞翼領衫褲，素得大方，想必影相也很靚；她看了房間裡，小方桌上堆疊月餅鐵盒，當中斜靠了一張鑲框結婚照，兩人合捧著花束，背後有月圓花好的布景片。燈娘只覺得有點礙眼，她自己也沒有影過新人相，如今似乎太遲了。

燈娘從衫袋找出封信，給老人看：「寶堂從新加坡寄來的，問候阿公。」她想老人要尋眼鏡，一時半刻也摸不著，打算要留著讓他細讀。燈娘笑道：「阿叔你食先，等下再看。」她忽然記得上回寶堂寄了相片，是當鋪大街戶外，陽光曬得很，十五歲少年排在成年男子群裡，儼然也像是大人了——燈娘看了歡喜卻不禁一陣陣心酸。老人歎氣，說了一兩句，彷彿就是為何送去這樣遠的意思，他好幾次叨念這件事——「唔激心就唔講」，有時兩人默不著聲，空氣中明明便透露點點掛念愁思幾許氣憤。

月妹再進廚房，拿了個四季平安淺碟，上頭好幾個客家蘿蔔粄，要請燈娘吃。老人抬頭見了，說是漢光嫂送來的——燈娘剛來吉隆坡，在汶萊巷榮記雜貨店裡見過她：帶著燈娘去的一個菊香表姊，大概也熟識南田那邊的人；眼神所及，用手肘碰燈娘，燈娘回眼，叫了聲漢光嫂。對方一個怔住，隨即點頭微笑，可笑得乾澀，有所顧忌，「南田嫂」的稱呼一點也叫不出來。事後菊香姊說，她自然知道什麼事，就瞞住你燈娘一人。燈娘拿起一塊蘿蔔粄，略微嚐嚐，想必也是市賣貨，一股胡椒味，少了鹹香，看來是漢光嫂上門探訪順手買來的；寶堂小時愛吃的當然是她親手所做，那時湊前蒸籠掀開，熱煙散去，她用筷嫲夾了幾個在碟子，留給兒子。前陣子還聽說祺慶伯過世，燈娘恍惚好一下子，生寶堂時候，過年花燈還是祺慶伯提過來，八角花燈流蘇穗子，祺慶伯多繫一條上去，象徵這房添丁，先給燈娘家裡看過了，好讓他拿去祠堂懸掛。燈娘添丁上花燈好腳頭，她樂得穩坐在火籠旁邊，大冷天取暖，眼看一盞紫紅吉祥的燈籠滴滴轉，回身也見籠裡火炭燒紅，隱隱寶石發光似的，很值得留戀。

燈娘看老人吃了飯，忙到廚房沖了熱茶出來——老人哎呀一聲，照例說怎的這樣仔細，客氣裡帶著無奈；反正他經年在南洋州府，跟燈娘稍有生疏。日頭斜照，有點溫溫淡淡，光焰退去，她踱進去洗了衣服，晾出來，倒擔心日頭不曬了……像當年緩緩燒成灰的炭，在火籠裡冷了，那個竹編的可愛籠罩，都該是已蒙上灰塵了罷，燈娘忽然有點想哭的意思。

第二則　月夢

燈娘從竹籃裡小心拿了打側放好的一方新布，輕輕自摺裡打開來，叫月妹來看——淡褐色裡印了粉綠小叢細竹，整齊羅列，她要求月妹幫忙做個枕頭套，要給家翁替換的。月妹用自己的手量了量，覺得好像太多，燈娘笑問還可以做攬枕套嗎，老人在房門前小凳坐著，一直搖手，說從不用攬枕的。燈娘回過身去，「做給她自家用哦。」月妹已是「冤枉」好幾聲了，笑罵不已。未幾，尾房裡走出了小男孩，手抱住個小攬枕，像要找誰似的，老人笑道：「阿叻佔，目珠瞇瞇哦，睡唔醒？」男孩喊了聲阿公，不久便像夾帶痰塞的咳嗽起來，吼吼聲響，月妹皺眉說就是還沒好。燈娘取笑道：「是飲了好多柑水？冷冷甜甜，好飲。」男孩不好意思，靦腆得用手抓了抓耳朵，閃在月妹身後。燈娘更是笑得側著頭，食指畫了臉頰，「畏羞了，畏羞了。」月妹倒是把他拉出來，說：「成日吵阿公帶你落樓，煞猛買食買飲，咳嗽不好得，以後還敢嗎？」老人忙幫嘴：「細人仔，唔好去責怪。」燈娘見家翁難得有歡容，想是寶堂不在身邊，有孫等於沒有孫，好在這裡跟前算有個小孩子來解悶，而月妹也不會介意……。燈娘悄悄摸著衫袋的錢鈔，思量要如何給，「拿去買東西食」的說辭斷不能讓他收下，只好挨到廚房洗搪瓷食格時，才借故說是做枕套女紅工錢，拿給月妹，順帶託她轉交另外一些給老翁。

之前倒是聽說他到五枝燈街的元順布莊，裡面掌櫃的也是「恩兜人」的同鄉，名為坐坐，打發時間，似乎是兼工，太太女娘上門選料子，就得擠出笑臉，抱出布匹，拉開，讓她們過目鑑賞——南田大概覺得沒面子，要阿叔不要去了；好歹他自己也在布莊裡做著，而且是金龍大布莊，說出來氣派得很，如今老父窩在別一家布行做夥計，傳出去太難聽了……。燈娘也不便問家翁，尤其關於南田那頭的事——照理他是阿叔，錢銀理應不會短少。但見老人寒傖得每回皆讓人看不下去，燈娘心裡嗔怪，難道自己親爹老來無人照料就會有面子？這種所作所為，不再是熟悉的南田了。而阿叻估抱了攬枕，坐在阿叔身邊，一點也不生疏，在聽他講古仔。後來燈娘看暮色漸濃，招手叫月妹去廚房，細聲與她說了，月妹來回推讓，終於也訕訕的收下，燈娘才放心。

見燈娘走了好一會兒，廳堂裡「麗的呼聲」音量調低了——大概房東也進去休息了。月妹輕輕的走到走廊邊，門沒關，裡面一片暗黃色，是一種鎢絲燈泡開了，老人側臥，正卷住武俠小說在看，走過去，原來他已睡了，眼鏡抓在手裡，都擱在胸前；月妹看他一張臉其實瘦小，嘴巴微開，神情彷彿極倦，畢竟上了歲數的人了——月妹抓住那把燈娘給的鈔票，靜靜地塞入枕頭底。「叫他買點什麼吃的，還要其他東西儘管說。」燈娘千叮萬囑的。月妹老公運哥，在錫礦場做工，難得轉來，只要回屋經過走廊前房，就要敲門向老人問好，稱呼他為「竹君伯」，待之甚恭。月妹問了一下，運哥說他輩分高，在一般過州府的前輩裡頗為照顧同鄉的，早年在新加坡當鋪一腳踢，有段時日還在會館裡客串廚房伙頭軍。運哥過夜一宿，燒滾水滌腳似的，就得回工場，有些話也問不著——像是燈娘背後的故事：彷彿不再是媳婦了，卻還上來探訪老家翁。月妹暗自警惕，可別多嘴，惹人不喜歡，何況燈娘來時總客客氣氣的，也待她不薄。

月妹都跟著阿叻估叫「阿公」，不敢隨著運哥的叫法——竹君伯沒去元順布莊之後，常到會館去；月妹買菜路過，好幾次看見茶陽回春館門前，他站著和一個穿黑沉沉香雲紗的梳髻婦人說話；那婦人上了年紀，手拎著鋼骨黑傘，支撐著身子，在烈日下笑開了，老了似乎還有梨渦，白牙裡閃過金影，鑲有金牙。他喊她「金陵嫂」，此婦似乎是館裡理事的家眷，閑來踏門進戶。月妹跟運哥也沒提，推想這竹君伯後生時候應是個風流種子，模樣很清俊，當然也不是什麼韻事流傳，可能說個話聊天，就如沐春風，有那麼一點歡愉情趣了。

月妹打趣問他到會館打麻將吖？老人微笑，說是看報紙——她記得走上那細石紋地磚階梯，樓上是藍綠橙黃毛玻璃彈簧門，推進去，一整排長桌，靠壁是座木架，一份份報紙用木條上下螺絲夾好，橫著放，一大片活動百葉窗漏出日頭光來，老人家伏案閱報，戴上老花眼鏡，一字一段認著，同樣的新聞印在不相同的報紙上，報導字句中尋找異同，大概也是緩慢枯寂的生活裡細微的樂趣之一。另一片牆壁掛上歷屆理事照片，多半已經仙遊，那正襟危坐的人像雙目注視著底下，多了一份奇異的冰冷，彷彿他日君體也相同。

有時她扶著老人家上來，會館的僕婦笑盈盈端茶，說是媳婦跟來嗎，月妹也不答話，只是頷首一笑。老人似乎也習慣別人的諸多問話，一概沉默，翻開紙頁看新聞，偶爾掏出菸來，點燃了，也很少抽，只聽見滋聲微響，紅光徐徐，須臾只餘半截灰燼；沒有菸灰缸，就彈落在桌底痰盂罐裡。月妹悄悄到樓下，蹓到積善堂後巷小攤子買了一包豬腸粉加了甜醬，再上來送到老人面前。他笑道「恁仔細吖，樣嘎煞。」月妹聽了好一陣，弄懂了是「仰般好」怎麼辦的意思，話語裡倒像是一種故作事態嚴重之感，其實不過客氣，說慣嘴了。

天氣好，藍空沒半絲雲絮，淺淺金光籠罩，好像一切都洗滌乾淨一樣。老人穿了乾淨衣裳，套一雙帆布鞋，找出了一根木質手杖，轉頭去喊阿叻估，「愛飲沙示水無？」孩子就興匆匆的奔出應道：「愛呀，愛，阿公等一下！」月妹在晾窗簾布，一大張米色印紫荷紅蓮的布身要用木夾固定起來，風一吹，晃動不已——一邊要替兒子看衣褲穿整齊了沒，鞋帶綁好嗎，這孩子尋出小海軍帽戴著，一手抓住絨布玩具狗，月妹叫道不要扐狗仔，他也不理會，逕自攬住了狗兒，牽著老人，一路急急走去，嚷道：「落樓囉，去遶，去遶！」月妹笑了一下，隨即又喊著，唔好飲雪水。雪水即是冷飲，明不知道不可能，她亦要嘮叨一下也好的。

月妹想這兩人去的大概是蓬萊巷口那間茶餐室了，不遠的，就是個昏暗的室內，一面開張誌慶的大鏡子占了牆壁大半，雲石圓桌，一個小道通道廚房那兒，有夥計舉高咖啡袋過濾，沖的是海南咖啡。有時稍微久一點，月妹車了一兩件單衣，才夾了衣邊，忍不住要出去看看。

茶室的一角，一老一幼的，對坐著，老人靜靜的瞇上眼睛，小憩片刻，阿叻估捧住肥大玻璃汽水瓶，吸著暗褐色沙士，兩隻腳不著地，一下下的搖著，沒什麼比此刻更逍遙了。未幾，外面的太陽走進室內，似有人輕擺衣袖，一點點金光漏滲，明晃晃的，照得人頭頂一陣熱，孩子悄悄的撿了張報紙，替老人遮住了。月妹心底憮然，一個老人家勞碌半生，過來南洋，有兒有孫，卻恍如沒有；此時阿叻估好比他的孫了，陪著他，打發一點時日——而老人也其實化身慈祥公公，多年後阿叻估想起，也應該永遠記得那個住在走廊細房的阿公，牽住手，一起落樓的日子……再大一點，有了其他朋友，也許會忘記這件事。

她當然見過老人的兒子南田。他倒不常來，那次是個下午，月妹在屋裡足踏縫紉機，車了替運哥新做褲子的前後副，聽見人聲，出來看一下，原來是個白面男子，身材微胖，他一個勁兒的說，好難尋，一直以為是在對面街；老人似乎淡淡的，也不大答理，逕自要拿一張矮凳，月妹忙著過來，為他代勞。這南田也不怎麼打招呼，接過凳子，頷首而已。月妹端了杯白開水，南田也不飲，只是自顧自笑道，這幾日忙到屙屎都唔得閑，布莊入新貨，點貨啦，排貨，煞猛做無停，新布啊有一種辣氣，辣到目珠打唔開，「阿姆哀」，辛苦死咧。老人淡淡一笑，南田開始燒起煙仔，一個走廊滿是煙味繚繞。月妹知道南田再娶的女人，姓趙，娘家開布莊，是有幾個錢的。下午時間也不過坐了半個鐘頭，光是講自家的事，大忙人一個，匆匆之間有給些錢什麼的，彷彿也不多。臨行，丟了一句，轉去食飯，桂蘭今晚煮算盤子。事後兒子走了，老人冒出話來，算盤子自是燈娘做的好食，天下第一。

月妹有一夜，無聲的走到廚房去，在灶頭下籮裡找著幾個芋頭，就著窗邊月色削皮，再把芋頭切成小塊，燒火煮糊，舀上來加粉；搓和均勻，熱騰騰的粉團變成了有點淺紫深灰的顏色，然後就捏一點，搓成算盤圓珠狀。隱約似乎燈娘也進來了，笑著幫忙搓，一個大盆子都是圓溜溜的算盤子，比湯圓還可愛。於是再燒一鍋子水，把圓子全放進去煮熟，撈上來，撲面盡是芋香，即使現在拈一個入口，也自有一種清香綿軟，芋泥鬆化的感覺；燈娘叫試吃，月妹默默的跟著吃了。先是月妹剁碎豬肉，爆香蔥頭，連帶細細的把豆乾、木耳、冬菇切成絲，一一炒了，算盤子倒下去，再來是燈娘鍋剷兜撩，之後盛上碟時，忽然醒來了。在一陣濃香襲擊中，令月妹難捨的是，夢裡的舉筷那個，是自己，還是燈娘？她恨不得要端給那老人，吃了好安心，於願足矣，可惜啊不能。月色倒是很清明，落輕紗似的平躺在洋灰地上，月妹翻來覆去，好不容易才聽見遠遠有雞啼。

第三則　團圓

月妹找到了大華戲院旁側的一排舊樓房，迎著街心的一間老式鑲框店鋪，裡面有帆船夕陽油畫、家族合照還有關聖帝君神像，老師傅坐在櫃面看報紙；門口有天神牌位，老闆娘手握香枝，低頭鞠躬——瓷爐旁擺著一個紅發糕，月妹省起這日是農曆十五，因為租房，自己不方便燒香拜神的。走到側門，門楣貼了玫瑰紅神紙，上面有金粉點點，風吹來還晃呀晃的，她仰起頭，見二樓陽臺靠近扇形鐵柵欄處，有婦人跟她招手，是燈娘，正在收衣裳，陽臺水泥欄杆上一盆盆九重葛，橫七豎八開起紫紅花串，一片花光燦爛。月妹上樓，這裡跟她所住的略有不相同，分前後座，對門相沖，都以鐵柵欄隔開……燈娘推開柵欄，招呼月妹進去。

樓房格局逼仄，但廳堂也還是有圓桌小凳，靠壁放著小電扇，豆綠色扇柄轉來轉去，一陣陣微溫急風，算是勉強散去一點熱氣。月妹見燈娘一隻腳一跛一跛的，問是何事，燈娘說那天在河婆會館樓梯轉彎處，那螺旋狀梯級弧度有點彎，一個不慎，拐到了。燈娘從廚房端了一碗算盤子來，笑說你食食看——月妹忽地記起那晚夢裡之事，點滴細節，之後幾乎忘光了，如今倒還浮現片刻印象，就笑道：「真好笑，那暝夜發夢，跟你學做算盤子呢。」燈娘一笑，做夢到煮食，有食神哦。月妹見碗內，圓圓芋粉粒，有點黏似不太黏，細咬自有感覺到芋頭顆粒，另外卻有魷魚絲腥香，然後是肉碎，木耳冬菇，豆乾絲，入口盡是美味。

燈娘還取出搪瓷食盒，盛裝了算盤子，要月妹順帶回去給阿叔。月妹才想起竹君伯的交代，過幾天要燈娘過去一趟，說幾句話什麼的，燈娘點頭，又問他身子樣般了，向來有胃痛，有種藥片吃慣的，沒了她會買來。樓上陽臺不時有風吹來，隱隱有幽香，應是樓下拜神燒香順風而來的——月妹問這裡倒沒有安神安祖先的？燈娘笑道都是對門的房東才有，我可沒拜什麼，過節也不過吃好一點。月妹心想燈娘恁有情義，以後即使竹君伯有什麼事，她還是會盡心盡意的。燈娘有些苦澀的淡淡一笑，反正我不算他們家的人，過了南洋，祖宗牌位全在南田那邊了。月妹咬了牙：「可他們還是喊你南田嫂吖。」說了此言即刻後悔，不禁暗掐自己。燈娘搖搖頭，笑歎，不過一句稱呼，當初他就同阿叔講，日本鬼時代，消息無通，隔恁遠，到時老婆不知還是不是自家的，嫁了別人也不出奇……月妹罵道：「冤枉，恁樣說話講得出！雷公劈！」燈娘忙端茶，叫月妹唔好火著，唔愛惱。她笑道，傲得目汁嗒嗒滴有樣般用？自家看開，這世界恁大，靠一對手尋食，又唔曉餓死。

燈娘彷彿經了過一番，一切定局，也就不會再睡在眠床上嗟怨哀歎——想起兒子寶堂倒是千萬次無數次掛念。南田理應不會虧待——親生倈，送去新加坡當鋪做學徒，說是為他好，可隔天隔地，看不到人影，也難禁眼底一股酸澀。月妹上來也是人客，不能講多傷懷話語，轉過身去抹了淚痕，月妹說至少你還有個寶堂，望他多孝順。燈娘笑道，你也有阿叻佶孝順的時日。月妹低聲，有點黯然的說，我只是個後來嫲——也就是晚娘之意。燈娘怔了一下，原來孩子是前頭婆所生，可這個年頭生娘不及養娘大……燈娘勸月妹不好這樣，細佬哥有心肝，到底曉想哪個對他好。

隨後兩人踱到廚房，灶頭上熱著一層層蒸籠，燈娘打開蓋子，一陣芳香暖熱煙氣散開，月妹俯身去看，那一個銅盤靜靜躺著半透明的粄，繞圓圈的浸在淡黃色的油裡。燈娘舀了個在小碟，給月妹吃。月妹乍咬開，有汁液入嘴，甘鹹得宜，她哦一聲，「是筍粄。」燈娘解釋這是做給松泰行李氏老太的，這也是開當鋪的，阿叔的「自家人」，他以前總是笑說，南洋發達轉去的誰呀誰，看見做當鋪的同鄉，老是嫌棄，皺眉說不是當店就是賣布。燈娘低聲道，我會做筍粄，也是阿叔教的——月妹大概也猜著了，媳婦成了棄婦，如何生活？前陣子聽說燈娘去礦湖洗琉瑯，雙足浸在水裡，用個盤子篩洗那些錫米屑，辛苦得很；他教她一些小吃，找了熟悉人家，定期會做了送過去。燈娘說河婆會館上回要的是「蒜粄」，裡頭包了蒜，不包筍，有次廣東商會俱樂部週年會慶，要做「豆粄」，放的是眉豆，他們廣東人說「眉開眼笑」好兆頭。

廚房裡一陣陣香氣，雖說熱烘烘的，卻彷彿可以停留在這裡好久——月妹總埋怨自己廚藝不好，於是就站在這兒，和燈娘請教了些家常菜作法，哪些菜搭配什麼，豆腐乾一樣可以多花樣，或切絲或切塊，煮青蒜，還是炆豆豉，濃淡皆宜。絮絮互談中，兩人似忘了時間，燈娘忽地想起，走到廳裡看鐘點，才念及要送筍粄，月妹無限歉意，喊了好幾句「冤枉」，即趕快幫忙；燈娘取出一個深闊的杏黃色提鍋，用一只淺扁的鐵杓舀了，月妹見那一個個肥胖的筍粄平放在裡內，實在可愛。幸好那松泰行的一個帳房上門，也不進來，立在柵欄邊，笑嘻嘻的，叫了聲「南田嫂，趕燒趕熱！」燈娘即一步一頓，吃力的把提鍋遞過去。月妹記得房裡一樽紅花風溼油，是運哥在榕樹頭走江湖的藥攤買來，心想定要給燈娘搽一搽。

回家時，經過蓬萊巷尾，那積善堂後門點著一盞油燈，玻璃占罩住，另有白燭燒了半截，想是出殯後的喪家所點——恍惚之中人死如燈滅之感，內心亂紛紛的，有似乎空白一片，想也不敢去想。那一點陰森角落，是另一個世界，一個接近黃昏的邊界，月妹跟一般迷信的人一樣，即使路過也有忌諱。她覺得腳步走過了此地，就一切豁然開朗——心裡略微閃過假如一日，誰離開了，都會被送到這裡，空氣裡鈴鈴鏘鏘，做法事的雜聲隱隱響起，一念及樓上有牽掛的阿叻估，還有隔幾日就會歸來的丈夫運哥，也便心底踏實了。

沒幾天，燈娘來了，晌午時候，她依然拿著竹籃上門。見廳堂裡房東桌子擺滿了碗筷，不禁笑了——月妹立著，抹著桌面，說阿公向屋主借用了，他自家要下廚煮菜呢。果然見老人緩緩的端出一大碗的釀蠔豉，燈娘出奇了，問道今日是師爺誕嗎？老人搖手，說不做當店了，也就不拜祖師爺；燈娘笑問，誰的大日子哦？老人點頭說，是，是大日子，這幾天我比較精神了，想到嘴焦焦的，好想食東西，又想到身邊還有些錢，便買了材料，自家做起來。燈娘笑歎，說釀蠔豉，好多工！月妹也笑咪咪跟著說，真是大開眼界了。老人坐在靠背的軟墊椅子，一臉舒坦滿足神情，我以前是伙頭炒菜的，無難誒。月妹喜盈盈的轉告，說又加馬蹄剁豬肉，又加石臼搥碎燒魷魚，還有豬網油，放在盆裡拉開來油嗒嗒，好得人驚啊。老人微笑道，用網油包住釀了肉料的蠔豉，再炸過，然後再炆，味道就濃了。門簾掀開，阿叻估小步走出，一屁股坐在椅上，轉過頭望老人，老人低頭用手指捏了阿叻估鼻子一下，今日還有炸蝦公！孩子別過臉，哈哈笑起來；燈娘是曉得這細路哥近似寶堂小時候，阿叔暫且重新當一個祖父起來了。月妹心想再過半天，運哥就會轉來，一家子圍著吃飯，雖不是最親，可湊齊了，歡歡喜喜，確實難得，彷彿有點團圓的樣子了。

老人長長歎了一口氣，趁有少少氣力，就煮啊食啊，食落去也便是賺到了，食唔食到恁長命，食到幾多歲？自家都不清楚，親人能夠見面就見下，要是去了，什麼都沒了。燈娘一笑，舉筷嫲，要挾那釀蠔豉，卻不住一股酸楚，淚眼模糊了。

九燕春——茶陽娘子從前事

清明節後

挨近中午，忽地下了好一陣急雨，蓮娣忙不迭將平時當作借力的雨傘撐開來，一把鋼骨傘子倒是沉甸甸的，黑布面上滴溜溜亂響，雨聲如豆兒滾動——可就那麼片刻，走過了指環街，卻無端的漸小了；見路口側邊天妃廟搭起外棚，那回環倒掛的盤香，靜靜的流瀉芳馨香氣，面向大街的一個銅香爐繚繞煙光，蓮娣合掌，拜了拜，路過也得有禮數——想來是天妃娘娘神誕，也有請戲班的，唯見小臺陳設，簡陋得很，也不知是何班底，看不到究竟。殿內也未開電燈，縱有案桌上樹形油燈盞，也略顯暗沉沉，蓮娣匆匆瞥一眼，看神龕裡仙姑身披紫艷霞帔，鑲繡著雲頭如意，跟一切娘娘神仙沒有兩樣——都是保佑飄洋過海的人，她來了，活得還好，可命裡的男人卻未必，有些什麼東西在她心裡停留，人站在這裡有點恍惚。

蓮娣看天妃廟一側的涼茶攤，當街一框鏡面寫著漆字，八寶去溼粥，桌上擺放銅壺，買涼茶婦人笑喊一聲：「娣姊，飲杯菊花茶。」——蓮娣搖頭：「恁涼，人老受唔得。」反正這些清涼解熱的藥茶，初到州府，少不得要吃的，如今上了點年紀，也真的不便多飲。蓮娣笑道，吃塊竹筍都驚腳痛。她現在梳腦後髻，用網巾護著，一身是水藍色袍褂，淨色裡有壽字暗花，新做的棉鞋，在細雨天裡走踏，卻面不改容。來到瑞馨祥神料店，門首吊掛著天神牌位，有男子端矮凳坐著，做荷花燈，大半個已完成，粉紅荷瓣展開，他低頭扭著鐵絲，做底下的蓮藕——蓮娣詫異，清明剛過，還未到元宵中秋，做什麼荷花燈？男子抬眼，一笑。來看「新抱」吖，他是廣東人，新抱也就是新婦，媳婦之意——係呀，蓮娣半鹹不淡應著。

瑞馨祥旁邊樓梯轉上，門洞曬著陽光，此刻還嗅見風雨味道，卻一片金光覆蓋，蓮娣步步走上，看那熟悉的墨綠漆門，正要叫喚，唯見門沒關，一陣歌聲傳來，她推開，廳內一張尋常藤椅擺著，一個女孩坐著看書，九燕坐在洋灰地，攤開舊報紙放一把莧菜，在摘菜梗，口裡倒唱著，「蟾蜍婆，高過高，唔讀書，無老婆……」蓮娣笑道，唱嚒嘅蟾蜍老婆！九燕忙叫了聲阿姆，女孩忙讓座，蓮娣也不客氣，將手上黑雨傘交予九燕——九燕問外邊可有落水。蓮娣白了她一眼，說日頭水，無幾點雨就出日頭，這種水滴到頭，人要病的。蓮娣坐下，望了底下說：「莧菜恁嫩，拿來炒啊？」九燕應了聲，還有烚個鹹鴨春。蓮娣倒靜下來，撿了一邊的書來翻，封面寫著姓名「鄧明綉、一年級紅班」，問這是阿綉在小學書館讀的？九燕欸了一聲。女孩阿綉倒杯熱茶，喊道阿嫲飲茶——蓮娣默默接過，也不喝，合了課本，冷笑道：「蟾蜍婆唔讀書就無老婆，妹仔人讀恁多書，有鬼用！」九燕陪笑：「世界唔一樣囉，識多幾個字，尋食容易。」蓮娣笑出來：「像恩兜人一個大字都唔曉看，以後就做討食客好囉。」九燕示意阿綉到廚房去，蓮娣顧盼，以手絹搧風，九燕捧出個小電扇來，一陣搖晃轉動，蓮娣點頭，嗯了一聲，九燕笑問，等下留落來食飯？蓮娣笑歎：「唔好啦，你倆子嬡，無幾樣菜，我轉去有得食，阿麟書老婆晏晝都有煮飯」——這麟書老婆就是九燕妯娌，戴個眼鏡，大概也懂得幾個字的。九燕又問，她還是在廣福茶樓做櫃面？蓮娣沉聲回應，有點懶洋洋的：「她自家阿爺生意，喊她出去幫忙喔。」九燕說，超偉今年上中學了？蓮娣淡淡的道：「超偉讀英文書館，寄宿的，真係！我一個做阿娞的想看孫一面也恁難……」兩婆媳在客廳裡對坐，前面露臺有太陽照進來，一地金光，忽聽對過鑼鼓鏘鏘敲打起來，是戲臺開場，是天妃廟那兒隱隱傳來。蓮娣笑道：「唱大戲，看唔到嚹嘅戲文……」九燕忙說：「聽講是木偶戲。」蓮娣有點失望：「哦，木頭公仔，唔係真人。」阿綉過來，笑嘻嘻的：「說好好看，陪阿娞去，好無？」蓮娣笑笑，搖手不語。

九燕即叫阿綉把莧菜摘乾淨了——轉過身，拉下露臺竹簾，金光頓時暗下來，那把黑雨傘撐開，斜支著地面滴水。蓮娣低聲，說她夢到鏡光的爸爸了——也就是九燕的家翁。九燕靜默下來，聽著家姑有一句沒一句的說著，倒是料著三分。蓮娣歎氣，他在夢中還是責怪我，怪我住在趙家——鏡光在生時，便對九燕說，這母親在生父過世後改嫁趙氏，鏡光跟著叔父過活；她在趙家生下麟書，在布店做買辦，有點錢……親戚堆裡要不是相熟的，也不曉得兩人是同母異父的兄弟。九燕微笑，也不接口，而蓮娣反問：「阿燕，你有夢到鏡光無？」九燕還是笑著，輕聲答：「就那一過，望到在床頭，醒來無人影了。」蓮娣彷彿滿肚子話，此刻卻說不上來——據說九燕這裡好像常有個男人上門，有人笑蓮娣要嫁媳婦了，把她氣個死。當著面，竟也無從開口，只好轉接到別人家的事情去：聽穆揚嫂講，鏡光的自家人，阿華雄伯的「細倈」，最小的煥財託水客帶來，坐船得病，在新加坡上岸不到幾日便冇了——連碼頭海唇都無看到，白白送死，來南洋州府作嚒嘅？真的滿街黃金？

穆揚嫂是何人？九燕心想多半是趙家那邊的親戚，說到底來到異鄉，只要是同姓同鄉，就是自己人——其實那兒她只知道一個雲華布莊的丹陵嫂子，九燕的一個親姑媽嫁過去當填房，算是趙丹陵名義的「後嫚」，俗稱後來嫲……丹陵嫂自然是姑媽的媳婦，順帶也是九燕的「表嫂」。雲華布莊在州府赫赫有名，蓮娣與丹陵嫂子交好，無意間知悉九燕還有這層關係，另眼相看了好一陣子。九燕見露臺竹簾裡日頭金光漸熾，一地斑駁光影，她將雨傘收起，一隻手在衣衫下襬暗袋搜出鈔票，握在手心，走過去，笑道：「上次你講要標會，會期到了，這錢拿去交了吧。」蓮娣哎了一聲，訕訕的，可到底還是收下了。

蓮娣打算要回，轉身見靠燈處有多疊紙寶金紙，另有小盤薯粉沖的漿糊，是九燕接回來黏貼的冥紙元寶？黏個百張要多少錢？蓮娣不願多問，忽然慷慨起來，將雞皮紙袋裡剛買的一小包光酥餅拿予九燕，說是給阿綉吃的；九燕倒也歡喜收下了，只是盡說細人仔，唔好多吃餅，牙齒怕壞了——蓮娣笑道：「鏡光細佬哥時候，牙口就唔好。」九燕也不接話，彷彿此刻兩婆媳談論一個亡者，空氣裡則隱隱出現那麼一個人，可就無法再度活生生了，徒增傷感而已。阿綉走過來，對蓮娣說：「阿婬，愛轉了咩？」蓮娣點頭，順口問：「清明節有去拜阿爸無？」阿綉說：「去嘞，阿爸山頭的草莽莽，生到好高，遮了墓碑，阿娘拿了刀嫲去割草呢。」蓮娣靜默了好一陣子，想到那時鏡光從吉蘭丹收帳轉來即病了，好幾日沒起身，當初她聽見了反而冷笑，懶屍蟲，跟他阿爹沒兩樣——她素來就不喜歡鏡光，看見他，就恍如看見那死鬼丈夫，那第一個丈夫，提醒自己還有這麼一個姓鄧的兒子。如今連他也走了兩年，即使身在趙家有任何零碎的煩惱，也沒法傾訴，九燕雖是媳婦，總是外人，理應不會同情家姑的處境。鄧家祖墳照理就是這裡的後人在拜，跟自己沒關係了。他日蓮娣百年，吊掛的藍燈籠也是趙氏太夫人，九燕沒有戴孝也管不了；蓮娣忽然有些淒涼的欣慰，幸好鏡光死在她前頭了，不然真的有那一天，他家幾口恐怕無資格跪拜，只能當作尋常親戚上香罷了，徒增尷尬。她一貫的哭窮，冇鐳——跟南洋本地人仿照馬來人的說法，把錢喚作鐳；鏡光生前，蓮娣沒少過登門要錢，指著他鼻子罵道：「你這賢孝子，人前好好看，人後狐狸莫笑貓，跟你阿爹無兩樣，唔知道人惱惜，餓死屋家爺嫚老婆就甘願！你想得麟書有錢？你是你，他是他，唔好當阿姆不是人！」鏡光也不回嘴，多半是笑著勸慰……而九燕沒什麼好，僅是同樣是大埔茶陽人，好過其他地方人，如今她的心平氣和，卻愈來愈像是鏡光，果然就是鏡光的老婆。

露臺竹簾拉起來，金光一閃，也不大熱，九燕遞過那把黑雨傘，笑說好沉。蓮娣淡淡的：「硬實的遮把，我是當作手杖用，行路上下，有它撐住，唔驚跌倒。」鑼鼓聲響過處，叮噹哐啷一陣亂雨敲動，演唱的故事多半古老，都是從前，從前日子恐怕是盼望以後會更好，辛苦之餘，多一點滴快樂；以後幾乎看在阿綉分上罷了，血脈相連，是她的血流出去，下一代的生命，關係再疏遠，也得叫她一聲阿嫲。蓮娣下樓去了，黑沉沉的樓梯，一級級踩著，直到金黃波光映照在鞋上。

芙蓉巷口故人來

那日蓮娣陪丹陵嫂子來到芙蓉巷口，旁人見蓮娣身側有個穿墨綠底色印花唐裝衫褲的婦人，款式家常，可那胸前大朵大朵牡丹開得正盛，艷紫火紅，異常搶眼——巷口桂成記的玉展，倒沒說什麼，煮了兩碗麵送上，她們吃了兩箸，兩相對看；丹陵嫂子彷彿興趣缺缺，蓮娣笑道，好像差了些；丹陵嫂淡淡一笑，說魚露鹹汁放不夠；蓮娣低聲道，肉碎參鬚一樣，要放大鏡才看到。丹陵嫂子搖頭輕笑，從斜襟裡掏出手絹，在嘴邊印了一下，似乎打算不吃了，須與轉身說：「桂成在的話，這碗大埔麵就值得食，今下這個婿郎接手，差點了。」說到親戚關係，蓮娣卻不願多說，免得到頭來總是兜在自家身上。玉展雖隔了數張桌椅之遙，爐火熊熊，熱煙繚繞，他自是聽見了幾句，當然悶在心裡，作聲不得。芙蓉巷裡人來人往的，真的吵起來，也不好看；不久兩人付錢，慢悠悠的，走到對過去——蓮娣撐開了黑綢布大傘，皺眉，想必厭嫌天上日頭火猛猛，丹陵嫂子舉起素手，擋在額邊，另一隻手招著，叫停一輛三輪車。巷子路旁有老榕樹，盤根展露，風吹葉鬚晃漾，底下有老人家彈月琴，他瞇縫著眼，想是認得她倆，立身打招呼——蓮娣回應，也微笑頷首，丹陵嫂子卻視若無睹，竟自上了車，仔細看了褲襬，再側頭望去別處了。老人笑歎，復坐樹底，唱起歌來：「前思量，萬思量，有錢莫討後來娘，前嬡劏雞留雞脾，後嬡劏雞留雞腸……」

五月過節，九燕到芙蓉巷口去。桂成記休息，麵食攤檔後面自有一排老舊樓房，一隻短尾珠灰貓兒參禪似的坐在洋灰地，牠倒會挑選，坐在花盆邊，剛好頂上有凸出露臺的涼棚，一片陰影遮蔽，貓兒乘機躲避太陽，金色浪濤在地上滾燙，牠毫無理會，只抬頭瞄了九燕一眼，誰人多事進門踏戶的。拾鳳在二樓門首看到了，招手——他們家裡大門總不閉上，貪圖過堂風大，吹來散熱。這妹妹拾鳳住著的舊樓，是父親桂成生前留下，那大埔麵檔口也算是一種嫁妝，過給了女婿玉展。九燕見門口樓梯旁立一個土地神，此刻燒燭點香，一個矮闊銅盆火光閃爍，拾鳳一手撐在門壁，一手燒紙，她身上穿件暗紫水渦裡飄著黃菊衫子，腹部微隆；九燕笑問：「都什麼時候，這才開始拜？」拾鳳淺笑：「我是過節當作平常日子，唔愛興功大勞的，大魚大肉就免叻。」廳堂內向門窗處擺一香案，看那爐子香枝仍剩半截，那生果糕點也還在，正中一盤粽子四五個整齊放著，隱隱有香氣——九燕說：「今年你包的粽子恁細。」拾鳳笑道：「今過唔係自家包，隔鄰字花婆給我的，這陣子有身上，成日懶來來，嚒嘅都冇愛動。」九燕將小竹籃裡的粽子挽起來，草繩串綁著五六個，笑說糯米貴，我也沒有包多少，就送阿綉的阿嬡一些。拾鳳白了一眼，慢悠悠的道：「你那阿綉的阿嬡，她呀那日陪雲華布莊的有錢婆，來麵檔叫了兩碗，兩人暗地講這大埔麵唔食得，給我那位聽見了，轉來大撞火，罵了幾日。」九燕歎氣，說那是丹陵嫂子……拾鳳冷笑：「論輩分，這婆娘應該叫我們表妹呢，只可惜桂成記鄺家窮酸，阿姑嫁過去，同阿爺無來往，識得也當作唔識得。」

九燕想及此事關係自己的家姑，也不願多加意見——蓮娣在跟前，說話也很小心，不過還是問起桂成記大埔麵，今下作得樣般了？九燕不過是笑笑回答，也不知道她要窺探些什麼。也許只是要在丹陵嫂面前充當笑談，絮叨幾句而已——倒讓玉展惱了，連帶也有點遷怒於九燕。九燕見廳堂裡也不見其他人，問了聲玉展還沒回來呀；拾鳳有點不好意思，說他去蓬萊巷妹妹那裡了，連忙剝了個粽子，盛在碟子裡，說阿姊試吃一下。九燕只好動筷，吃了幾口，心想玉展大概是躲自己吧——當初父親桂成在生時，原本要把大埔麵攤轉給鏡光，其實是看在九燕的分上……她從小在旁幫忙，學得老父的廚房工夫；桂成承認，要是他小休數日，九燕代為當爐烹煮，也頗有乃父之風：天色未亮，起身打麵，切肉煮肉碎，熬豬油，一手包辦。鏡光倒是不願意，他跑外埠慣了，困在麵攤，確實為難他了。桂成後來就讓玉展接手，拾鳳在攤檔忙不過來，連人客的先來後到皆弄不清，卻也不敢在父親跟前埋怨片言隻字。桂成病逝，大埔麵攤字號一度欲改為「玉展記」——九燕聽了，登門拜訪，也不願找這妹郎理論，卻拉著妹子進房細談，曉之大義……拾鳳遲疑半晌，總不想應允；九燕低聲淡淡的說：「阿鳳你不允承，我就愛討轉來自家做，莫怪我冇講一聲了。」記得話畢即起身，九燕掀開門簾，玉展坐在藤椅看報紙，見妻姨出來，也不理會，九燕心裡一氣逕自出去了。好一陣子，九燕也沒上門，直至拾鳳頭一胎流產——到底姊妹一場，她不計前嫌的上來看顧。之後芙蓉巷桂成記還是保留老字號。

拾鳳笑道，等下做擂茶——九燕想起玉展是河婆揭西人，最興吃擂茶。九燕忙取出竹籃裡一個食盒，拾鳳過來打開，歡喜笑起來，「原來還有這些艾粄、蘿蔔絲粄！」九燕橫了一眼，都是你愛食的——這回拾鳳再度懷胎，玉展緊張得很，不讓她出去檔口，只坐在家裡養著，說是在家「掌屋」，吃得人整個豐潤起來。拾鳳想了一下，笑說冤枉：「你要害我呀，這寒涼的粄，唔食得啊。」九燕搖頭，淡淡笑道：「恁講究，避忌多多，五個多月了，胎應該穩了。」阿彌陀佛——拾鳳念了句佛，雙手合十，笑說：「我可不敢亂來，我要為鄭家留個後代香火。」九燕無言，女人大概少不了這樣，無子求子，求了來，也是煩惱，要健康平安，又要富貴榮華，無停無歇。

九燕跟拾鳳進廚房，灶上早已炊好一瓦煲的炆飯，小圓桌上也放著一小碟的四季豆、豆腐乾、芹菜粒、菜脯碎……九燕見灶邊有個缽兒，一根長棍，她笑說，這就是擂缽？拾鳳在竹製畚箕裡挑出綠葉，笑道：「擂缽倒沒什麼，這支番石榴樹棍好難尋的……」九燕詫異說：「也實在奇怪，擂茶一定要這個棍才能擂哦？」拾鳳點頭：「老人家是恁樣講的，這棍拜託人家才到手的。」她將茶葉、花生碎放進缽內，然後加入苦力心葉和薄荷葉，繼而以番石榴木捧擂碾，一下下的，缽內頓時呈現一堆綠稠稠膏汁；九燕幫忙提起熱水壺，望向拾鳳，拾鳳頷首，即倒水注入，一缽盡是翠汪汪的湯水，拾鳳以小碗盛之，傳與姊姊。九燕輕輕啜了口，甘鹹清香，嘴裡有股葉汁微苦，轉瞬為甘味，不禁讚好——拾鳳一笑說：「就知你鍾意恁樣的擂茶湯。」九燕笑道：「以前我絕對唔鍾意，過後慢慢食到習慣了，覺得有一種清香滋味，甘甘鹹鹹，好開胃。」拾鳳低頭，微笑：「我自家也是恁樣，嫁過來，吃了幾過擂茶，自家都愛學做……」她也舉碗飲了。廚房窗洞此刻一陣雀鳥叫聲，有一隻麻雀停在窗框，細看片刻，見姊妹倆相對，轉而振翅飛走了。她們啜飲著翠綠得異樣的湯，也不曉得是歲月的沉積，還是往事的味道，九燕抬眼，眼中帶淚光，是熱氣所致，還是有所感觸？芙蓉巷鄺桂成一家，連同大埔茶陽伯父桂堂老家六口，九燕前面還有兩人，長兄八維留在家鄉，長姊七仙賣到新加坡，說到底真的只剩下姊妹二人了。

九燕忽然問道：「可記得有一條歌？烏了哥，擔凳人客坐，人客問我去哪來，掌牛來……」拾鳳笑起來：「我冇忘記，牛呢，賣畢嚟，錢呢，討姑娘討畢嚟。」唱到此處，拾鳳即止，而九燕也並無接下去——雖是一支小時候的童謠，如今卻覺得有些不吉利，下邊詞兒唱的是姑娘也死了，蟻公來扛，蚊子來哭，沒人埋葬，就由狐狸赤狗代為安葬，童趣裡帶著一絲恐怖的淒涼。九燕輕聲說，是七仙姊教我們唱的，拾鳳聽見七仙二字，倒不言語了。七仙賣出去之時，已是十歲了，賣去當作「先婢仔」，意即童養媳，音訊不至於全無——可單是零零星星的消息就夠揪心，但願沒有聽過，到底不是好的遭遇，受苦受罪，刻薄虐待，可想而知。後來逃了出來，再沒有消息，桂成託人打聽，說是死了，但死要見屍，竟終未見……想必是對方惡意散播出來的。兩人知悉了，相對而泣，日夜上香祈求七仙姊平安——沒有噩耗，就存有一線生機。多少年過去了，流動的歲月河水不動聲色的滑去，了無音訊；等到父親桂城離世，九燕拾鳳此刻驚覺，真的剩下兩姊妹了，即使是非對錯，樣般唔著，以後世上可以依靠的關係，就是對方了。

月圓花好

九燕要去探望家姑，之前到廣福茶樓櫃檯找麟書老婆問一下——她頭髮燙得蓬蓬的，用一支仿玳瑁毛夾斜斜別著，戴著寬邊眼鏡，一張瘦削臉孔，可坐在櫃面很神氣，隨時流露出沒好氣的眼神。見九燕來了，也不怎麼招呼，只稱呼鏡光嫂……彷彿跟外面人一樣，沒有特別親昵。麟書老婆板住臉說，下午那裡都有人，拉動門鈴就會開門——九燕欸一聲，也不道謝，茶樓從早到中午皆鬧哄哄，人們坐在其中似是想獲取群聲喧譁的暖意，說長道短中找到慰藉。他們家廣福樓也有賣月餅——中秋將近，櫃檯背後貼一大張廣告紙，玫瑰紅底色，雲朵繚繞中飄出嫦娥仙子來，仙姑一身宮裝，手端著一盤月餅，身畔有「玫瑰豆沙、蓮蓉肉月、二黃蓮蓉……」各類月餅字樣。九燕瞥了一眼，不見得這麟書老婆會懂得禮節，送個一盒半盒，或者僅只於孩童吃著玩的豬籠餅，都幾乎希望渺茫。

她提著一小盒潮州撈餅去。摁了鈴，門打開，是個白衫黑褲的順德媽姐，媽姐倒是好笑容，以半鹹淡客語問道：「尋老太係冇？」九燕點頭，即由媽姐引路，昏暗廳堂還點著檀香，一種甜淨的香氣靜靜地盤旋飛散，神桌上的瓷瓶裡插放觀音竹，還有市買的紅菊紫菊和玉簪花。媽姐掀門簾，喊了聲，招手讓九燕進去……房間倒不大，床頭頂上一排玻璃櫃，入眼的是一頭毛茸茸的北京狗兒，睜大黑漆眼珠望過來，嚇人一跳，細看不過是擺設的玩具狗。床上有人轉身，模糊叫道，阿燕吖？一隻手開了桌燈，一陣橙黃光亮起來——蓮娣半坐起來，頭髮蓬鬆的，一臉憔悴，微弱的說著：「阿姆哀，我老命就要休咧。」九燕湊過去，坐在床沿，低聲問，食了藥？蓮娣搖搖手，閉目，幾乎帶著哭音，直說唔食叻：「我唔想食藥，那些藥食死人，嚒嘅止痛丸血壓丸，食到人昏昏沉沉，起唔到身……」九燕見旁邊靠壁處斜放著枴杖，便問道：「腳樣般？好點了？」卻不知為何蓮娣嗚咽的哭起來：「阿燕啊，我的腳唔行得了，就來死了，交代他們掛個趙氏藍燈籠，鄧氏唔做得掛……」九燕婉言勸慰，轉問有曾看過跌打推拿，蓮娣搖頭，歎氣，說麟書帶我看西醫，他講老人家跌倒，中醫冇效——九燕吸了一口氣，頭頂其實氣恨得嗡嗡響了，可卻耐著性子，見蓮娣睡了這許久，嘴唇焦焦的，要了杯茶，遞過給蓮娣，要她喝。此刻蓮娣如飲甘泉，低頭喝盡，抬頭一雙眼睛如同孩子般無助——九燕溫言安慰，說多休息，腳自然會慢慢好的。蓮娣問道：「曉好啊？曉好冇？」一再重複。九燕只能點頭說，一定曉好；蓮娣央求，你幫我去天妃廟拜下，愛記得哦。九燕只能答應。又說：「叫阿綉來看你，好無？」蓮娣忽然有了一絲絲歡喜，開始有了笑顏，喊阿綉來，阿媛有月光餅，轉過臉去叫媽姐拿來。一個雪白大玉盤似的月光餅，餅身是雲片糕，有淺紅胭脂色作牡丹玉兔圖案，描了月圓花好字樣；蓮娣笑了：「我本來留給超偉食，過節他留在書館宿舍，唔轉來屋家，就給阿綉好了。」九燕笑笑，收下了。蓮娣彷彿很安慰似的，抓了她的手，緊緊不放，好一陣子，然後輕輕的說：「超偉啊，你也很久沒見過了？你看到床頂上的狗仔？他小時候最鍾意的，今下唔愛了，也忘記了阿嫒……」雙眼半閉，似乎要入睡了。想必早前吃了藥，現在藥性發作了。

九燕悄悄退出，向媽姐順道問了，說是蓮娣某夜出來如廁，滑倒在地，久久不能起來，喊了半天，麟書老婆進來看了，也不扶起，要另外喚醒媽姐來——送去西醫診所，說是腿骨斷裂，要包石膏。九燕又問近來都吃什麼？媽姐說都吩咐煮粥，開個罐頭菜心，別的沒有什麼了。九燕問丹陵嫂可有來，媽姐搖頭。

九燕再進去，叫了阿姆一聲，蓮娣卻沒有回應，過去細看，原來她倒也沉沉大睡，桌燈還亮著，九燕順手把它關了——臨走前把潮州撈餅給了媽姐，媽姐笑道，不用了，你還是拿回去給孩子吃吧，這裡月餅好多……九燕默默收回，也不大說什麼了。

那天過節正日，九燕工作的車衫廠提早收工——她到擺花巷口樓上珊紅美髮室去：家庭式的一個地方，要不是熟客，大節日恐怕不接的。喚作玉瓊的婦人笑問，要燙波浪捲的？九燕忙說，只要略微剪個整齊。玉瓊扭開壁燈，燈影照在座位對過的一排鏡子裡，九燕見自己在鏡影中，一團隱隱光華包圍，像坐在神龕，又像沐浴在月色，恍惚迷離，有點不真實……頭髮披下來，很長，聽見玉瓊揮剪聲音，喀嚓，剪斷髮絲，一絡絡掉下，九燕彷彿覺得時間飛掠得很遠了；她似乎浮現蓮娣躺在床上的臉容，那個圓髻拆散，散落在枕邊的樣子，很老，很委靡，燈光逐漸暗淡，讓九燕有些鼻酸。蓮娣當年初嫁鄧氏，再嫁趙門，其中過程，想必猶如夜深獨坐鏡檯，怔忡的看著鏡中人，趁還有點顏色姿容，就嫁吧，以後前塵舊事也便任由紛紛飄逝——如今臥躺病榻，瘦骨珊珊，至親也不過這樣。是拾鳳的聲音，「阿姊，一生恁長，再尋個伴，唔算錯。」九燕無言，心裡只想只顧著阿綉，多個後父，終歸唔好。家裡樓下瑞馨祥那個夥計阿慶，前陣子紮了個荷花燈，一大朵粉色透淺紅的蓮瓣，瓣瓣舒開，底下有碧綠蓮藕，他上門來，笑說要送給阿綉——九燕推辭，說這是店裡極貴的燈籠，自己買不起，要人送到底不好……阿慶也不勉強，只是微笑；他也是個茶陽人，跟隨父親到馬六甲做五金學徒，後來父逝輾轉來州府坡底，一人住在這瑞馨祥三樓尾房——九燕聽其口音，很是親切，有次向她借針，他說：阿姊，有一枚針冇？「一枚針」略帶軟糯的轉音，像是鏡光的喉聲，似是他的人還在身邊；偶爾初一十五過節，叫他過來吃飯。九燕煮了豬腳酸、釀豆腐和鹹菜湯，阿慶倒也大方的坐下，靜默地吃飯，阿綉也喜孜孜的吃著，彷彿父親去世後從沒有這樣菜肴豐盛了——九燕把飯桌頂上一盞圓燈拉開，燈繩一動，金黃光芒綻開，一朵金蓮散放光華似的，底下人圍坐，一如守著溫暖燈光開餐，一切美滿。阿慶飯後帶來一匣留聲機，是他儲蓄多時買來二手的——阿慶找出幾片唱盤，開起來，九燕母女挨著肩聽著，是笛簫箏琶吹彈的民間歌樂〈採茶情歌〉，悠揚音樂填滿的空氣，恍如浮浪坐舟，三人同舟，有點哀樂與共的樣子。可阿慶分明是個外來的男子，無端的走進來，卻沒有什麼隔閡陌生——她怕自己慢慢的陷入，讓對方成為理所當然的親人。

玉瓊在九燕臉頰邊用梳子比了比問，夠短了？九燕點點頭。玉瓊望了壁上時鐘，又說今晚夜有做節嗎？九燕笑道，煮幾個菜，大家吃罷了。玉瓊說，你家倒簡單，我們夜晚還要拜月光，細路哥要點燈籠——她指了窗戶框吊掛的一個蝴蝶燈。此刻不知鄰近還是何處傳來收音機播唱：「……浮雲散，明月照人來，團圓美滿今朝最，清淺池塘鴛鴦戲水，紅裳翠蓋，並蒂蓮開……」甜淨歌聲作了應對的一個背景，那個蝴蝶燈兒兩大片蝶翅，紫紅帶透明，微微泛金粉，兩條觸鬚在風中顫動，這隻蝴蝶在歌音裡等著入夜乘坐月色，翩翩飛去天上了。

明朝日

壹、樓頭春燈照人愁

芳蕊捲起簾子來，南雀樓露臺挨近向晚，熱氣已散，天邊紫艷艷的雲錦裂開了一道口子，紅如寶石閃爍，又如炭紅燒赤，到了一個極致，一下子歸向暗處，斜陽沉去了。走馬樓下一陣陣吆喝鬧哄哄，大年節裡沒停止的小賭，彷彿也很應當，沒人聞問。遠處還有放鞭炮，劈啪亂響，此刻聽來也恍如剛開年的那幾日，夜裡亂紅火光紛飛，刺耳但很有盼望的歡喜——僕婦阿照嫂笑盈盈的提了頂宮燈過來，芳蕊忙接過去；陳年傳下來的上好八角宮燈，一屏一畫，花卉翎毛四大美人，說是每月花神，過去點了燈，燭火在燈內閃耀，似有蝶影飛撲，燈色昏昧，宮燈滴溜溜轉起來，看不清哪個是牡丹哪一個是楊貴妃了。芳蕊足踏圓墩，站上，將宮燈吊掛上去，阿照嫂拉開了電線，接上開關，一整個露臺都光亮了，一如立在月亮地裡。阿照嫂笑道，恁樣正像過元宵節嘛，太太成日唔打理，只曉講今下新時代唔興掛燈籠嘍。芳蕊微笑：年年難過年年過，章家嘅年樣般比好多人都講究，捱阿嫂係摩登人，唔曉得那點頭頭塔塔。阿照嫂欸了一聲，應道：老太太還在生時，常日講過年，恩兒人十五過後就愛等補天穿！芳蕊倒沒說什麼，阿照嫂便插嘴：太太看來是連補天穿都唔知道！

芳蕊可以想像新嫂嫂斜躺在懶椅上，一手微晃著灑金牡丹孔雀扇子，一手拈起八寶盒內的小芝麻筒，蹺得老高的腳套住要掉不掉的蝴蝶繡花拖鞋，嘴裡笑歎：這裡熱死了，我們印尼萬隆的別墅啊，打赤腳滿屋行，日頭照入來，光橙橙，一點都唔燒……芳蕊輕笑：過唔慣呢，嫌這裡不夠大不夠通爽。阿照嫂笑道：頭家討這位娘惹，貪其麼嘅好呢？芳蕊但笑不語，心想自是貪其後生美貌，之前的阿嫂過身，就有人勸大哥雲山續絃，說是印尼世叔伯士元先生的外甥女鄺艷娘，寄來玉照，一身花木纏繞蠟染圖案的卡峇雅娘惹裙子，頭毛電得捲捲的，目珠含笑；記得剛入門時，也不知誰教路，檬般都唔肯向前頭娘子燒香敬茶——還對住那牌位端詳，問那正宮元配姓氏，說是廖金鈴，她則淡淡一笑：捱那邊姓廖的人，多半係養豬……借此貶低。芳蕊忍得辛苦，才不去說其閨名，艷娘，艷字多俗啊。素來人說姑嫂緣，芳蕊和已故金鈴嫂還不錯，這小姑出閣前送了她耳鉤——金鈴嫂陰聲細氣，面團團如明月，很好笑容，耳鉤仔今下還在，人倒不在了。僕婦阿照嫂雖不是陪嫁，可今昔比較，自然覺得這鄺艷娘處處礙眼。阿照嫂低聲道：可憐阿學牯，冤枉死了，遇著了後來嫲！阿芳姑你看，過年賭到上元節，唔學壞就出奇，太太是勸也不勸一句……阿照嫂不是外人，但芳蕊不想明話說白了，畢竟一轉身，誰又把是非當作人情送出去，也難說了。兒子到底不是這艷娘親生——而且她何嘗不是坐在雞翅木麻將桌邊過年過節？

雲山這幾年生意做大了，年節裡其實也應酬繁忙，中午拜了祖先，午餐未開出來，就喚人把車房裡的奧斯汀汽車駕來，看來他是打算連晚膳也得在廣德興俱樂部裡用了——礦業大亨彭富俅經常在此留駐，因彭某是「自家人」客家幫，說是黨溪人，跟那轉回家鄉起花萼樓的大頭家也屬姻親，牽瓜扯藤，有幾分關係好辦事呢；雲山陪伴在側，也頗殷勤的。艷娘自有一批女娘聚會，或雀戰，或上酒樓試新菜，到地母廟祈福……阿爺這陣子身體欠安，總是在樓下耳房歇息，只是正房的洗牌聲不斷，叨擾不已。而南雀樓側的小神龕，這過年都是芳蕊照管，雖說外嫁女理不了這個——她遭遇事故歸返，好比是讓娘家收留了；她二話不說，自己很識趣的灑掃煮食，甚至是焚香祭祖，尋出唐山祖傳燭臺，備好供品，也當作自己從前在家一般。阿照嫂笑道，他們也做得出，真的是「撥大冷」，這句看似說熱天發冷的意思，算是粗話……其實將芳蕊看作是僕婦，她心想哪有什麼血緣關係，仔細算從頭，她仍舊是自這裡嫁出門的。

之前午後有客上門拜訪，說要見琴印老人——應是阿爺的棋友，交往不論輩分，皆以名號稱之，芳蕊也聽慣人家叫阿爺琴印老人了。人客帶了一個雞皮紙袋，淡黃褐色封皮印著仁和酒莊——那時賣酒的店鋪都叫酒莊。芳蕊微笑：恁仔細啊。人客笑道：愛嘅，恭喜發財。她也忙回說萬事如意——芳蕊略放眼端詳，原來是個後生人，臉面白淨，身子有點寒背。芳蕊接過紙袋，內有一支白瓷麻姑獻壽圖酒瓶，也不知道是什麼酒。芳蕊去喚阿爺，未幾，琴印老人呵呵笑出來，做了手勢，叫芳蕊端棋盤，然後擺在偏廳茶几上。後生笑道：這是金鵬十八變嘅屏風馬棋局？琴印老人點頭：那日你不是講愛見識一下？後生歎道：看來也不是好厲害，可見古老棋譜也很尋常……琴印老人輕笑：開了眼界，也便看慣這些老局。後生笑了：那時聽講了麼嘅梅花譜，尋到了翻個熟爛，奇局到底平常。琴印老人手指晃了晃，笑說：後生仔，唔好撕風裂天。他叫芳蕊取了兩個雞公杯，示意倒酒，後生笑道：捱拿了一支補酒來，試下飲補酒。琴印老人斜睨，故作惱怒：大過年，捱唔飲補酒，就愛法國色酒。芳蕊笑罵：阿爺今日精神了，過年歡喜，飲少少就好。琴印老人搖頭：日日都可以過年，棋友上門就是難得！好過捱那幾日昏昏沉沉，無人探訪。芳蕊在旁提醒：人家是拜年呢。琴印老人哦了一聲，在口袋掏出紅包，後生站了起來，含笑的雙手接過，說一句老如松柏……琴印老人咦了一聲：又唔係拜壽！松柏自顧長青，捱就是老人家，像樹做麼嘅？後生笑道：招財進寶的好話，你是唔愛聽的嘛！芳蕊一笑：你有所不知，當住面講唔愛，阿爺心肝頭正想著呢。琴印老人呵呵笑了：來，趕燒趕熱，著棋，著棋。一老一少則重新開盤，邊飲酒，邊低首弈棋。

芳蕊悄悄走進房內，見這逼仄的小角落立了個黑黝黝的衫櫥，櫥門鏤花雕著八仙過海人物，但久未打掃，一陣塵土味，也不放點樟腦——這應是艷娘陪嫁之物，遠洋運來，沒處安放，就擠進來了，老人的小床不過是極為扁窄的薄木板榻子，汗衫背心隨處擱著，床沿還有小罐的萬金油，床底有個痰盂，芳蕊端起來，還好，異味不重；旁邊有個小藤几，堆疊了報紙，更有一兩本棋譜，一冊《青城十九俠》卷起來，內頁摺了對角，做個記號，上頭壓住了一副老花眼鏡。藤几下層放了個月餅鐵盒，裡頭存了數本連環圖，陳年的小書，她以前也愛看，《王桂庵遊湖巧遇》，還有《寶黛初會》，是紅樓夢的故事，其他如《岳家將傳奇》、《秦瓊鬧花燈》都讓阿學牯拿出去了——他小時候還看一點，如今簡直無心向學。變了這個樣子，卻說也說不得一句，見了不免心酸。她彷彿感覺到金鈴嫂子在暗處幽幽回頭不捨的樣子，像極了民間連環圖裡託孤的情節。

芳蕊撿挑了小冊，想著過了元宵，給自己的孩子阿年帶去，他在福興哥的有利洋服店裡寄養著，說來都是遠房親戚，不見得會刻薄——之前雲山則說在前頭，阿妹芳蕊轉來幫手，章家歡迎之至，細佬哥就唔得入來。他們章家暗地裡說的話長話短，她自然知曉：嫁給再慶不久，其兄再隆及妻病逝，遺下阿年不過歲餘，等於是過繼給再慶了，「……這小孩不算是親生。」一艷娘輕悠悠的閑話半句，像是講別人家的小事，也確實的，這小姑的諸般事兒，和隔牆風吹樹葉搖晃沒兩樣……可芳蕊視阿年如己出，只差沒十月懷胎而已；眼下發生變故，再慶被共產黨帶入了山裡，生死未卜，也如同死了，她一個女人家即使願意拋頭露面，雲山礙於顏面，不想惹人閑話——於是芳蕊也沒第二句話，便隻身住進來了。她站在洋服店前殷殷拜託，也好比是臨行的託孤……阿年九歲，水客們笑說多少人這個年紀也坐船來謀生的年紀了，何況此刻就身在州府，尋不到吃也是命中的事，意思是指她莫掛心。

窗洞鐵花框架老舊，起了黃銹斑，細看，還有一隊火螞蟻在趕路，也不知是啣擔了什麼餅屑，一路蜿蜒；芳蕊心想這種火蟻咬了人是奇痛無比的，正要找噴壺，即使是清水也可噴上一點，讓之知難而退——一時半晌也覓不到，唯見蟻兒接火車似的，一隻一隻跟住，總不掉隊，彷彿隨著隱形的命運列車，牠們不過是尋吃。日頭昏昏照進來，微燒的餘溫，火紅螞蟻徐徐移動，活著似乎也有點茫然，稍使手段——只要一滴水，也就是一場災難了，一切都亂了陣腳；

芳蕊也不敢想，人變作了蟻兒，恐怕也是什麼都做不了主，任由掙扎蹂躪。

不遠之處傳來鑼鼓鼕鼕鏘鏘聲響，是哪家請來的醒獅採青？那一陣陣一聲接一聲的鳴金擂鼓，實在好聽。往年南雀樓總有舞獅，近年倒少了，是新雲山嫂艷娘的口氣，說這舞獅子沒意思，吵個半死，「舞獅子」還是直接用紅毛洋話的詞兒；大哥雲山說要討個吉利，也只准在大街老店開市時舞一會兒——去年阿爺琴印老人還龍精虎猛，一個不聲響，叫了三個武堂的獅隊來個福祿壽搶青，三家人馬聚集在南雀樓前，鑼鼓震天，立了個梅花樁，鮮艷的南獅撲上躍下，煞是生猛活潑，一時落腳異常小心，疑是有埋伏，亦步亦趨，又或兩獅相戲，另有小獅尾隨嬉鬧。掀開獅頭，都是青春少年，有個很小，不過是十歲八歲，芳蕊看了一怔，也不言語。事後艷娘笑道：聽講她轉身流目汁！八成想到自家親人！阿爺請舞獅，誰知氣死不到捱，反而激到自家妹珠……「自家妹珠」也就是自己的女兒，她沒想到芳蕊也不姓章。阿照嫂笑歎：老頭家何必跟她一般見識，鬥氣冇益處。琴印老人只淡淡的說，捱不會同番婆計較——「番婆」者，即在南洋土生的女人，艷娘自小在印尼，唐書也沒讀過幾本，僅於看古老戲，聽戲文罷了。只是大家在此嫁娶，女人不是番婆也變成番婆。

鑼鼓聲漸漸遠去了——泥金色日頭光在房間牆上慢慢淡去，如一只布袋徐徐的收窄封口，光線暗下來。芳蕊看見一側擱著泥塑公雞撲滿，昂首欲啼的樣子，之前琴印老人去大街洋貨店買回來，說是要送給阿年。芳蕊哎一聲，當下也很歡喜，難得阿爺記得他。可就不知怎的，一直忘了拿去，這五彩公雞便靜悄悄的蹲站在這兒了。她其實很少提起，雖不是禁忌，但總覺得這裡的人們一肚子的話，眼睛裡是隱忍的神氣，背後大概就絮絮叨叨的評論不已。她只記得這次小年夜，琴印老人喚她入房，悄悄塞了一疊鈔票，然後問道：有轉去洋服店看下冇？芳蕊點頭，琴印老人低聲說：阿年恁細，做學徒能出師，係最好，不得的話，或者再尋其他一門手藝，千祈唔好耽誤。芳蕊只默默無語，算是應允了。琴印老人停了半晌，又說：再慶那時入了山芭，聽講真的唔在了？「唔在」之語，也就是丟命了——芳蕊顧不得，說起了一件事：有晚夜，睡到三四點鐘，就好像有人行近，唰一下眠到捱旁邊來，心底背想是再慶了，但是樣般就唔敢打開目珠來，是他轉來了，轉來了，唔放心來交代事情？阿爺，捱知道那人是他，一直眠到好一下，迷迷糊糊，聽到有人講，明朝日……明朝日就曉好了。再慶他家是惠州人，明天都叫做明朝日，不像芳蕊家裡的用慣了「天光日」……那刻她心裡有數，再慶唔在了，夜裡魂魄告別後，明朝日他不再出現跟前。

是阿照嫂講的話；好好一個人，入去深山底背做麼嘅？同情人家共產黨，白白送命，槍彈無眼，射到人，理你是良民百姓，或者暴徒山賊，好人壞人都一齊埋藏了。芳蕊很少說這些，根本像他們村鎮裡好多人都這樣的，失蹤了，等於生不見人，死了也無法見屍。芳蕊尋了七里村的齋姑來打齋，這福娣姑囑咐芳蕊預備了再慶平常穿的衣物，夜裡她和幾個年輕齋姑就來到屋外擺案燒香，喃喃的唱了，法器哐哐鏘鏘敲起來……齋姑們道地的客家古老腔調，附近湊過來守夜的女娘也低聲說好聽，都講還是福娣姑的歌喉好。

一把鄉音女聲似乎在耳畔，那是聽慣聽熟的音調，道地的嗓子喉音，像是極為親近的嬸娘還是舅母，隨時可以唱開一段溫暖的歌吟，慰藉亡魂，也安慰活著的人。芳蕊此時忽記起過去打齋的歌聲，在大年節裡，隱然有點不吉祥。

貳、遍地蕊香入芳夢

兩人下了好幾盤棋，後生轉頭看，看外面大月光照進來，他探出窗外，見天邊一顆圓月如夜明珠端坐，可略有流雲掠過，一小片月色模糊了，可正好有著元宵佳節的意思。琴印老人笑歎：朝晨頭，捱就喊人尋出燈籠來，正月十五掛花燈，冇花燈，過麼嘅十五呢。後生笑道：都講琴印先生風雅，今下的人唔做恁樣的事了。他再往前探看，樓端向外作凸字的露臺亮了好幾盞八角宮燈，像是從在遼遠的天河邊飄著仙女的燈兒，恰好在樓頭落腳——琴印老人也走過來，瞥了一眼，說：捱呢，兩三日都頭重重，人不自然，有晚夜夢見金鈴，就係以前雲山那個老婆，她好像往常那樣，在屋裡行來行去，尋出來一頂四季美人宮燈，笑著講，阿公啊，元宵點燈，點燈。一下子，捱念起來，她其實已經是過了身的人了。後生靜了一陣，想必是不好意思說什麼——點燈，大抵也有添丁的含意，據說這鄭艷娘入門，彷彿沒有要仿效石榴多子，說是要保持腰肢婀娜，還得自由多幾年——琴印老人頻頻直說，捱不理他們的事情。後生正欲告辭，芳蕊卻挽住一個三層食盒過來，她笑道：來吃點飯。琴印老人問：有麼嘅菜？芳蕊笑答：

大日子，有打滷鴨，唔食鴨，撈滷汁吃飯也很好，惹味的有鴨腳包，還有釀冬菇，釀豆腐……琴印老人搖搖手：給後生人吃，來，這是邱光亮先生……芳蕊點頭，正要招呼一句，後生忙笑道：叫捱茶粿亮，人家都喊我茶粿亮。琴印老人裝作不悅，說：唔作得，你有名有姓，棋藝中你猶勝我，一聲邱先生也應該。芳蕊一句「邱先生」還未開口，琴印老人即笑了：喊他茶粿亮也得，他賣的茶粿多人食嘅……芳蕊笑道：原來是頭家……茶粿亮忙笑說：講笑，小本生意而已。芳蕊順溜的加一句：小本也可以生利啊，你寶號在哪喂？茶粿亮一笑：小檔口而已，在大街太陽宮對面，好容易尋的，阿姊你明朝日來，捱留幾個靚茶粿送你……芳蕊忽然心裡一動，那口音何其熟悉親切，萬千人說慣的「明朝日」此時一下子靠得很近了。芳蕊轉身，取出一小瓷碗，遞與琴印老人，他笑道：捱最鍾意飲湯水了……茶粿亮嗅了一下，笑說：你好食神，夜香花滾湯……芳蕊笑：頭家你也來飲，捱舀一碗。茶粿亮說：少少就好，免得奪了老先生的最愛。琴印老人呵呵笑：講鬼講怪！愛就成碗拿去。茶粿亮接過，一碗子碧綠，夜香花在熱湯裡芳香無比，一顆顆花苞似洗浴了，好像重生了，夜裡更香得離奇，愈發串串分明，入口柔嫩，滑口異常。茶粿亮讚不絕口——芳蕊笑問：廚房還有些炸肉，裝一點讓邱先生帶回去吧。茶粿亮欲阻止，琴印老人笑道：唔使詐特事（別假裝客氣），你呀人瘦瘦，食得落嘅，拿轉去，炸肉炆一炆，還更綿更好食！芳蕊笑著，便又走去裡邊了。

琴印老人暫且放下箸筷，笑說：討（娶）一個人來，就有住家飯可以食。茶粿亮搖頭：養不起老婆，驚拖累人家。琴印老人低語：捱嘅妹珠，名叫阿蕊，人好馴良，討了她，唔曉蝕底！茶粿亮一怔：她曉看中我這樣的人才？我高攀了。琴印老人淡淡的說：你莫嫌棄阿蕊跟過人，命歪了一點，只是你要指望過家常日子的，當然是她最好。茶粿亮笑道：捱是沒問題，那也要人家願意。琴印老人微笑，指了指他：棋盤你占盡上風，人生的事樣般做，捱人吃到恁老，作嗰主，都還做得！

茶粿亮記得當初在舊同鄉會裡遇上琴印老人，他出門拎一枝手杖，看人下棋，也不多嘴，面色祥和；茶粿亮有次跟一個金華竹簾店鋪少東對弈，對方輸棋不服氣，多方爭執，琴印老人說了公道話，這才結識了……說是他少年時浮躁，後習月琴，學刻印章，自詡為琴印老人，如今卻絕口不提這兩樣風雅事。剛到這南雀樓，見樓近巷口，側有蓮塘，樓式洋風，紅磚砌壁，二樓欄杆皆作花樽樣狀，樓底過了客堂，有一天井，中有墨綠水缸，養有金魚七八條，優游其中——老人之子雲山住在前邊新樓，更為寬敞，只是經常過來借用廳堂，只因愛炫耀舊家風範。琴印老人說，太公時候曾云夢見孔雀，在庭院開屏久久，引為吉兆，又說當年南洋僑領張弼士老先生在此拜訪，還和太公閑話家常，說童稚放牛的蠢事，說被親戚罵了「大鴿憨」之語，激發其上進心云云，太公難得和名流晤面，覺得榮耀非常，故堂中總擺放二人合影，故來往賓客不忘讚歎。只是琴印老人提起家境，老是省略不說了——茶粿亮自是知道世事不同，今非昔比，偶爾見南雀樓漆色斑剝，未修景況，跟過去有別了。元宵夜裡，琴印老人突作媒人，茶粿亮雖然也願意，但不禁有恍惚之感。

還未到正年二十的補天穿，琴印老人一直精神不濟，昏昏沉沉好幾天，睡也不安穩，直到一日，起身，剛好茶粿亮來了，他歡喜得很——握著手杖便走出來，顫巍巍的要與小友下棋。茶粿亮那日倒還安靜，穿一件藍衣，彷彿還簇新，藍色湖水似的，灩灩的，讓人看了好生疏，頭髮用髮油梳了，整齊分明，只是雙肩還是略微縮起，像畏寒一般，不過這舉動近乎一種少年的味道，而實際上他有二十七八歲了。琴印老人沒察覺，低頭盤算棋步。芳蕊端出一小碟子，淺底彩繪滾泥金邊瓜瓞綿綿，盛住五六個炸甜粄，有的夾了芋塊，有的夾了紫番薯片，包裹了一層麵衣，赤金金的……茶粿亮一笑：捱以為你拿今日的茶粿出來。芳蕊笑道：那茶粿還不入了肚子？茶粿亮哎一聲：給了太少，終歸是自家小氣。芳蕊低聲說：你也別假大方，把平時賣不出的，盡往這裡送呢！茶粿亮正要回嘴，唯見琴印老人閉目養神，像是在想下一步，卻原來在入定了，魂遊四海——「獨目睡」，也就即席打瞌睡。芳蕊細語：阿爺䓁了。老人䓁到支撐不住，竟像是要入夢的光景。茶粿亮低聲問：冇尋醫生來看看？芳蕊搖頭，說：他執死自家嘅理，講係老人病，唔使醫。茶粿亮一時無話可說。芳蕊進房拿一柄扇子，在老人身畔輕輕搖晃：他呢也不愛吹電風扇，吹一下就嫌太涼，有時看他午睡，睡到出汗，便拿把扇子給他……輕聲細語，茶粿亮幾疑是在夢中了。他吃了一口甜粄，年糕和芋頭，黏韌和鬆綿，感覺微妙。午後的南雀樓有著格外的溫馨，老人在棋盤邊打了個盹兒，呼呼微響，芳蕊在側，擱下了扇子，再尋出一個彩艷斑斕的公雞撲滿，拿抹布擦拭乾淨，茶粿亮忽覺得很有童趣，他笑道：以前在遊藝場玩丟圓圈，丟中了便有一個泥塑錢盎仔，有貓公有象嫲，細蠻仔好鍾意。他似乎流落在一個時間慢悠悠的所在，永遠是晏晝，日頭炎炎，在窗邊竹簾外金閃閃不去。他用指頭欲拿棋子，哦，有火蟻，好幾隻紅螞蟻不知何時闖入迷宮似的棋盤——漫無目的，緩緩的來回踱步，試探著要向前還是要退後。芳蕊皺眉：這火蟻咬人好痛，愛小心。琴印老人睡眼模糊中醒起，瞇縫了眼睛，看了他們兩人一下，倒也不說什麼，嘴角卻隱隱有笑意，彷彿有點滿足的樣子；跟前有這麼一對人兒，大白天裡相坐相看，琴印老人心裡似一早就認定了。

後來一連數天，他也少吃少喝，鎮日都在昏睡，醒來偶爾在小廳堂呆坐，說是要聽天井的雀聲，那晨光裡的一陣聒噪鳥語，近乎是過日子的按時報曉，若沒有這樣的小騷擾，像是一天不完整了，讓人惆悵。芳蕊熬了粥水，佐以鹹蛋，琴印老人多半躺著，有時勉強吃個半碗，復又倒床而臥。芳蕊湊近，老人半夢半醒，睜開眼，會低沉喊一兩句：阿芳，阿芳，冇相干……意即不必守著這裡，讓他睡一會兒，沒關係的。

又過幾日，艷娘喚人來搬那雕花八仙棠木衫櫥，兩個黑烏烏印度男子一前一後扛著，一時還轟的一陣聲響，不知碰著什麼——小房裡的老人沉沉睡去，他倒是不問世事了，卻不曉得孫子阿學牯溜到此地，見這衣櫥笨重，多手拉開門扇，裡內的盒子罐子哐啷啷跌出來了；阿照嫂看見，不禁喝住：你阿公在房間眠了，莫吵到了。阿學牯反唇相稽：固狼阿賈！一個極為道地印尼口音的罵詞，說她沒有教養——阿照嫂聽了，氣急，罵道：潑你的大冷！跟你後來嫲好學唔學，學到爛嘴！阿學牯也不答理，邊跟著二人後頭，尾隨那沉沉的大衣櫥，似要一心要看好戲的模樣。芳蕊在迴廊把他攔住了——他要轉身走，她捏其衣領，不許這孩子逃跑。芳蕊沉聲說：阿照嫂看你長大，莫講你幾句，就打你幾下也沒麼嘅，你唔做得頂撞！阿學牯口硬，還是說：我冇吵到阿公睡目……芳蕊歎氣道：你幾歲人了？阿公多日來昏昏沉沉，根本不對辦了，你要識事！一生人，阿公就一個……阿學牯冷笑：捱阿娘講，你好似雞嫲婆，最多事情，最好趕你出去，就天下太平了！說完即離去。芳蕊站在大太陽地裡，卻無端的一直從腳底冷上來，終於是從一個侄兒口裡聽見，要攆她出去——樓房走廊忽然旋轉起來，恍如隨時崩塌，這地方再大，已沒有容她之所了。

八九天之後，章家發喪——南雀樓外踏起竹棚，白燈籠立在兩旁，標明是七十八歲。小廳堂充作靈堂，尋出老人六十許的畫像來端放，白布幔掛起來，據雲山所說，清晨寅時，一家子圍在病榻，淚送琴印老人，跟親戚們都說：老話裡所謂的壽終正寢，也便是這樣了。艷娘在後堂一側再設帳幔，裡頭有小床小几可以躺臥休息，絕不為難自己，床邊立了電扇，一陣陣風吹，她孝服在身，卻嫌麻布罩住，頗為難看，一早掀開；小憩片刻，則喚親近姐妹淘入內門牌，並囑咐阿學牯在外頭坐著，隨時待命行禮；一群聘來的姑子一色穿著海青，端坐誦經，擊磬敲木魚，眾聲吟唱，也不難聽。日夜弔唁者眾，川流不息，入夜更多了，擺開了桌椅，電燈照得雪亮，廚灶裡爐火不斷，煮了飯菜，往前邊送去，阿照嫂就一桌子一桌子招呼著茶水吃食。雲山跟老親友話家常，領著他們去看剛紮好的紙馬紙人，尤其一幢七色斑斕的樓閣，模擬得和南雀樓幾分相似，倒不可書上樓名，免得忌諱，可樓層精緻，簪以紙紮彩花，庭院並有孔雀開屏，雖說是竹骨薄紙，卻樓高七尺，很是絢麗，來人無不讚歎，說老人好福氣。雲山笑道：難為請到了芸香記耿老師傅，他那雙手親自紮製，眼下一般頭手愛惗好，怕是冇了。芳蕊摺元寶，樓前樓後都燒紙點香，她似乎也不願旁人多加留心，素淡衣裳，靜默的摺做金銀紙、往生錢。一一的往盆內焚化。見熟悉的人來了，她才起身招呼——茶粿亮一連來了兩夜，大概也沒其他人發現什麼，他坐在一角，芳蕊過來，默默坐下。兩人雙眼相望，恍似夢中相會，不大真實，原本過去一直存在的琴印老人，不是低頭下棋，便是笑語瑣事，如今隱然消失，空氣裡也不見人影。茶粿亮問：是明朝日送上山？芳蕊嗯一聲：是明朝日……到了明天，皮囊也要埋入黃土了。

她記得琴印老人過世前一天，忽然說要喝紅蘋果燉雞湯——芳蕊依法如實炮製，端過去，他倒是小孩等到心愛寶物似的，整碗喝得連湯渣也不剩。琴印老人一下子精神起來，叫芳蕊來到跟前，問她：你講阿爺待你樣般？芳蕊道：阿爺待捱如同親生一樣。老人嘖了一聲，低聲罵：親生又如何？領來養又如何？有心就有心，冇心就是冇心！芳蕊輕聲道：你若冇救捱，捱還是人家的一個先婢仔（童養媳）……琴印老人舉起手，淡淡的：陳年舊事，提其作嘅？話鋒轉到另外去了：那個茶粿仔，有沒有心呢？芳蕊靜了半晌，然後才說：他算是有心了。琴印老人點頭：好吖，捱就知道冇看錯人了。老人病懨懨的沉睡多日，醒來則勝卻平常時日，字字清楚，心裡洞明得很。芳蕊只有細細的把近日事說來：聽有利洋服轉來消息，說阿年生病，咳嗽許久不見好，福興哥倒沒什麼，福興嫂卻嘮叨不已，疑心是肺癆——芳蕊叫茶粿亮陪著自家去，兩人在那店堂內裁剪檯邊，客氣的應對，讓福興夫婦好不尷尬。茶粿亮開口說要帶阿年去上醫院，福興慌了，笑道：唔使，看了中醫，吃了止咳散呢。茶粿亮也笑說：肺病愛去驗的，驗痰底背有冇菌，有呢，才是癆病。芳蕊說：驗過才知道底細。囑阿年換了衣裳，帶了家常衣物，隨著二人離去。阿年喊茶粿亮為「亮叔」，也不多問，只靜靜的跟著；芳蕊坐在政府診所木條長椅上，茶粿亮略微瘦薄的男子陪在身畔，彷彿有了人可以商量說事，心裡到底有了一種奇異的安定。

琴印老人聽著，眼皮漸沉，一時又睜開，笑道：還有湯麼？第日還要煲蘋果雞湯，酸微微，少少甘……語聲模糊，他又緩緩睡去了——也許老人放心了。小茶几上的湯碗還在，一邊有副老花眼鏡，壓住一兩冊棋書，是老人說要拿給茶粿亮的，什麼《金花碗圖》、《忘憂清樂集》古老棋譜，看哪一天拿去。芳蕊一下子想起，茶粿亮柔聲交代阿年：你明朝日起來，嘔痰入小玻璃樽，阿叔呢朝晨就來，幫你拿去診所，他們會化驗的……他是有心的，可芳蕊不要把話說滿，以後有多個明朝日，她會好好留心這麼一個人的。

焚化盆裡火光慢慢小了，茶粿亮順手拿了個紙寶，遞過去了，芳蕊接了——盆內橙紅色火焰，微微光閃，恍如回到當日下午，兩人相對，琴印老人沉沉睡去。茶粿亮再摺了個紙元寶，默默讓光焰延燒……送逝者而去，似看見熟悉的面影，一再頷首微笑，招手，彷彿叫人留步——茶粿亮一陣鼻酸，知道今夜不這麼送老人走，等天光日、明朝日，送上山去，那也是別人家子孫的儀式風光，與自己無關了。

珊紅探情

接到螺仙電話，那一頭的聲音平緩，彷彿沒什麼事——說要過節了，請阿妹到她那兒玩幾天；其實還早，仍是舊曆四月天。表舅笑笑點頭，他像老派人，即使對方沒看見，手執話筒也臉帶表情的。電話響時，截了肢的他坐在殘障者用的特製馬桶，好一陣子，喊媳婦女兒拎電話過去——珊紅自有預感，在前面店鋪掌守，也不時朝樓上張望。小鎮地方五金店，臨到黃昏，還是有人上門來，一道斜陽入室，通透金黃，照得珊紅眼前迷濛，可不忘揚聲問客人買什麼；她恍惚記得，以前大街鳳翔洋服裁縫店，未及中午，提著搪瓷食盒，天光炎熾，她用一方手絹抹汗，踱至店外，見竹簾捲起，螺仙坐針車前，似引線穿針，一側阿練哥站著，低眉笑語；轉瞬一切不在，歲月流漩暗湧，騙得人以為是幻影。在當中轉了圈，珊紅已是老姑娘了——表舅家是自己人，老早託個口信，說來這裡幫頭幫尾，賺點零花，有碗飯吃，過日子；她歎氣，只能如此。不過珊紅沒料到，如今已不習慣在荒僻鄉鎮。店鋪開門，三兩藤椅擺門口，表舅端坐，熟人坐老半天，絮絮閑談，時光飛到多少年月前，枯槁沉悶，自己欲逛市集，忽想起要過了港對面才有。偶爾睡醒，唯聽窗邊有夜歸人拖腳車慢行，鄰舍吠聲斷續，方省起身在別人家。

老店天花板高，吃晚飯，電燈開足，可燈影蒼白，一桌子人也像活在舊照片裡，陰沉暗淡。表妗母提了醒，說去一下阿仙那兒吧，珊紅也只應了聲。臨睡前碧蕊姊倒來了一通電話，寥寥數句，彷彿事態不尋常。她換了睡衣，欲掩門，表妗母悄悄拿了鈔票塞過來，說是一點心意，去看看怎麼樣了。

一夜難入眠。珊紅天未亮，收拾衣裳，趕著搭早班車。老舊巴士內剩餘昏黃燈一盞半盞，寒風夾帶樹葉貼窗唰唰聲而來，似召喚什麼。

沒忘記螺仙住的蓬萊巷，靠近翠笙西餅店那帶樓房，都是起碼三四十年的建築——走過螺旋馬賽克磚樓梯，從旁側鏤空雕花通氣孔裡，喊了一聲，恍如當年，她瞥見螺仙在走廊曬被單，一片紫艷水浪花影晃漾開來。

房內摺疊式玻璃窗半開半合，聽得見樓下有人對罵，螺仙笑道，熟食檔婦人，昨晚就罵到現在，凶死了，害我不得好睡。一語未了，弓身張嘴，順手撿起塑料袋，一陣嘔吐，全是水。珊紅見她臉容深陷，唇白，心底一沉，可就等她一下休憩，一下作嘔，然後平靜躺著。螺仙作聲不得，只揮手作勢，要珊紅拿梳妝鏡前的驅風油——忙解開一粒衣鈕，擠了好幾滴，掃抹在胸口。樓底人聲漸渺，忽吹來大風，將外邊陽臺吊掛在衣裳竹的衣物晃得劈啪作響，好幾件掉下樓了，珊紅轉身急步下去。在樓底泥地撿回時，也就巧遇住前座的茂林嫂，迎面一句，你來就好了——斷續不連牽的補敘了些前事，說螺仙上月病倒入院，脫水高熱，幾乎認不得人，一輪掃描照片子，查不出什麼，稍微穩定即批出院，還是鄰舍們代為接她的。一番話跟碧蕊電話裡說的相差無幾，珊紅到底也得多謝不迭。走進樓內，暗沉沉影子靜靜躺臥，空氣裡似乎有些煙霾還是輕霧，緩緩靠近，她腳步拖沓，眼前門洞，似斜長狹窄起來，貼在壁上，扭曲不已，看像是微張的嘴洞。

螺仙消瘦，坐在床褥，眼窩深成窟窿，眼睛卻分外大。珊紅問她要吃點什麼，螺仙遲疑，微微歎氣，吃了都要吐出來——但沒有東西下肚，也不行。

廚房爐子燒著，幽藍火裡供著湖綠鍋子，煮粥水，黑漆漆一點地方，恐怕頗久沒開伙食了——珊紅似乎回到小時候黑洞洞灶邊，把柴枝往底下送，要盡快滾熟菜粒香蕉莖，用以餵豬；阿娘半靠於竹凳上，懶洋洋地說，阿紅手腳快一點，一邊折莧菜，丟在竹篾小簍裡。螺仙做的是針線，學會一手裁剪，不必餵豬——有時改舊衣給姊妹，珊紅矮小個兒，穿一件雞翼領細花嫩葉衫褲，怯生生站著，螺仙尋常一身月白同款式衣褲，胸是胸，腰是腰，斜倚長鏡子前，但覺眼裡看不足，眉眼流動一絲風韻了。年紀大一點的碧蕊，立在一起，也不過是浮動花影，晃閃即黯淡。旁人都笑說螺仙是仙女，珊紅她們不過是侍婢——記得花錦繡粵劇團來五府夫人廟演出，她們都學著戲臺上所唱，回去螺仙披了大幡牡丹花床單，當作披風，模仿巧遇漢武帝的衛紫卿。珊紅當時也沒有妒嫉，順手提了中秋節留下的蝴蝶燈，充當宮燈，一心做個陪襯宮娥，可回想起來，如果螺仙端坐臺上自然是洛水神仙，她能在身後提宮燈撐羽扇，也算沾光……春燈照玉人，或者春燈羽扇伴玉人，這些美麗像珠寶目眩的深奧歌詞，彷彿亦有這麼一句。燈影熄滅，玉人也老去。

螺仙後來出外郊遊的照片，在姊妹間艷羨傳看——多年後珊紅和碧蕊從舊相簿裡找到了海風椰林留影的青春男女，外甥女指點著，那男的是誰，她們都不作聲……也因為並不像是大家知道的那位姨丈。被譽為天仙的女子到底要付出一些曲折坎坷的代價。

阿練哥他家對面開的雜貨店如今已不在了。門首用網袋裝著五彩塑膠球，迎風晃動，拐進來，半空也有一袋袋蝦片——他偶爾會買一兩包過來。很久一段時間，才確定阿練不在……

當時的說法是暴徒被殲滅，共產黨一詞根本就是禁語；總之那時傻，跟著人進叢林，隨時不能保命出來。螺仙懷抱嬰孩合影，這相片還在，只是怕一些小輩多嘴，珊紅抽走了，似乎收得太好，都忘了放在何處。和阿練生的男孩子還不到對歲，便送走；螺仙再嫁的，是第三個男人，懷著另一個孩子過去，中間夾著第二個影影綽綽的人，不知道是誰，諱莫如深。

舀了點粥水，加兩滴醬油，稍有鮮味可以入口。螺仙嚐了幾口即止，碗內仍剩大半。珊紅叫聲阿姊，兩三口吃完吧，螺仙勉強吃了。

房間陰沉沉，珊紅開了燈，見她一頭亂髮，髮心發白，神情憂戚，輕聲說，我怕是過不了，就叫你來，至少今生做姊妹，我要是死了，你還會替我哭一場。珊紅低低的應道，別亂說啦，一邊找來手絹替她抹去嘴角溼痕。須臾，螺仙平靜的說，住院的時候，老松好像來過——老松是她過世的丈夫，生意失敗後駕樹桐貨車意外而死。珊紅一驚，也不答話，讓螺仙說去：凌晨三四點鐘，她躺著忽然全身痙攣，手腳亂蹬亂踢，見輪班看護們湊過來，據說螺仙橫臉斜睨，惡聲問道，我兒子在哪裡，親生兒子，是真的兒子，不要拿別人的來騙我。鬧了好一陣子，大家按住她，也不知塗了什麼在口腔，後來檢驗一番說是血糖低，意識不清——螺仙清醒後，渾身疼痛，心裡倒還記得有這麼一段，說了些胡話，可那語氣分明是老松的。他在生時，想必類似的口吻沒少過。珊紅苦笑，死了還要問親生不親生，看不開到極點。螺仙笑歎，我也無子送終啊——掛他姓氏的益生，十歲那年患熱病沒了；空氣裡強調舊事，語氣恍如跟老松對話；珊紅心想陰魂恐怕也有不知道的祕密，他大概沒料到螺仙還有流落在外的骨肉，和以前男人生的。窗框咯咯響，又是大風，燈影隱隱映在螺仙身上，珊紅忽然覺得阿姊彷彿一下子會隨風飄走。

燒了一壺熱開水，拎到浴室，倒進盆裡，白煙不斷。珊紅扶著螺仙緩緩走，來到那一盆水前，熱氣冉冉不止，如往事沒止盡來回拂拭著當事人。螺仙坐在矮凳，脫下毛巾，珊紅以手撥開煙氣，見眼前婦人枯瘦，和當年花一樣的阿姊疊印不上。她用小面巾浸熱水，在螺仙頭頸、背部、腋下擦拭，一下下抹著。螺仙本來閉著眼，後來慢慢睜開，怔忡不已說，阿妹你呀黑得跟表舅他們家一般，多見樹木少見人。螺仙老早當了半個城裡人，怕是忘了從前怎樣生活的了——她和老松的新婚居所，在美芝巷戰前樓房底層。珊紅那年也來探訪，團圓雙喜字鐵柵欄漆成朱紅色，門首端正懸掛著九扇美人仙姬走馬燈，客廳裡一溜硬皮薑黃色沙發，四支扭花銅腳架上一張玻璃充當茶几，上面擱著山茶花圖案瓷瓶，插著紅黃燦爛的劍蘭；一邊隨意擺著粉藍色蘇打餅乾盒，裡內裝了針線剪刀，靠壁放了縫紉衣車，小裁剪檯，螺仙蹲下身，仔細看布料樣板花色。珊紅走進浴室，一壁皆是嫩綠瓷磚，頂上是蓮蓬頭，一個蟠龍泥黃水缸，掀開半遮掩木板，裡面盛滿水，這倒是頗有老家洗澡間遺風，只不過鄉下是赤足踏在洋灰地，點一盞油燈，此處天花板鑲著一顆渾圓發光燈球，滿室煌然，燈蛾歡喜地飛繞，她拿起一張紫色浴巾圍住當作裙子，轉了個圈，彷彿非常滿足。珊紅隔紗簾，看坐在藤椅的益生，穿水手童裝，抬起小臉蛋，她拿起一個毛茸茸玩具狗晃動，跟小人兒做鬼臉。只是沒想到這樓房也消失在煙霧裡，人也無蹤無影。珊紅把毛巾擰乾，擦拭了阿姊的臉，螺仙的臉孔風霜歷遍，已不在夢中，倒是老早夢醒了。

螺仙入睡後，珊紅打了電話——牆上一個日曆，也沒好些時候沒撕，上頭倒用鉛筆寫了幾月幾日過端午，珊紅看著，一陣心酸。電話裡碧蕊問了病情，說是她好幾年前也這樣，給中醫治好的，需要點時間，療效漸進，病去如抽絲。沉默片刻，珊紅就問，老松陰靈過了這許久怎麼還來鬧，碧蕊哎一聲，這要怪阿仙，她沒有立祖先牌位，今年清明大概也沒去拜。珊紅握住話筒，一陣沒著聲——螺仙這幾年搬了好幾次，都在百德大廈裡小單位替人改衣，牌子寫著修補衣褲換鈕釦，好手藝只能這樣了，螺仙總笑道，改衣裳比裁剪新的有價錢呢。可生活愈來愈低沉，多年的香菸也不抽了——當年生了孩子之後，不知道是精神無寄託還是怎的，也就開始了吞雲吐霧；珊紅下午替她撿回來的衣服，色澤老舊，洗乾淨了也不會好看……過去被視為仙女，如今羽衣也遺落泥淖了。怎會連亡故多年的，還要照顧他的牌位？珊紅自己這方面看得很淡，她到老未嫁，死了歸納在哪一個家的牌位？在表舅父祖先旁湊數，還是寄放在庵堂裡，吃點香火？她寧願買個靈骨塔位，就在螺仙身畔，伴著她。

碧蕊輕輕說，那幾年前阿仙一直要去相認，我勸她不好——珊紅也曉得，人到孤老寂寞時，忽然記起從前的親兒，尤其後來螺仙沒了益生，難免到回來想念過去，她曾生過一個孩子，阿練哥的兒子，血肉相連，即使分開到天涯海角，只怕也感覺那遙遠的呼喚。碧蕊說送出去就送出去了，他的人生和任何人也便毫無關係——人真的要看開一點，以前的事何必提它。是誰家抱去，螺仙自然知道，他們家老一輩都不輕易開口……珊紅記得螺仙是到一個姨媽家裡生的，回來姊妹也不敢問。

這些事想來無益，養好身體要緊。碧蕊交代珊紅明日到神料香燭店買些東西，螺仙不立牌位，也得盡點心意；另外特別囑咐珊紅陪同螺仙去看中醫，就在碧蕊住所附近菜市街口的回春堂藥材店，若是搞不清橫街窄巷，先到碧蕊那兒歇息也行。碧蕊人老，語多重複，好容易才收線，又打回來，多次補充。

珊紅倦得眼皮沉重，匆匆換了衣服，就在客廳裡打地鋪。地氣冰涼，隔著石紋地磚攻上來，她抱緊胳臂，側身躺著，夜裡隱約聽見螺仙嘔吐，很近，又像很遠。珊紅睡得骨骼作痛，嘴裡喊著阿娘——有人拍打其臂，睜眼看，是螺仙，明眸皓齒依舊，是從哪一個年代出來？她把珊紅拉起來，一路走去，來到一個廳堂：陰幽幽的，正中供桌神龕點著電子紅燈，觀音娘身披彩衣執楊柳枝，底下隨意擺著坐墊沙發，一隻嬌小長毛狗兒扭尾巴奔出來，咻咻嗅著陌生人味道，仰頭細聲吠，印尼籍女傭捧茶步出，低聲斥責狗兒。有老婦緩緩走來，是碧蕊，手執四爪式鋼質手杖，見兩人，忽地哽咽淚下，阿仙怎麼會瘦成這樣？她兒子來了，怎還能認得出來？珊紅驚詫，回頭，螺仙整個人蒼老枯槁，木然呆滯，坐在一旁。珊紅一陣悲酸，哭出聲來。手臂枕得很久，麻痺起來，醒時廳內一片漆黑，唯座立電扇晃來晃去，冷涼得難耐，珊紅掙扎，踉蹌起來，把電扇關去。也只有在夢裡，才會有類似電視煽情催淚的畫面。

天亮時，暗藍天空餘一鉤月白。珊紅悄悄去了街口，角落神料店早已開門，天官賜福神位擱在外邊，燒金紙特製桶子攔路，她走進店內，買了金銀紙冥鈔和往生錢；再拐去小菜市，遲疑半晌，還是買了水果點心。回去略微在房門張望，螺仙還閉目躺著——這得盡快做，草草的找到一個搪瓷盆，放在陽臺，香燭點了插在花盆泥裡，祭品以碟子盛了，立即開始燒紙。珊紅倒沒叨念老松名字，卻想起外甥益生，記憶中永遠活在十歲前的男孩。那時螺仙早上在裁縫店工作，益生一早就得來珊紅阿姨處做功課，吃了午飯才上學。珊紅年輕時在別人家當幫傭，包住宿，招待外甥倒不成問題；她煮了蓮子百合甜湯，炒米粉，送到孩子面前，隔個時候，看他吃完否，盯緊他寫作業，臨上學前仔細整理益生的衣褲，弄好書包，男孩一臉忍耐安靜的表情，顯得不怎麼喜歡這個阿姨。珊紅彷彿樂在其中，那個短暫時刻她也隱然成了人母，照料孩子，是一種祕密的歡喜。紙錢翻飛火光中，珊紅似乎看見益生站在旁邊，然後愈來愈遠。

掀開門簾，螺仙倒是醒了，沒嘔吐，精神不錯，她微笑道，阿妹一早去了樓下菜市，買了什麼？我好像嗅到娘惹木薯糕紅豆糕的香味。

珊紅笑著捧著小碟，湊到螺仙跟前。切成斜角菱形的糕，晶瑩的一層奶白，一層暗紫色鑲嵌紅豆，螺仙低眉輕輕的聞了一下，芬芳馨香，她笑道，我多久沒吃這糕點了。她知道不能吃，即使咬一小口，胃裡便要翻江倒海。酒肉穿腸過，到此刻卻吃什麼也不用穿腸過了，美食只需吸取那一點氣味，煮到恰好之時的剎那香氣，然後任之飄走，都是與已無關了。倒頭睡在床上時，紛紛往事也隨之飛散，似乎有人在身旁燃香，一陣陣經過一番的哀樂都緩緩燒成灰。

珊紅逕自到廚房沖麥片，螺仙忽然的從床上起來，慢慢的站著，走近窗口，沒有了前日的謾罵聲音，只聽一片雀聲歡歌，好像自八方互相打招呼，對面樓房日頭金光徐徐倒瀉，路邊停著的汽車頂上，一頭老虎斑貓兒大模斯樣的坐躺，迎著暖陽整理毛髮；螺仙詫笑，這畜牲大膽得很，也不管車主等會兒出來發現，拿棍子一頓好打——牠只顧自己舒服，伸展四肢，以舌撫刷著肚皮。難得有這奇妙的街景，螺仙暫且流連，好好看貓兒；挨延一下才回到床上，等珊紅拿麥片過來，也許吃了，便要開始盡情嘔吐。眼下能看多少就看多少了。

妙蓮芳華

電視機下午送來，福娣姑不在，剛帶著齋姑們去金魚村做法事了。只留後堂一兩個打掃女工和洗衣婦，還有妙蓮——靠近歲末，也有些人來還太歲，瑤池聖母廟近年也包攬攝太歲還太歲的，不過老派的信眾寧願親身過來一趟，拜還了才安心。妙蓮耐心尋出半舊簿本，看年頭記錄得密密麻麻人名，添了香油，念了一句，在神龕邊的鼓咚咚聲微敲，只覺布幔無風自晃，煙黃輕羅紗繡上的寶相花隱然暗淡了，日頭半映，有時照進來，有時沉下去，一隻黑貓蜷縮在淺朱砂紅啞面瓷磚上；她這一向睡得不好，更有點煙迷如夢。步入後堂天井洗臉，一溜綠豆青瓷磚，鑲嵌住一只象牙白洗手盆，伸手往一扭扭的水裡一探，水是熱的，微微燒滾，彷彿給太陽眷顧，這水無端就活過來。臉一陣燙，抬頭，壁上四方鏡子裡倒映出一張人面，妙蓮驚詫了一下，轉過身去，那男子穿著尋常T恤，金色陽光斜斜攔截，看不清他的臉是方是圓，唯見他舉高一張發貨單，腳邊停放了個紙箱。

妙蓮哦了一聲，忙引著他到另一側的起居間裡，門是虛掩的，地方寬敞，靠牆是書架，擺滿了在家人捐印的經書，大都淺玫瑰紅封面的薄本，背面不忘誌明誰人「印贈結緣」——中間就坐著個組合櫃，正中最開闊的應是擺放電視了，男子抱捧住紙箱過來，拆開，一個笨重漆黑的物體端出來，他也不問，自顧自的將之放在那空位，手纏繞著那細長電線，回過頭來，挑動眉毛，似向妙蓮詢問插座在何處；她反應不過來，怔忡半晌，才說：「哦，在另一邊。」角落平白多了個洋灰圓柱，上面龍纏鳳繞，是五彩浮雕，這裡午後空氣有灰塵浮動，窗光迎接，就是一道光幢金塵，斜照下來頗具舞臺效果；她拐過去，接過那人的捲曲電線和插頭，手往柱後找尋插座。他倒是不願閑著，低首則撿起那捐贈的小經書翻閱，忽覺有趣，哇一聲，念起來：「初一早晨造涼亭，金磚鋪路等善人……」妙蓮笑道：「這是十造涼亭真經，很有功德的，你等下拿幾本去。」他搖搖頭，似乎不大領情——妙蓮倒不覺得窘，逕自開了電視按掣，畫面一大片白花花，男子乖覺，自去調校電視頻道。她們此處屋頂不高，天線魚骨屹立，沒一會兒就有七彩映像。他拎起遙控器按來按去，色調音響一一弄好。妙蓮心想，慧因、世蘭二人對於重播的《還珠格格》追看不捨，夜裡應是雀躍不已了。過去自己還不是這樣？多年前港劇的主題曲在另一邊廂隱隱響起來，妙蓮則壓低嗓子跟著哼唱：世事多苦惱，別時哪知見時難，怕憶舊侶，怕想舊愛，一生悲歡恨怨間……小房間就吊掛一管電燈，蒼白暗淡，箱盒層疊上放著小圓鏡，背面是中國灕江山水，正面是妙蓮湊前去自照的臉容，她把劉海拉直，對齊眉毛，十三四歲的眉眼愁楚，看有幾分像汪明荃的模樣否——還未長大，就要思怨郎歸晚了。

男子弄妥了，叫妙蓮簽單——買電視的銀款，想必福娣姑付了。妙蓮看了看單據抬頭，咦，是順發電器行。

多年前信眾捐來的電視殘舊不堪，畫面時有時無，顏色走調，多次修理，如今修無可修；福娣姑看在一眾姊妹們的福利分上，自己慷慨拿出私己錢，換一架新的。只是福娣姑因為不能割捨的家族情分，還是得跟新村大街的順發電器行買——按照她的說法，是她楊家自己人，叔公那房二代的生意，等於福娣姑堂兄輩分，雖然她一人老早住聖母廟，終生不嫁，算是半個出家人。然而中秋節那時必芳相親的事，妙蓮沒忘記——順發家的大兒子，福娣姑的堂侄，倒是經由廟庵內部理事夫人介紹，說是這些瑤池聖母廟長大的女孩兒裡，必芳的脾性是極好的，是福娣姑身邊能說體己話的一個。反正並無規定她們勢必要青磬紅魚過一生，紅塵那一端有新的情緣，嫁得好也是大有人在。約在梅苑酒家吃飯——這也是老派餐館了，少有的講究柴火鍋氣，廣東古老手藝確實美味，點的八寶鴨、佛缽飄香硬是和一般坊間賣的有別，高腳托盤盛菜讓也跟去的慧因、世蘭兩個女兒家當作稀罕事……只是回來都向妙蓮說順發長子黑黝黝一張臉，笑也不笑，三十好幾，就像四十歲般的老成。相親不成，必芳沒說什麼，後來據傳她當天拎個茶杯也不穩，失手落地，砸個兩半，那理事夫人面色一沉，自然看作是不祥徵兆，還是打住為好。聖母廟姊妹以後提起大街順發字號，都吃吃笑起來，直到把新聞說成舊聞方休。

妙蓮簽了單，欲打趣問一句，你們家少東討了老婆嗎，卻又止住，不想被人認為是聲口輕佻。男子反而似笑非笑，問道：「這裡住的都是齋姑？」妙蓮心底有氣，可嘴邊還是含笑，把原子筆丟擲回去，說：「不一定哦。」他走出起居間，她忙關了電掣，跟著出去。天井太陽反撲過來，一陣金光照射，男子回過頭來，笑問：「我以前讀小學，班上有個楊世蓮同學，記得就是這裡的齋姑，不知道還在嗎？」妙蓮微微一笑，用手遮住艷陽，只管說著：「我們這裡女孩子有叫世蘭、世菊、世竹，世蓮就沒聽過了……」他用手指轉過來朝向自己，笑道：「你告訴她，四紫班的張旗飛，問候她一聲。」妙蓮略微歪著頸子，斜斜的瞇縫眼睛，似不勝陽光熾熱，但也點點頭，「看見了，便代你轉告。」他從褲袋掏出一頂鴨舌帽，戴上，對著妙蓮眨眨眼，大步走出去了。

妙蓮穿過天井一地的金色光網，來到前殿。望了神龕裡的瑤池聖母像，那神像嘴角輕輕含了一朵笑，雙目盈盈的注視著，妙蓮忽然覺得殿裡也有太陽步履姍姍，緩緩的熱起來。黑貓在地面仰頭看她，貓兒頸部原來有一片雪白斑塊，並不是全黑的——妙蓮以手摸貓的頭頂，開始覺得這小東西有點可愛。

樂園巷的利協印刷廠陳太夫人仙遊，因老闆經常替廟裡印經書，有點交情，於是福娣姑領著齋姑們來唱經。那日慧因肚痛——女孩子多吃了點冰，月事來臨總是麻煩，只好央妙蓮代替。一個倉促間搭就的棚子，靈堂前奇窄，妙蓮只覺得侷促，穿上海青，更是悶熱無比，隨著姊妹吟唱得沒多久，聽棚外微微一兩聲悶雷，欲雨未雨，借此便悄悄退下來，倚在一邊的小凳休息，福娣姑正和家屬交代細節，眼角瞥見，也不沒怎樣。妙蓮看著福娣姑這幾年倒是瘦了——小時候雨天劈雷，就聽她說些異聞怪事，閃電打雷，其實是天上龍神領兵，地面的精靈道行不高的，就要遭殃；福娣姑說以前這裡還是很荒涼，入夜鄰舍不聞人聲，雨夜裡窗門總覺樹影舞晃，雷聲轟炸，很刺耳驚心，須臾則聽見門板有趴搔聲響……她稍微停止，才細聲說，是山芭裡靈蛇、山貓和紫狐叩門避難，更有的是知道劫數不可逃，特來託孤。福娣姑笑道，指著大家，就是你們這些小妹仔了。姊妹們都在笑。

她們見福娣姑經常穿一襲寬鬆黑膠綢衫子，偶爾走到天井，風大，身上衣衫吹開，兩袖啪啪似要飛起來，蝙蝠一樣——後樓天花板老是有蝙蝠棲息，走上去，只見一隻隻倒掛，一地撒落盡是果實，想必是蝙蝠啣來的。當年多嘴的師姐暗地裡說福娣姑是「匹婆精」，那後樓是她的巢竇，半夜會抓熟睡的小齋姑去吃掉……這些話不時拿來嚇新來的小齋姑。妙蓮心想要不是這福娣姑張開雙翼，保護了這許多孤女，她們的命運也不敢想像了；當然後來也有些姊妹要去尋找親人的，或者有天來個陌生人說是親生父母，上演淚眼相認的折子戲。但絕多數已經心平氣和，看開了——像自小學會的誦經吟唱，在無數次別人家的喪禮，她們肩並肩，也沒敲擊鼓磬鐃鈸，只是低低拉起一把聲音，是〈黃泉引〉，唱的是黃泉路上，牽引亡魂在望鄉臺，在人間投視一眼，與親人道別；到底也像是各自和未見過面的血親道別，邊唱邊釋懷，也放下了家人為何遺棄她們的怨懟。至於聲名富貴，轉瞬好比浮雲，歌聲裡勸慰亡魂看透，喝酒吃飽，然後上路。那年妙蓮才八歲九歲，唱經有板有眼，福娣姑在旁聽著，深感憮然，自此對妙蓮留了心。以後有人學得有點模樣，福娣姑也點頭稱讚，但加上一句：「很好，可要像阿蓮那樣子就沒有了。」之後就有人說妙蓮其實是福娣姑的親生女，對待她有別——這該是旁邊的人不忿比較，惡意造出的謠言，過後妙蓮打齋竟不敢過分表現，吟唱聲微弱，逐漸便沒有留在打齋行列裡。福娣姑在眾人面前倒沒說什麼，只是在必芳幾個較為無需提防的近身略微透露，嘴邊歎息不已，說妙蓮傻。

妙蓮做多了洗刷工作，女孩子們隨著福娣姑出去了，她便逕自留在廚房灶腳邊——大節日裡，妙蓮情願留在廟前香燭攤上幫手，替善男信女選好，什麼大貴人紙，大悲咒往生錢，簡單如金銀紙寶，她也耐心疊好；又或替人「解籤」，廟裡有本陳舊的《聖母娘娘靈籤註文》，是從前留下來的石刻複印版，照著六十甲子排列來翻查。有次一個婦人笑嘻嘻的把籤紙遞過來，妙蓮一看是「戊寅」字樣，忙尋出註文裡的籤詩來：「選出牡丹第一枝，勸君折取莫遲疑，世間若問相知處，萬事逢春正及時。」妙蓮一字一句筆錄，查明婦人要問何事，婦人笑道：「是問姻緣。」妙蓮點頭說：「那是好的，會順利……」婦人遲疑的，又問：「這回已經是第二婚，那也是好的？」妙蓮微微一怔，笑說：「萬事逢春，自然是百無禁忌的，大吉大利。」婦人盈盈一笑，道謝而去。廟裡人當年也是愛說短長的，妙蓮送來那日，說是個自稱芬姨的伴隨帶來，她們背地裡編派那應是妙蓮生母，據說要二婚改嫁，怕這麼一個女兒耽誤婚事，也就寄養瑤池聖母廟裡了。福娣姑後來給她看照片，廟前陽光燦爛，一個藤圈椅裡坐著女孩，是妙蓮，身邊倒不見傳言中的芬姨。

這夜陳太夫人法會裡，一眾太太奶奶們，端坐守靈，雖是盡量穿得素淨，但可以看出那眉眼嫻靜，神態哀戚中帶著優雅，是過慣養尊處優生活的婦人了——妙蓮心想那遙遠的生母也是如此麼？或者也老早離世，偶爾稍微念及，似乎覺得不該，卻也不無可能。妙蓮輕吟的經文，飄飄散成一大片無形羅網，撒出天邊去了，哪一個幽魂聽見，也得細細思量，盤算紅塵一生的好歹得失，作最後的一個回顧。妙蓮還在人世，一個尚算年輕的身子，有她的哀喜，未來混沌的起伏波濤。

後來一陣子這大街修治道路，竟車禍不斷，好幾次死傷，街坊特請瑤池聖母廟齋姑們去超度——她們回來，在走廊雀噪絮絮，說連電器行有個夥計都給撞了，年紀輕輕的，妙蓮抱住了黑貓，聽見了有點疑心，但也不願意去問些什麼。到了夜裡，黑貓悄聲沒息的走近房門，以爪搔之；妙蓮察覺，扭開門，貓兒即閃入。妙蓮嘖一聲，有嗔怪的意思，可黑貓卻大模大樣的踱到床腳邊；她坐在床沿，貓兒則緩緩靠過來，蜷睡在人的腳畔。妙蓮一下下撫摸牠的毛髮，心裡有事，當下有種淒酸且快樂之感……牠其實跟自己來做個伴了。

不久則聽說電視機壞了。其他齋姑自然把矛頭指向妙蓮，都是那天她簽收的，也沒檢查清楚。妙蓮沒辦法，怎樣也得往大街走一趟。

一路汽車不斷——煙塵裡有印尼人擺賣的攤檔，當街炸一種魚餅，風吹來腥味四溢，妙蓮掩鼻而過，有人就買了，站著吃起來。街口剛新開一家迷你超市，門前擱一個冰淇淋販賣箱，稍走近，則冷氣襲人。卻見順發電器行在對面，妙蓮走過去，門口吊掛著促銷用的廣告紙卡，讓冷風吹得晃動不已，旁側倒有群人駐足在看大電視屏幕的電影，忽的轟一聲，動作片爆炸音效奇大，也屬於一種吸引人潮的手法。她張望一下，也不見那張旗飛，可反正來了，看看也無妨；走到一排玻璃展示櫃，裡面擺放著照相機，極其精緻小巧，櫃邊有個女售貨員愛理不理，斜著身子，在吃一包炸薯片，咬得嘰嘰呱呱響，很刺耳。

不招呼更省心，橫豎自己又不是來買東西的。

踱到角落，這裡竟然連浴缸也有售賣，雕花鑲金的大浴盆，象牙色的瓷缸，華貴得不大協調——也許這新村裡一些新富人家，娶兒媳婦會購買添置，但也不至於誇張至此。像是不大正派的女人才會躺下去，一池白泡沫，然後伸出一條美腿，老電影裡紙醉金迷生活的其中一幕。卻料不及現實裡忽然出現了，有點好笑。

「你也想在這裡沖個涼？」

妙蓮一驚，回頭，是他。

雖然有了心理準備，但看見了，心裡還是有止不住的慌亂和歡喜。

她粗著喉嚨，彷彿裝起不耐煩的樣子：「喂，下午有時間嗎？到我們那裡看看，電視機壞了！」聽著連自己也有幾分反感，刻意掩飾什麼。

這張旗飛顯然在太陽下曬得久了，臉上紅通通的，像從海邊回來似的，眉眼裡笑意晃漾——活生生的站在跟前。活著就好，妙蓮為自己之前的亂想感到一絲羞赧。

「到底可以嗎？沒有趕緊來修。我會給人家罵死的！」妙蓮有點嗔怨的追問。再一次，她對於這個稍微作態的舉止而驚詫。

「沒問題，不用擔心啦。」

妙蓮實在討厭他聲音裡那種勸慰安撫的味道，似哄騙身邊的親昵女人。但心裡有道門徐徐打開，竊喜的感覺不請自來，登堂入室。

「說過算數，不然即使是同學也沒情面……」妙蓮笑盈盈的，狹長的眼睛瞇起來，那微帶橢圓的臉極像嫵媚的貓兒，匍匐在瑤池聖母跟前的一頭貓。

「哦，默認了，那天和你說起，卻完全不承認，你就是楊世蓮嘛⋯⋯」他笑著抗議。

那天妙蓮裝著那名字不是自己，也情有可原——多年前上學的名字，許久不再使用，彷彿是前世舊事，他不說起，其實真的不復記憶。此刻兩人相視而笑，她只覺得瞬間的快樂不大真實，雲裡霧裡，稍縱即逝，忍不住留住多久就多久。他滔滔不絕的重提學校瑣事，一些微不足道的可笑細節，似乎頓時把她當作特定時空的親人，有些回憶是共同祕密，外人根本無法知道。

好像時間過得頗久，也恍如短暫的一瞬間。妙蓮站在浴缸浴簾一旁，和他開著玩笑——這段時光變得異常珍貴，可以收在神話故事的葫蘆裡，保藏得好好，一句隨意的話語，一個表情笑意，不會忘記。

下午果然有電器行的貨車，開到聖母廟去。

妙蓮在後面幫廚娘搓麵糰，做粄麵吃，也聽不見貨車聲響。她忽然想吃甜膩之物，興致勃勃的要炸年糕，先切了一片片深琥珀色年糕，沾了麵糊，擱在熱油裡，嗤一聲，油花爆了一點出來；妙蓮喜孜孜的，注視著年糕在金黃色油裡沐浴。才撈上碟子，廚娘煲了一鍋番薯糖水，央妙蓮看著；她掀開蓋子，透明水色帶著淡淡紫紅，舀了一匙嚐味，熱辣燙嘴，卻自有一股清香。

走到起居間，才曉得電器行已經搬了電視機過去——張旗飛沒來，來了個印度人，略檢查一下，便抬了離開。妙蓮怔怔的，倒說不出什麼。

夜裡在附近巴士站路口對過的空地，有每週一次的夜市，小齋姑們閑不住，況且暫時沒辦法看電視節目，不如約好姊妹一起逛逛，妙蓮也被她們拉去了。

一檔檔攤子拉起電線，接上電燈，此地一下子亮如白晝，照得四下清楚明白；妙蓮走著，一路只聽見過年歌曲轟炸式播放，行至何處，也無法逃脫「發大財」的糾纏。齋姑們去看束綁頭髮的尼龍彩帶，一條條挑選，而妙蓮但覺悶悶的，沒什麼意思，轉過身去，要循著原路回聖母廟——就在賣甜玉蜀黍攤檔前，見到張旗飛，她心裡一陣絮亂，忽然他手裡握住兩杯甜玉蜀黍，遞給一個女子，女子輕輕一笑，他一手挽住對方的腰，並肩走了，一邊走，一邊吃著玉蜀黍粒，自然看不見妙蓮。

回到廟裡休息，等過了吃夜宵時間，妙蓮默默來到廚房煮熱鍋中糖水——水沸了，粉紫色薯塊在水渦裡滾動，似乎怎樣團團轉也無法離開這個方寸之地。她舀了一碗，吃著，那入口的甜味漸漸變質，成了苦澀。忽而記起那個下午瞥見瑤池聖母嘴角一抹微笑，據說有緣一睹，大概是當時有紅鸞星照，是命中的一個人要來了，她才放在心上，還是不過是路過招惹就走的閑人？那聖母的笑容隱隱帶著一絲嘲諷。

洗臉盆上的鏡子一片白茫茫，只有夜裡燈管的微弱白光，沒有其他人的面影。剎那皆歸納為昨日，點滴漣漪徐徐散開，稍微平靜。鏡光裡的妙蓮，眉眼依舊如此，而心裡奇異的小小愉悅歡喜剛長出來，即迅速枯萎；這一點點微妙變化，看來旁人也未必察覺。

睡至夜半，照例聽見貓兒的低喚，妙蓮開了門，黑貓踱進來，瞪著眼前人；她淒然一笑，站在那兒良久。

指環巷九號電話情事

搬到指環巷九號三樓，是哪一個年頭？要仔細計算，當然說得出來——此地段龍蛇混雜，大馬路稍作迂迴狀，微微一個S字形，沿街可見南印度人攤主，緬甸籍青年，柬埔寨婦人，恍如另一個小南亞集中營——修車店半爿還設櫥櫃賣手機啟用配套，他們圍繞在櫃邊詢問著。轉折處一間何安記冰室，店外一攤煮炒檔口，頂上卷開一張翠竹簾迎著街心天光，大鍋冉冉升起紅火白煙；土黃色校車緊貼路墩而行，車窗邊小學生伸出頭臉尖聲呼笑——我可沒有理會他們，逕自捧住保麗龍盒子，站著選菜；時間有點遲，大圓托子裡糖醋排骨和滷蛋合併，隔壁的咖哩茄子所剩無幾，在油汪汪汁液中泡著。攤主是個乾瘦婦人，大把染黃鬈髮挽在腦後，隨著身後舊式錄音機歌曲哼唱：「歌聲中帶著情淚，心中結欲解憑誰」——屬於八十年代的曲風，梅艷芳唱的港劇主題曲；老派風月歌扇舞衣的滄桑，燈影荔枝紅，我老媽當年的駐唱生涯不乏類似的背景色彩，她藝名叫貝玉琪。我只要稍微聽見帶風塵味的懷念金曲，總覺得有一絲親切。

那是我腳受傷之前——性喜遊逛，午後街巷裡穿梭，循香尾隨，是那裡擺賣的燒餅馬蹄酥牛脷酥。淡淡女聲則化為一道水藍色綾帶幽幽飄飛開去，那訴說的低吟怨歌變得聽不見，都被喧囂汽車聲沖散。

紫蓮阿姨打電話來，說我這裡附近似乎雜得很——上一期房客安裝家用電話，接租過來還是在用，那時倒是已經興用手機，略重的扁錐子形機身，屏面還是黑白的。紫蓮阿姨做陪月，替產後婦人煮月子餐，乘有空在雇主家裡偷打電話過來。那具深藍色的電話平常無事靜躺在舊裝飾櫃頂，哐啷啷響起來，奪魂鈴一樣，整個空氣彷彿裂成一絲絲冰紋，又像鋼線吊掛小金鈴，警示聊齋的吸血姥姥要來了，不接不行。紫蓮阿姨偶爾來我這裡打掃，也是受我老媽之託，她們多年的結拜姊妹，義氣相交，都相信對方，要是託其他人是很難放心的。她笑罵我斜對過的夜總會太張狂，我懂得這話中的省略語，是那些小姐——當然是猛龍過江的神州佳麗。維納斯夜總會門口冷氣一股接一股往外瀉，隱隱粉香襲人。她曾經一手靠著暗黃沙發，一手把扶桑花瓣圖案窗簾除下來，嘴裡說著菜市老年男人拈惹中國女人的八卦絮語，什麼榕樹下賣藥品藥材的福州女人，一個勾魂眼風就將退休老會計的積蓄消耗殆盡——我當然覺得是她半百仍小姑獨處的一種敵意。老媽悄悄說，紫蓮阿姨基本上是個好人，只是嘴巴碎了點——其實控制欲也不見得弱，她一來，茶几上務必收拾得一乾二淨；有時為了手邊方便，隨意而放的雜物，絕無例外的被收納在她認定的正確地方，借整齊為題，而不是我們的樣樣順手如意，單身男子特有的亂中有序。有時夜半想找一樣東西而不可得，恨得幾乎要撞牆——欲親自打電話去，卻恐怕擾人清夢。

偶爾也找到一些不屬於自己的事物，迷你音響裡擱了粵曲平喉小明星的光碟，不經意開了來聽，有點被嚇著，似男似女，雌音模仿風流少爺眷戀花月場鶯燕，〈胭脂扣〉：「我笑把昨夜恩情，都付與琵琶奏，胭脂扣惹來一段風流，說不盡情短情長情深情厚。」夾雜梆子箏琶，入夜聽起來很有鬼氣森森之意——歌詞紙面印著小明星玉照，瘦骨珊珊，竟是梅艷芳模樣。據說她曾經要演小明星一角，後來不知怎的沒有成——紫蓮阿姨無意帶來的這張歌碟，聽久了反而成習慣；過去是聽老媽唱的，一個女人懶洋洋地吟唱艷曲，時間變得緩慢，沒有了區隔，是浮沙流塵停滯了，然後昏黃燈影下，壁虎斜歪著身子靜候捕捉蚊蟲。電話響起來，一聲聲，恍如遠處的人急切有事，接起來，話筒無語，蓋下——是找上任房客？早就該更改號碼了。當初日間上班，回來後領一些帳在家裡做，算是外快，電話大多時候靜悄悄。我拿下了小明星的唱碟，換了茱莉．倫敦的爵士曲，另一把煙視媚行的嗓音唱著〈藍月亮〉，冰晶淺綠的薄荷酒在琉璃盞裡，有碰撞冰塊的清脆聲響，老媽不在身邊，只有自己，茶几邊的白熾日光燈，還有帳簿和單據。

不過經常打來說得嘮叨的是紫蓮阿姨，而老媽通常三言兩語即收線。

我記得老早時候的她相親好幾次，老媽說過有一回紫蓮阿姨現場不小心跌碎瓷碟，好事不成，事後歸納為某種警示，注定紅鸞無緣。現在輪到她為別人做媒，娘家姨甥好幾個成為目標——輪到我之時，無法推託，暫且答應，紫蓮阿姨在電話那一頭笑道：「……頂好茶室賣鴨肉飯的女兒，你還記得吧？人家開了補習中心，忙於事業才要我介紹，不然你祖上積德，也搶不到機會呢……」我盡在打哈哈，勉強應允。約在女家後院烤肉會，說是迎接他們家二哥留學回國——父親賣鴨飯，也居然一早在市郊花園買了一座邊角屋，據說院子還有個錦鯉池。紫蓮阿姨後來打電話一再確定，囑咐別爽約。

我還記得發生了比爽約更為影響深遠的事——下班到菜市，天下微雨，步至後巷，洋灰地溼漉漉，足底一個滑溜，打了個岔，徹骨痛楚從膝蓋直衝下來，忽然舉步維艱，仰望空中只覺得高樓搖晃欲墜；半途竟然變成鐵拐李，只好臨時在藥房買了止痛丸。回家還是痛了一夜，隔天看了普通診所醫生也未好，於是請了假，央友人載送去醫院檢查，折騰一段時日，也不敢隨便驚動老媽。

接下來已經變相被囚在樓房裡了。醫生說不宜外出，撐住一枝鋁製楞杖寸步微移，出入房間洗澡間視為畏途——時間彷彿自此漫長起來，若是身在看守所，至少也有人聲人影，也勝卻一人蹲坐屋裡養傷，一個空廳堂晃蕩著回聲；我素來孤僻，可從來沒有像當時那樣渴望人。拉了把凳子放在陽臺地上，舉頭唯見藍白相間雨棚，樓底一棵綠樹猶如彎腰女巨人，伸臂開出了枝葉，鳥影飛撲，有翅膀扇動聲音，陽光忽隱忽現，轉瞬響起啁啾相和；稍微往下看，籬笆旁一個土地公神龕，花貓臥躺在側，以前爪肉撲洗臉，愛理不理——只是看不到人。午間時分，若是在公司已經相約同事用膳，此時則一人剛泡好杯麵，電話響了……是賣鴨飯的女兒，特地致電慰問，略微高亢的女聲：「傷到哪裡了？有照過核磁共振？有相熟的醫生？」我笑道：「韌帶和軟骨組織都有點傷吧，或者找一個骨科中醫，據說包紮工夫很好……」她一直嗯唔個不停，有一種隔空聽診之感——我想理應是紫蓮阿姨背後教路，還是她有那麼一點願意表示關懷的意思？電話那頭繼續發問：「……要長期養傷哦？收入怎麼辦？你的公司有發薪嗎？」我忽然覺得一盞強光座燈當頭罩下來，有逼供的味道，只是不得不說：「當然不會發薪，只好暫時用著自己的積蓄。」她在另一頭停了一下，緩緩的才有回應：「這樣啊，這樣也是沒有辦法的事，忍耐一下。」未幾即掛上。

她想必以後也不會再打來了。

這一陣子時光愈加凝滯不動了，自己一個人坐在沙發老半天，有時甚至遺忘身在何處，放空到一個地步，連地點景物也有一剎那覺得恍惚陌生，之後回過神來，斜陽大片金色登堂入室，眼睛睜也睜不開……外面世界怎樣了？紫蓮阿姨難得過來，手拎一個鋼製食盒；白濛濛日光燈管下，我一步一艱難的走到靠壁餐桌，見那三層連疊的盒子從手挽提把裡取出來，似記得老媽也有這樣的食盒。一盒是芋頭煮青豌豆，淺紫茸爛芋羹有柔膩香氣，一盒是灰紫色蓮藕湯，另一盒是暗紫色糙米飯，我忙俯身吃起來——從來沒有這樣餓過。紫蓮阿姨坐在對面，丟了一疊東西過來：「報紙！在我的那兒拿來的。」是在陪月工作的人家取來——那一年禽流感肆虐，新聞斗大標題卻彷彿與己無關，此時我不過是半個殘障的囚徒。她沒有閑著，轉身拿了掃把一個勁兒清除屋裡灰塵；她簡直是污跡的天敵，或者總得做個什麼，盡一點心——也不再提相親的事情了。我剛吃完，紫蓮阿姨立即過來收拾，哐啷聲響，似乎拿不穩什麼，她回過頭去擦拭，是淚？臉沒有轉過來，自顧自的說：「怎麼辦，腳一直沒有好，怎麼辦。」我忽然無法應付這戲劇性的時刻，欲起身安撫她，卻覺得雙腿麻痺，撐不起來；短暫的一刻似是頗長的一段，有點無措，卻開不了口——忽地覺得她就是老媽。幸好近處有遙控器，啪一聲，打開電視，轟然湧進的人聲填滿了空氣，稀釋了這隨時發生抱頭痛哭的可能性。

怪電話在一個午後接到的——是個男子聲音，倒是聽不出多大年紀，略低沉，很優游淡定的問我吃了飯沒，似乎是認錯了人，還是找以前的舊房客？換作平常的我鐵定蓋上電話，然而自己卻不由自主的和他對起話來。彷彿這種事沒有什麼稀奇，窮盡無聊的人亂打電話，遇到誰就是誰，即使詐騙集團也很有意思——他裝熟的語氣一點也不費力，輕輕淡淡。這個時段，大概是午膳休息，公司無人，正好玩遊戲。話筒裡的他，是一句兩句低低的說，但卻不刻意，我反問他都吃了些什麼，他一笑：「哦，吃了牛肉丸麵，你知道祝記？」當然曉得，這祝記是城裡知名的，一小爿店面盡是人，記憶裡老媽帶我去吃，公雞圖案瓷碗熱煙冉冉，肉香攻鼻，微黃麵條捲縮一團，上邊澆滿褐黑肉末，丸子在另一個湯碗裡浮沉；老媽夾了一筷子麵在湯匙內，低頭吹氣，然後送在我的嘴裡，她眼神示意那一碗的牛丸，我皺眉搖頭，她略擠鼻子，伸指頭晃了晃笑道：「那是最好吃的，笨小孩。」我隱隱在時間的急流裡乘坐筏子兜轉了幾圈。他說是外帶的，我一下子聽不清楚：「祝記還有送麵上門的？」他笑起來：「外賣也有的，我這裡很靠近祝記，打電話就會送上來。」那轉角處大樓如今倒是改成麥當勞，番茄紅的M字，過去底樓是買影音光碟的店鋪，足踏門外即聽見流行曲歌聲，迎面牆壁排開當紅巨星大張海報。他說下了班，總會在麥當勞落腳吃一個雞肉漢堡——「不是說現在禽流感？還敢吃？」他低低一笑：「遲一點才跟你說。有事呢。」也就蓋下了。

空氣裡依稀還有個人似的，愈是陌生的人，愈是屬於可以胡扯的對象——平日垃圾食物，如今隱然散發魔魅，眼前晃過一個個套餐的香氣；好不容易找出外賣預定的電話，打了過去，隔了好一陣子，女服務員才懶悠悠地說我這個區沒在訂送的範圍。我深埋在沙發，似乎一直嗅見炸薯條的焦香氣味，揮之不散。也就因為行動不便，不是坐著便是躺著，想的皆是平時不常吃的東西，或者童稚時老媽親手做過的點心。紫蓮阿姨入夜時致電，絮絮不斷，說是某一個佛堂很靈驗，然後壓低聲線，你這裡大概有點陰森之氣，老是覺得裡頭有人；我失笑，無知婦人幾乎都疑神疑鬼的。舌底忽然浮蕩起津液，喉道往下是個黑洞，無底止盡的咕嚕作響，浮想出一些久違的小吃——我問道：「現在哪裡有賣筍粄？」紫蓮阿姨說：「不常見，即使有，都不見得好吃。」我又問：「臘味蘿蔔糕呢？」她不耐煩了：「這些東西你老媽做才好吃，也要看她的時間，她最近剛跟那個去紐西蘭，一兩個星期才回來……」兩頭靜默了好一回，「那個」是老媽後來的男人，總沒有必要提起。「只要你的腳早點好，要吃什麼都有，你目前必須忌口，多吃無益。」紫蓮阿姨隨之推說很忙，收線剪斷對話。

無名氏的來電響起之時，靠壁座燈映照一片橙紅，大小壁虎追逐，嘖嘖有聲，我蹣跚一步步走近，心裡似有莫名興奮——彷彿迎迓難得的一個熟人，鈴聲一陣陣，電話機一粒暗紅鈕閃爍不已，是燒熱的炭石噴濺出來的星火。還是那把低沉的聲音，我一句句應對著，手撫弄一卷卷的小蛇般的電話線。明知道玩著大家都在暗處的遊戲，卻忽地珍惜這麼一點時間。他僅在問一些瑣碎事，「沒有找你的女朋友嗎？這樣不是很寂寞？我哦，我的那位在外國……」可是是裝腔作勢的試探也稍嫌做作，原本微帶喑啞的男音，弦琴似的，卻逐漸無趣。緩緩將我的耐性磨掉。我嗯唔了老半天，他隔了好久才轉彎抹角開始了：「就是啊，沒有人好抱，只好暫時一個人，抱你好嗎？大家都是男孩子沒有關係的……」那一頭似有音樂喧囂，漸漸聽見歌者的嗓音，「心中感歎，似水流年」——是梅艷芳，我略微訝異。他說家裡在開著音響，應該是為了遮蓋談話內容——他屋裡還有其他人。我一下子沒有了興致和他說神祕電話，借故放下了。之前補看舊報紙，梅艷芳已經公開患癌消息，後來還舉行最後演唱會。老媽割除子宮腫瘤是哪一年？我剛出來工作的時候，也還是紫蓮阿姨偷偷在一次電話裡道出，「剛出院，叫我不要告訴你……」即使還在病房也不便探訪。我記得還鎮定的去看電影，大銀幕裡的黑衣女飛俠戴著面具，身後披風一振，飄上屋頂救嬰兒，聯想到小時候看的小說女黑俠木蘭花，一本本放在老媽房間的月餅盒裡——她一次次神不知鬼不覺地脫離險境，但在外的親兒似乎與之無關。記憶中她總是坐在床畔梳頭髮，一絲不亂的高髻，臉頰兩旁耳墜子晃蕩銀光，回眸輕笑：「煌煌，來，抱抱。」多年前的她背後有鏡光昏黃，小鬱金香檯燈垂頭微亮，梳妝桌上擺著簡譜歌書，準備在幽紅暗綠的酒廊裡獻唱。電話裡的男聲沒有了，這陽臺對過的維納斯夜總會旋轉門傳來一片微微顫抖的歌聲。

極難得打聽到何安記冰室外飯檔的電話，偶爾叫一兩次外賣。那老闆娘大概有點拿喬，那麼一丁點飯菜，遲至收攤才叫個緬甸外勞送來。都冷了，掀開紙盒，豆腐散發餿味，近似拿去祭祀的供品，擺久了就是這樣的味道。在不恰當的時間，紫蓮阿姨的嗓音在話筒裡追魂而至，說下禮拜在佛寺的忌日可以出席否……我冷冷的答道：「他是我爸爸沒錯，小時候就沒看見他，現在去什麼去？讓他們家看看我的貓樣？」她被嚇著，又稍有惱怒的：「別衝著我發火呀，她不便去，叫我代問，你到底是兒子身分，只是你倒沒心沒肺，一隻腳拖到好幾個月，別以為拎著枴杖就不必去了……」沒法停止的話嗡嗡作響，我一手用塑膠調羹舀飯吃，混合菜汁的飯粒紛紛塞進嘴裡，不願再說話了。

忘不了的是黃昏六七點，急風夾帶雨聲，陽臺兩扇門開合不已，啪啪作響。我接了老媽的電話——剛找了鐵打醫師包紮膝蓋，藥酒嗆鼻，白紗布染上淡褐色藥酒痕跡，有點髒相。她的聲音彷彿跟我兒時聽過的沒兩樣，大風大雨的背景下卻遙遠得像從天涯傳來。「你怎麼了？過去再辛苦不是撐過來了？那夜還夢到你的腳已經好了，像小時候學走路一樣，笑著叫我看……我記得那次再嫁人，無法和你一起生活，送你住校，你還說要死，嚇壞我……你已經不是當年的你，而我也老了，你還是要好好打算，不要讓我擔心。」幾乎也是熟爛陳舊的臺詞，而老媽平緩的聲線並無變化，我卻緊貼著話筒，毫無辯駁的靜聽著。她在耳畔句句囑咐——原來還在乎這個兒子；天色熾亮，金雲斜暉躺在我腳邊，風雨漸歇，可是那一頭的聲音猶如星際光年迴盪過來，我變得很小，還是七八歲，等待她收工回家，寫完功課就守著那慢鍋裡的陳皮紅豆湯，玫瑰色的熱池沼飄起淡淡果皮香，一側放著四季常青的小瓷碗，一個男孩聽著咕嚕滾煮的微響昏昏欲睡，直到被搖醒，湊過來熟悉的脂粉煙氣，身上裹著緊滑質地的布料，鑲嵌一瓣瓣亮片，似魚鱗閃眨，又像眼淚。「……你是大人，要當心自己，我顧不得你了，每個人有自己的人生……」老媽並不是第一次說這些話，不，說什麼真的不重要，接下去大概也猜到內容，只要這個流落在外的兒子有份職業，安分的做著，先養活自己，後結婚生子。只是我以為從此不需要她，然而此時此刻電話裡的這把聲音，忽然接通從前的記憶，紫蓮阿姨根本無法替代——我還孤守在象牙色電子砂鍋旁邊，靜靜地等著，好像事無巨細，老媽回來，一切都會沒事，一切就安好了。我鼻頭有一絲發酸，默默的把下午買來的炸薯條塞進嘴裡，雖然知道這舉止未免戲劇化；薯條早冷了，鹽粒混合澀乾澱粉吞下去，就怕電話那頭聽見即將觸發的哽咽。長大的人是不能哭的。

浮世花月景

一、日光下檢閱舊事

電動火車廂外色還是暗藍色，遠遠看著它緩緩地抽動過來，就覺得分外陳舊——十多年前的車廂依舊還在，大概也沒有重新噴漆，一節節停下來，前後門自動掀開，走進去，兩邊靠窗的軟墊座椅眼熟異常，孔若棠有點嚇著了，彷彿一坐上去，跟那時光倒帶機器咻聲回到從前。感覺仍然那樣，班次總沒個準時，偶爾在站與站之間停滯了一段，是無從解釋的時空斷片，微冷空氣裡，隔著窗是荒蕪人煙的土坡矮樹，望久一點似乎有突起煙囪，想必是附近工廠的；他忽然想起「轟埠」這個地名，好像跟任何鄉城小鎮沒有分別，辨識不到什麼，像是隨時隨地都有近似的複製品，可轟一聲忽然消失。當然那時這也僅止於是匆匆掠過的一個站，到底沒打算下去遊逛，看個究竟。

前邊好幾個馬來人挨肩坐著，腳底堆著塑膠袋，看來絕有可能在那兒下車——女的包著頭巾，綠墨漩渦飄著大朵紫色胡姬，和身上baju kurung暗青水跡圖案相互配搭，這種湊成一套的審美，比單純的黑頭巾或是白頭巾有趣。孔若棠當年上班的公司，坐鎮詢問處的就是個馬來少女，叫諾萊妮，頭巾沿下的皮膚白皙，但那種象牙白有點陰森，像黑面紗罩太久，不見太陽，血色暗淡，似乎源自中東那一路的混血；伸出接電話筒的玉指倒是閃著銀粉的豆沙紅，工作久了也不顧忌低頭看小說，封面大剌剌畫著煽情的壯男艷女，某種類火辣的羅曼史；那陣子她常對營業部房光源閑聊，自然也因為這男士長得體面之餘，嘴還很甜的——他來自半島之東海岸，說馬來話自有一股道地的腔調；她微側著頭笑說，家住在有點遠，每天都得乘坐電動火車來回——若棠疑心這諾萊妮說謊，自己就從來不曾遇見她。他和她的過節，時間過去了，也就不算什麼，似乎活在這裡也可作如是觀……老舊的火車，臉孔木然的外勞，到站的手扶梯永遠不開動，要乘客吃力的跨過黑紋金屬梯級。恐怕要很歷盡世情方能讓心火熄滅，若棠也只在最沒顧忌的時刻才發牢騷。

房光源最近還約他喝了咖啡——在地鐵站附近，商場入口旁側露天咖啡座。這不是歐陸巴黎，舉杯向著麗日當空，到底也是一種招搖。離開公司後倒是還保持聯絡，似乎隱隱中也找到某些合理的微妙理論，理應不在一個共同地方，也便沒有任何利益衝突。但即使不在一個組裡，太過親近也會有人際隙縫潛伏的危險，臉上笑著，卻不知是敵是友——當年經濟情勢大好的歲月，隨便攀附一個關係開的公司，接些專案即有油水，他們頂頭上司神龍見首不見尾，底下幾個第二把交椅暗鬥變明鬥，金字塔管理層往下更是蛛網複雜，需要小心應對。多年後談起也屬於一種助興的資料罷了。房光源如今顯得壯了，記憶裡微方的臉型稜角模糊了，那種機靈清澈黑白分明的亮眸漸漸退去，只是有點肉的樣子也不難看，笑意依舊很濃，更懂得人情世故——比較暗洩玄機的是講到近況互相都有保留，聊及過去，則一如撕開蓋盒上的錫箔紙那樣爽快。

不管下班的聚會還是小酌，若棠虛應故事到一個時候，隨即以趕末班火車為由早退——「你總是掃興，後半段唱歌就見不著人影……」房光源淡淡說來，也有暗諷其不合群的意味——難得的是兩個截然不同的人會有交情，光源的那點取笑也帶著絲絲親切，只有熟人才會掌握調侃的分寸；像每次見面，他老是伸出手指捏捏對方的頸背，是一種親暱的手勢，那塊繃緊的肉頓時有痠麻之感，但又覺得異樣舒服。

孔若棠一笑，從來公司不是自己的歸宿——直屬上司有個艾妃娜，蘋果臉，戴個小圓眼鏡，笑起來非常甜，她最喜與若棠細說「家常」，夫家娘家周遭瑣碎絮叨不斷，把他當作最沒威脅性的男職員，文弱低調，也欠缺鋒芒；午餐時光乘機外出載女兒放學，辦公室一角添加塑膠矮凳，有綁蝴蝶女孩低首寫功課，算是路過玻璃門瞥過的奇景……她的歸屬感無所不在，請了補習老師，地點均設在她的主任房間；週末半天，索性率領丈夫子女姊妹，買了小吃在裡面辦聚餐——當然會順道喚若棠和外邊職員進來嚐鮮，以示不擺架子。艾妃娜的丈夫偶爾亮相，乍看很登樣，白淨斯文，很有點韓國男星的單眼皮，只是分得太開，吊上去，「西北有高樓」遙遙對著「孔雀東南飛」，稍微留意，他便眼珠急轉，隨時慢悠悠說出一套理論。若棠淡淡地提起：「……她老公不知道怎樣了，我還記得他說從不去半山芭這種低下層地方，買個日用品也還擇萬達鎮之類的……」光源笑道：「現在應該是折墮了，艾妃娜恐怕連買廁紙也要貨比三家。」他當然有理由在嘴邊刻薄，房光源當年被暗地歸類為另一個陣營，但艾氏止於禮貌地提防著，不敢妄下毒招。

「……都說艾妃娜是契爺那一派，要風得風的。」就連房光源也以為他是她身邊的跟班，後來看了幾次夜聚K歌廂房之悄然離席，直覺認為此人不上道，但也難免訝異。可兩人都在風暴前離職——公司風暴比金融風暴早一點。人事內耗，在鋒頭上的人物無端折翼，囂張不再，調職的韜光養晦，有的乘機移民，號稱在黃金海岸度假成年累月，離開半島的城市輕而易舉，彷彿蜻蜓沾水點了點即飛走，無所牽掛。孔若棠笑道：「……好像大家都覺得你想追諾萊妮……」他舉的例子未免殺傷力不夠，比起派系依附，房光源的點滴彷彿皆歸納在曖昧情事裡，文件夾開檔了，雖沒見個善終，卻沒有什麼始亂終棄的紀錄，桃花誤解也不過是美麗的笑談，好像等到他結婚也不見停止——婚後光源仍然在夜生活場合現身，傳來若棠耳畔的說法，是岳母跟來住，等於是雙重監視的反效果。他聽著，揚眉輕笑而已，並不反駁。

小圓桌底下的洋灰地鑲嵌著花磚，好幾塊明顯有裂痕，這商場明顯也沒落了——樓層上的戲院早拆卸，改裝成廉價五元馬幣零賣場，再過一點就是毗連式商號註冊局，氣氛完全不協調，即使要閑逛也得先打住。他們坐著聊天，好一群馬來婦人蜂擁而至，鵝黃粉紅的頭巾長裙夾雜，攜手笑著。孔若棠微笑道：「很可能裡面有個叫做諾萊妮的……」她結婚請客，房光源也有上門道喜，反正嫁的據說是「要人」，大概屬於黨政背景，婚後她想必也加入婦女組——

這一堆巾垂胸前、裙長及履的巫族婦人裡尋到她的身影並不出奇。她們在附近的政黨大樓開會適逢休憩，喜孜孜的過來打發時間。早幾年這裡也是中東客的集中地，現在有點粉褪香殘，隔壁的禮景飯店倒還有疑似黑紗曳地女貴客出沒，可比從前到底少了……千禧年以來，不是海嘯就是地震，活生生的驚世悲情俯拾即是，這個半島總是幸運，都沾不上邊；可外地人有意來吉隆坡旅遊，隱隱覺得連景點皆罩上灰濛濛的薄霧飛沙，最時髦的精品店櫥窗也顯得黯淡陳舊，大而無當的mall複製格局，有人刻意標榜只去什麼萬達鎮，不過是騙自己，踩一下別人；反正不約而同的隨著人群填滿冷氣裡的囚室，看人，也讓人看，都聚在一起消費，或閑逛，殺死一寸寸野草似得多出來的時間。

房光源自己要了一客杏仁片蘋果丹麥千層酥，替若棠叫了個黑胡椒羊肉派——若棠笑道：「多謝，難為你記得。」光源抬了抬下巴，伸手示意，說不必客氣。好像是有次去公司週年慶晚宴，知道總是很遲開席，兩人特地跑出來吃點東西「打個底」；恰巧進了那家連鎖店，孔若棠指定要個羊肉派……他還記得房光源一臉問號，似乎在問，真的有這樣可口？他稍微晃了一下手，轉頭跟櫃檯說：「勞煩微波幾分鐘。」他大概在某個程度要求簡單，熱騰騰的煙氣下，黑胡椒馨香攻鼻，酥皮夾著肉塊嚼下去，並不難吃。在吃著回憶的同時，眼前的人倒不涉及絲毫的厭惡記憶，甚至可以說是有點沉澱後心平氣和的歡喜。

光源忽然想起什麼，哦了一聲，說：「諾萊妮前幾年曾打電話來找我。打到我家裡去，我老婆接的……說是要我幫忙看個東西，傳真了一篇剪報來，很神祕的樣子，追根究柢不過要翻譯……」若棠詫笑，當然是中文稿子，其實哪有什麼天大祕密可窺探的。光源微微一笑：「誒，是那個著名的案件，連銅床也吊上去做證物的……」總統克林頓桃色新聞，還有飛濺汁液沾染了裙裾，當年再轟動也歸於沉寂，本土的自然又貼近些震撼些，但隔了某種銅牆鐵壁，嗡嗡回聲中更像是消過的音，變得喑啞，不似現實的嘈切紛亂，探過頭去，不過看個局部……那是多年前，可同樣主角，同樣案情，近幾年複印拷貝的再出現，異常詭異。光源閑閑地，說她還順帶提及Mr. Hong，孔先生，問是成家了沒有。若棠笑一下，搖搖頭，也不接話——難道還要隔空感激她的問候。

房光源從前問過當中是怎麼一回事，若棠始終沒說。

那個下午，冷氣機下大盆闊葉黃金葛顫動，吊掛的細橫百葉窗簾也在微晃。艾妃娜叫了他進去，她難得不擺笑臉，兩道法令紋撇下來，等於是「虎著臉」，某類型老虎狗纖體後的鬆垮狀態；她低聲飛快的說有人呈給一封署名「孔若棠收」的信，厚甸甸，裡面是交友信，夾著照片——艾妃娜略微垂眼，不愉悅的，直說是男孩子光禿禿的照片，以她有限的辭彙形容是「沒有穿衣服」。我不是看不起這種，你知道——她俐落解釋，嘴角閃過嘲諷，推了推小圓眼鏡。事後很久，若棠才弄清楚整個大概，猜到是櫃面收到信後即刻暗傳給艾氏——諾萊妮的可能性最大。是誰寄來，彷彿已不可考，究竟書信照片存在與否，到頭來無從追查。她並沒有當面給他過目，口頭上說已然銷毀了，硬要討回，保留隱私權也派不上用場。她避重就輕的責怪若棠不聰明，落個把柄，想必反要自己答謝她的包容包涵。這些屬於「陰暗轉角」的事，只發生在電郵未通行的年代。好一段時期，孔若棠盤算著如何，但都壓抑下來……自己冷眼睃著，艾妃娜丈夫偶爾上來，凝望一眾男職員的眼神，工整的鳳眼裡說到底也不無戀慕的成分。結婚生子不代表此人不是，世情沒有二分法，最淺顯的道理——劈頭還擊也不是若棠的作風，後來發生更多的事，他才離開。

光源手執叉子，往若棠這裡的碟子裡舀了些羊肉，口裡嚼著，說好吃，連帶欠了身站起來，要上洗手間，繞過若棠椅子背後，很自然的又捏捏他的頸背：微緊的肉受了那一陣的搓揉，忽然也電擊似的麻起來；若棠哎一聲笑了，如果一直甘心承受，有點怪，唯有舉起手，光源也隨之脫手擋一擋，在對方的指尖拂拭了一下。平常不過的小動作，卻讓孔若棠悄悄的愉快了。日光金黃凶猛，這城市隱隱的看不出什麼美麗前景，過了純真年月的人還可以不求利益而會晤閑談，這時間還是值得虛擲的——雖是攤開來的舊事不是件件堪供玩味，或者當初的天大驚世新聞也發黃過時，只是提起這個，說起那個，彼此存在的狀況沒什麼大了，卻證明自己還在活著。

二、書塵異香

店鋪前面那段路開始挖土，這幾條街總是沒停止修補——大概都不是同樣的承包公司，各自領了來，想必走門路招攬的工程，常做常有，時間拖長，利潤更大……只是幸虧沒有挖到店面附近，神手轟隆隆開動巨響，沒衝擊到小舊書店。拐到這裡，雖不至於隔絕喧囂，卻有點人影寂靜斜陽金塵浮沉的意思。

孔若棠只不過圖個混日子，缺乏大展宏圖的志向，光是一人在店裡，原有的一個印度女職員嫌工資低走掉了；她本來在舊老闆封麗姬女士手下做了幾年，學得也有幾分女店主的神韻，一種默不著聲的精明乖覺——當初來看鋪時，孔若棠也嚇了一跳，封女士確實不辜負這歷史意味奇重、名媛似的名字，她坐在舊式小寫字桌，一旁開著蒼白圓燈，連著燈身是伸縮性扭柄，彎一彎就化身為俯首閱讀的夜燈，白天也頗有夜半之感；舉頭抬眼，黑灩灩大眼睛，似乎只有在這裡擺放的殘舊小說才會有的形容詞；她有點年紀，卻不看得出幾歲，主要是這麗姬適度的還在薄施脂粉，參雜微帶霜白的髮絲，倒有點漂染的時尚感，難得也不抽菸——減弱了艷麗婦人的風塵味，免得像有些辦法的女人靠著贍養男人的錢來打發日子……雖然介紹他來的婉媚阿姨說起麗姬，口氣閃爍，總有太多保留。可麗姬聽見是婉媚的外甥，也就省去多餘的門面話，就爽快地說這裡並不賺錢，頂手就不必了，算是替她看看鋪子吧，盈虧都歸若棠……看來她是人倦有歸處，芳菲飄遊也要尋個安穩，到個南半球的紐西蘭歇腳亦說不定。因為不是轉賣什麼的，手續簡便，麗姬三言兩語交代完畢，也就喚那印度女店員撥電話叫咖啡奶茶——她照樣倚在黑皮薄身金屬沙發上，笑著遞過去一方半嵌銀半透明鏤暗花的袖珍盒子，用來盛裝名片，若棠以為她應該是用紫紅色亮面的，還是鑲彩珠絨毛的；麗姬下巴微仰，說：「送給你作見面禮，印些名片吧，你可有教名？」若棠搖頭，其實有的不過是方便稱呼的英文名字，她看了他一眼，「你呀，可以叫愛德蒙，還是艾文。」直到她站起來，原來個兒並不高，他記起老派文字裡說「香扇墜」，大概屬於這種類型。

　　那種乍看一個略微整齊悅目的男子則嘴頭聲口流露隨意愛嬌的氣息，也是稍有點滄桑歷練的婦人所擅長的了——孔若棠覺得婉媚阿姨彷彿算是歸納在麗姬這一路的，只是味道非常淡，像是負氣居多，沒有流麗揮灑的能耐。麗姬也不吝惜道出擺書技巧，說櫥窗外可挑選厚本彩色食譜直立翻頁，這區裡的辦公室女性吃午餐順便會瞄兩眼——她眉目笑得如貓兒瞇縫雙眼似的：「得閑看看漂亮女人來回上下也不錯……」這一句真的是周旋打趣的門面話了，封麗姬眉挑目語，閱人多矣，關鍵處自然不動聲色。他後來再上門一兩次，算是交接——她倒是沒有再說什麼，只是若棠挨近那小寫字桌，小燈盞關了，卻似乎遺留了一股清淺的香水味道，仔細嗅著，又像沒有，近似舊書封頁間的冷冽塵香，靜靜流瀉。

書店轉賣給孔若棠這麼一個男士，印度女店員瑪塔以為稍稍使出的軟性絮叨，可以多添些薪酬；若棠更決絕，不變應萬變，裝沒聽懂——瑪塔無趣，辭職後臨走前淡淡笑道，祝你好運。店鋪入口故意改裝成側邊門，一角擺個三爪雕花盆架，養出了大葉萬年青，她步出，門把懸掛的小金鈴細細地響起來，闊大葉片顫動，似感應微風輕拂。

客人不多，也有些拉雜的事務，都是固定的，好一兩間回收機構拿到了舊物，也會先讓麗姬過目，進來方曉得換了個負責人。孔若棠翻開這些微黃的書，略微挑揀，好幾本感興趣的，有毛姆小說選、福樓拜短篇集和《乾隆下江南》，那人詫異的說，那些彩色硬皮的特地留給你的，若棠才想起眼前的《熱帶蘭花大全》，還有《珍稀鳥類圖譜》，忙不迭也收下了。每次關店，燈影熄滅，他抬頭，後間靠壁梯級上小閣樓，幽暗無聲，箱盒疊放，老朽書本寄存，似有遊魂滯留也不出奇——他故意不帶電腦來，尋出一只舊式收音機，勉強可以聽些比較不聒噪的電臺，音量低低的，就像冤魂泣訴。偶爾翻出上世紀七八十年代人民文學出版的《聊齋志異》，程十發封面繪圖，〈壁畫〉一則故事的插畫，仙姑們為拈花仙姬梳妝；裡面文言詞句看個半天，倒也猜出七八成，可以緩緩走入紫霧瀰漫的月洞門裡。

現在熟人很少有機會聯絡他，傳得到這裡的消息不外他們移居英美了，近點在獅島當永久居民了，或者在大陸廣州北京走動了，難得通個電郵，就問：「還好？你那裡大選後真的亂嗎？」大概是看到什麼聳動的新聞，忍不住多問一句——到處是突發的天災，可這裡只怕的是別樣的事物……有的轉發圖片，問是真的嗎，包頭巾的男子手拎血淋淋牛頭，問的朋友附加一行字，多念心經，回向給眾生。反而在此處久了，再有動靜也止於默默觀察一下，不然便是過日子罷了——像婉媚阿姨彷彿很贊成他蹲在舊書店裡，間接的成為她的歇腳站，有事沒事的登堂入室。她老是拿基金結單給他「研究」，說這裡面多少了，如果賣掉值得否——婉媚姨是聽信另一個子侄買了，後來迎面襲來風暴，眼前零落的數目湊在一起也不足本金，她但求能夠出售，不過稍微有人堅稱過一陣會升漲，婦人柔軟之心也便掙扎半晌，緩一緩，不再提起。

有次她伴著個婦人過來，也奇怪，那確實是個嬌小的香扇墜，一轉身，黑灩灩眼睛，疑是另一個麗姬——婉媚姨會意，嘴角含笑，不解釋，只介紹此人是madam Fong，但低聲叫她時，是「麗妲」，Rita。麗妲笑道：「哦，我難得第一次上來，原來不過是小店鋪，還以為Ricci的本事大得很，地皮有價要賣了才值錢呢……」拎起一本小書，慢悠悠讀出來：「中學高級教育文憑華文古文翻譯……一九八三年？什麼東西，過時的參考書沒有參考價值了！沒有比這個更諷刺，誰還看？」婉媚姨順口接道：「時過境遷，看著有趣嘛，看當年就是被這些考試害慘了呀，如今留個紀念，懷個舊。」麗妲冷笑：「不過是說著好聽，難聽一點是垃圾，拿去環保也未必有人要呢！」若棠微笑應著：「那我就是個撿垃圾的人。」麗妲回過臉去，盈盈一笑：「他這人反而有趣。」那眉眼風情好像比麗姬多了一些，是較為細緻的嬌俏版本。麗妲略為別過身子時，他才看到她其實一手扶著短杖，一步一頓的，但還是穿上淺泥金纏線露趾高跟鞋，有點像浮誇艷麗的舞鞋。若棠默默收起目光，可麗妲瞬間覺得了，笑道：「哦，有空該給你說說我小時候給牛車輾過腳的事情，這也好，要不是走路不便，依照我的脾氣，這裡老早被我搗亂砸爛囉，還叫麗姬逍遙到現在！」若棠心裡猜到三分，只轉過頭跟婉媚姨打個眼色，然後悄悄打電話去街尾小食店訂些燒包蛋塔過來。午後天色忽地暗下來，店內燈光反而黃橙橙熾亮了，更有接近黃昏的樣子，空氣裡飄蕩著陳年灰塵，兩個女客其實也無心看書，但死去的冷冷書塵夾帶著縷縷幽香，是脂粉的香氣，聽著有過去故事的女客聲音，彷彿也是一種難得的情趣。婉媚阿姨雙手輕輕揉搓著，像不勝寒意，她仔細的湊前去端詳壁上的蝴蝶標本，一隻隻如同蠟染花布剪下的蝶翅並排，隔著玻璃框，倒是還鮮艷斑爛，底下有小字說明學名之類，是老學校丟出來的教材——麗姐笑道：「這個倒不錯，比看李光耀馬哈迪回憶錄好，磚頭大，又多字，我是受夠了。」婉媚姨橫了眼回嘴：「看個裸女裸男圖片集吧，養眼！」麗姐笑開了，說：「要洗眼才是真。」門口小金鈴聲響，送點心的來了，若棠付了錢，招呼她們享用——小店鋪寫字檯擱著杯盤，三人坐著，相談甚歡，身後牆上掛著小幅歲時節氣之夏日圖複製品，迂迴水道流過舊時亭臺，一艘艘龍舟划動，遠處則是墨痕山影，正中印著小紅方印，應是宮廷畫師所繪；可懸掛在其中，根本是時空錯置，麗姐和婉媚，穿過好多個年代，身上殘留著舊日落花瓣蕊，眼神隱隱有前朝月色掠過，尤其麗姐不時冒出像「吉隆坡火車頭對面的大華酒店」這種話，確乎是英殖民時期生活過的痕跡。

事後隔幾天，若棠跟婉媚阿姨電話裡閑聊，自然繞到麗姐身上——說她那腳患自出生就有，並無牛車輾腳事件。婉媚姨笑歎，麗姐和麗姬不和多年了，這做姊姊的因腳瘸而獲得家裡絕對的保護，沒有什麼不可以讓給她的，別人的理應要送到她手裡，可到了手都不放在心上。若棠笑說這不是類似天山童姥和李秋水的故事嗎，婉媚姨自是看過金庸小說，反問：「麗姬不是說你可以叫做愛德蒙？」想必就是個師兄角色，二姝爭個你死我活——只是他覺得像麗姮如此大剌剌恣意生活也未嘗不快樂的。婉媚低聲說，最近好很多了，跟女兒女婿一起住，「她女兒管住她，逼著吃藥，所以才有機會出來見見朋友。更重要的她好像已經不恨麗姬了，當然嘴巴上還會譏誚含酸的。」婉媚姨說別人的事總是有一搭沒一搭，一回兒就斷掉了，轉而問若棠，可曾探望母親？他頓了一頓，只好說端午節前去過了。婉媚姨輕輕的接下去，但現在要中秋了，若棠沒有應，靜默了好一陣子，後來口氣就冷淡下來，結束了對話。似乎自家的枝節老是顧忌重重，談論他人則像伏在鏤空窗紗邊看屋內動靜，自己沒有了身世背景，目光裡永遠感興趣。

不久傳出麗姬在海外生病，只是那一波地震新聞幾乎掩蓋了這消息——好像屋倒樓傾傷亡才算大事件，但孔若棠還是寄了慰問卡去。偶爾沒有婉媚姨陪伴，麗姮也會撐著手杖緩緩走進來。她止於找個聽眾——像嗅覺靈敏的動物，老早選好耳朵願意馴服的物件。若棠把那黑皮軟墊方形沙發讓給麗姮，她懶洋洋坐著，彷彿多年前就穩坐在這兒了；到底也是姊妹的從前座位，麗姬喜歡，當然麗姮也不會討厭。她悠然的嘴角笑意，有那麼一絲滿足，終於還不是給自己占了一席位？雖然那份得意，若棠覺得不免虛幻。麗姮的話題穿越時空，說麗姬偷戀外國公使官員，跟到去馬尼拉，留下一幅西班牙洋房站在迴廊樓梯階扶欄凝眸的油畫，說有個混血年輕畫家迷上她，怎樣也要讓畫中仙變成枕邊人；麗姮微笑：「這不是荒謬嗎，他愛的不過是我的影子，如果他看到真身，一定後悔死了。」若棠心裡驚訝，但隨即覺得這實在沒有什麼不合理的。

她說小時候被傭僕簇擁著，回媽媽的娘家——一地的幽藍燙金邊的蓮花瓷磚，踩上去冰涼，天井的陽光照下來也不火辣，淺金色，溫溫的，外婆也不過四十出頭，腰還是楊柳腰，「秋香色」壽字暗花薄蕾絲貼著冰肌玉膚，她笑道：「秋香色，你看過《紅樓夢》，不會不知道吧？」若棠點頭回答：「哦，不就是那個什麼軟煙羅。」麗妲又說樓上有鑲嵌螺鈿的櫃子，擺放著彩瓷盤碗，如今還有一兩只留在她手裡，當作嫁妝跟著過來——據說是幾百年前中國沉船裡的東西。他忽然喜歡她這種無端的賣弄，在別人就是惹人嫌，她有一份隱隱散發的美，接近花萎珠暗，反而更奪目，囂張炫耀也是一種值得原諒的手段，孔雀開屏在織錦繡成的屏風裡漸漸蒙上灰塵。他居然見證了，不由自主地起了驚歎，所說的是真是假，不必追究。麗妲掀開某個大人物自傳，「我的閑聊八卦比這些人寫的要真實得多，書本撕光了沒有多少頁值得看。」若棠笑道：「歡迎多來閑聊。」麗妲仰頭一笑：「good for you.」後來婉媚姨過來，也不詫異外甥和麗妲交情之好，她私底下說：「根本你們是同一類人。」若棠也不反駁，她想了想：「是兩種極端的人，互相對照，最後發覺鏡子的另一端是相通的。」若棠笑起來：「好可怕，從來沒聽過阿姨發表這樣的理論。」婉媚姨若無其事的：「麗姬麗妲都視我為朋友多年，兩邊維持平衡，連我也認為是不可能的任務……」他回一句：「你也不是什麼正常人。」婉媚姨在笑聲中掛了電話。

三、浮舟看花月

一次麗姐提起女兒，「女兒跟我一樣，脾氣壞，不容人家說半句，只有服她的丈夫，因為喜歡，沒有辦法。」她說十多年前遇到一個高人，劈頭就指出家人欠她，她欠女兒，迴圈制衡，女兒是多生累世的債主，到現在業債仍然無法還清。而且當然少不了老套的前生故事，不外是官家小姐虐待丫鬟，或者是元配設計毒害二房，不然是煙花叢中剝削花魁女的鴇子，今生受害人來索討。麗姐笑起來：「我終其一生是反派……」然後轉到女兒丈夫身上——「這女婿是好的，怎麼說呢，懂得看眉頭眼額，為人仔細，但又不是低聲下氣的人……」話到此處，麗姐的聲音忽地低了，變得異常溫柔，似乎自己也眷戀起這個人。說的是一回生日，他送了一把扇子，握在手裡也不覺特別，徐徐打開，見扇面題著「**麗月滿映萬壽酒，姐已傾城天香色**」當時麗姐就暗罵這對子似通非通，翻過來是一片深淺墨色，原來是好幾株牡丹，瓣蕊豐碩怒放，素中帶艷，是仿惲壽平的畫意。女兒也不給臉，說怎的這禮物如此不貴重，還不如買個藍寶墜子得體——麗姐笑歎，她怎麼能懂得？徹頭徹尾是個俗氣婦人罷了，專門只學會撈錢的本事，沒事做個直銷，也真的位階晉級到藍寶，下線好比天女散花似的，尤其年輕人，什麼打工不出頭，遊說得他們去賣命。可就從不精諳一些有意思的東西，學鋼琴也總彈不成調，粗糙得很；她丈夫彷彿還不至於此，天南地北，倒還知道個皮毛。若棠聽見個惲壽平，則轉身往架頂尋了冊畫譜，讓麗姮過目，是沒骨花卉圖選，有好幾幅這惲南田風格的絳色海棠花、倚欄芍藥、蓮塘艷荷；她細細看了，只是微微歎氣，「現在再也沒有這樣雅致的逸品了，缺乏一種閑靜豁達的人生觀，少了好性情，根本畫不了。」若棠要送她，她擺擺手，笑道：「我正要清掉一些身外物，還添累贅？」

孔若棠笑著，此刻時光慢慢消逝，也好像悠悠往回倒流，外面馬路施工吵雜聲響肆虐不到這裡來，電燈柱橫七豎八的貼了「輕鬆貸款，合法借錢」傳單，還有「安裝有線電視」，「劉女士包生仔，專醫奇難雜症」……只要步出，也就碰撞得到的傖俗現實；放學閑晃的學生赫然還是那身制服，熱天薰熱的汗味，一張張沒有清楚鮮明的臉孔，無意間走進來，也有一種懵懂青春的吸引力，若棠總是任由他們進來喧鬧片刻，說說看看，默默觀察少年們剛抽長的身體，聽那半大喉嚨感冒似的嗓音，空氣裡汗酸帶著青澀體味的氣息，一對對烏亮清澈的眼神閃爍星點燈影，那點珍貴感覺其實稍縱即逝。麗姮坐著，一片斜陽亮光曬進來，閉目，若棠驚覺她已是皮鬆肉弛的老婦了，她睜開眼，平靜的說：「……有個比我還大的朋友，身體也不大好，她孩子也沒有尋找醫生什麼的，就叫她念經，說是老人家吃也才幾口飯，睡也不過幾尺地，一心念誦，以後往生容易，不必入院受苦，免拖累後代，認為這是兒女的孝道了，我想要是女兒膽敢這樣，馬上叫女婿休了她！」

趕在辦公室下班時間前，店門前人行道忽然駛上了一輛方形休旅車，也不管犯法——這確實是城裡有車人士的霸道特權。麗妲瞥了一眼，也就站起來，略微整理鬢髮，待車主進來。是熟悉的人，房光源推開門，也覺得驚訝，只哦了一聲；孔若棠含笑點頭，算打個招呼——世界這般小，避也避不開，依稀身置古時畫舫，大霧瀰江，看不清，等到風來霧散，浮動划槳之感依舊，景物卻是記憶裡浮現過的，兜轉迂迴，接住了開始的源頭……似有點異樣，他無意中窺見了另一個世界的他。女婿接了丈母娘之後，少年學生選了本《英國紳士時裝圖錄》袖珍英文版付款，若棠順手翻看，前面是手繪宮廷男子盛裝，中間幾頁是赤身單穿內褲的休閑壯男，很惹眼；他望過去，少年神情到底也有點靦腆，汗水溼了雙頰，可見細茸茸的汗毛，若棠笑道：「你怎麼這樣熱？」少年畏羞的答道：「放學打籃球才過來。」他關店回家，看了一夜的電視，都是重溫八九十年代的港片，從前覺得胡鬧，如今竟是找不回的娛樂——可就是沒停過房光源的面影，少年汗味也無處不在，幾近疑心自己著魔。

婉媚阿姨有天端了個紙盒過來，一臉的薄嗔，沒好氣地說：「在前面遇見麗妲女婿，說不進來了，託我帶這個來，真是的，忙成這樣！也不爭在這個時候，我一個老太婆哪有力氣……」拆開來，是個舊式電唱盤，清理得倒是乾淨，之前好像聽見光源老家還留著這個東西，怎麼借故送來了，倒是不進來？應該是半途巧遇婉媚姨，感覺不便，一時無法解釋，即情急出此下策。若棠心裡忽地照得明洞洞的，一下子清晰萬分，嘴角浮起笑容。婉媚姨說那個麗妲出國了，恐怕是探親，他們封家哪個國家沒有親戚？可也是一句沒交代。他勸慰了她一下，話鋒慢慢轉到別處，冷一冷，也就氣消了。後來發現紙箱內還有幾張唱片，若棠還放了一張，是茱蒂．嘉蘭的精選，空氣中響徹了她那過分高亢過分煽情的歌聲——彷彿隨時要在拉高的顫抖嗓音裡焚燒感情，一種不欲回頭的決絕，通俗的百老匯歌曲，其實不值得如此掏空自己的愛恨悲歡，稍嫌淒厲。等了好幾天，若棠打電話去道謝，光源也沒接——他也不以為意，等對方自動聯絡。

麗妲噩耗傳來，倒是房光源自己打來——沉穩的聲音，在耳畔很近，平平的說岳母在墨爾本過世，她一身是病，早年還有躁鬱症，都在服藥，沒斷過；可這一次是心臟病突發，半夜就過去了，完全沒有預警先兆；喪事在外國辦，簡單的教會儀式，火化後骨灰帶回來。婉媚姨失落了很久，關在屋裡哭了幾天——但也忙著打聽，說封家隱瞞麗姬那一頭，這個妹妹病得不輕，殊不知姊姊倒先行了。孔若棠經過菜市花攤，買了花，在店裡寫字檯上，找了個插放的暖紅瓶子，整個上午嗅著微淡的菊香；他搬了另一張小凳坐著，看著淺白燈光下，靜靜掠過過往麗妲的身影，那一閃即逝的燈火，眼裡熄滅，她老去，走了。當天很自然的想起另一個人來。

若棠坐輕快鐵之前，買了一盒酥皮丹麥蘋果派，隨意在參茸藥材行選了現成的包裝中藥補湯，打算一併帶過去。老式單層排屋背光，大白天站在鐵柵欄前也覺得昏沉沉——印尼女傭將肥大的獅子犬鎖好在籠裡，若棠經過，還是一陣狂吠。小客廳裡照明清楚的是神案上彩衣觀音塑像兩旁紅燈，走廊過道來個穿睡袍的婦人，一步懶似一步的，若棠撲鼻就嗅見熟悉的東瀛美原染髮劑味道，像一種久未洗頭的混濁氣味悶在枕頭上，頗不愉快。孔母挑揀一下藥材湯料，笑道：「杜仲膝根藤，倒是適合我，這幾個月腳痛得很。」然後低首掀開茶几的鏤花鋪墊，見一隻毛茸茸胖碩狗兒伏在底下，她便一下下撫摸著，淡淡的說：「可憐的旺財，眼睛也看不見了，不敢踏出客廳呢。我是無所謂的，要死的人，你們不來也沒什麼，有隻旺財陪我，大概就相依為命下去了。」若棠也不作聲。他知道她自顧自的哭了，仰起頭，以手拭淚。沒多久，孔母喚女傭，到廚房端一碗湯圓出來，她說：「有薑，有黃糖，愛吃就吃多一點。」又問：「聽媚姨說，現在你變成了收買佬了？」若棠笑道：「是啊，紙皮鐵罐我全收，這些都值錢……」孔母睨了他一眼，說：「跟我鬥嘴沒用，搞不清楚自己要什麼，觀音菩薩也無能為力，你呀個性有問題，哪個地方留得長久？總不會跟人做朋友，小人？何處無小人？就是陪著他們笑呀敷衍呀，小人也會成為朋友。」若棠也習慣了，靜靜坐著，不接話。後來她說「話說在前頭」，哥哥們也是辛苦經營，多餘財力接濟是不可能的了，兄弟長大，應是各安天命，何況大家都不同父親生的。以前的她說的還是這些，如今也沒變，可眼前若棠似乎可以聽下去，沒有反駁，一切都可沉澱澄明……廚房裡的火爐還沒關，坐著也瞥見煲子底下縷縷飄閃的藍焰，一屋子浮動的是微辣的薑香，是「做冬」的前夕，女傭蹲在後門邊挑米，藉著天光來辨別沙石和穀子。

房光源再來店裡，說是要拿一樣東西來——麗姮留存下來的一個盤子。光源笑道：「給你做個紀念。」圓盤上紫紅團花包圍，中間是彩繪大朵牡丹，有鳳凰展翅，這圖是俗稱的「鳳穿牡丹」，在小夜燈下艷麗得一塌糊塗；她倒沒說謊，這理應是深海沉船裡的珍寶。他說她還有些書，要若棠改天上他家裡選一下。若棠問：「方便嗎？」光源靜默了一陣，「找個時間吧，沒什麼不方便的。」接著走過去，手輕輕按在若棠的頸後搓揉一番，就像當初彼此認識的時候。若棠吸了一口氣，笑問：「平安夜，你自然是家庭聚會？」光源想了一想：「太太是要去直銷的餐舞會。」若棠再也沒問下去。光源走後，他找出了一小盆聖誕樹，泥金星月，小熊吊裝飾，銀紅緞帶纏繞，喜氣洋洋。找出了Ella Fitzgerald的應節歌曲，放在迷你音響裡的CD唱盤，爵士風味的Jingle Bells，歡快的嘶吼，一個個聖誕鈴響，門外的小金鈴，細細碎碎的，有人登門還是風吹晃動……他忽然有點累了，伏在桌面上閉目小憩，想著，隨著樂曲回到從前，他剛抽長的身體，淡青色鬍鬚影子，還有忠實尾隨著的汗珠氣味，時光阻擋不住，每次都依時來報到，或者依附在另一個人身上，向他問好。

杏花天影

第一折　煙光裡覓一枝丁香花

坐計程車來到這交界路口下車，婉媚建議轉到樓店背後的巷子去，那路面坡度奇陡，一如平地起波濤，然後頓時凝成高高低低形狀，又似放大的一截溜滑梯，而後巷停駐貨車，有印緬外勞提拖煤氣筒子出入，偶爾有垃圾籮擋路，野貓臥地，三兩隻躺坐土地公神龕邊，有提傘老婦撿拾紙皮，回頭瞥路過的稀客，再走一段應是餐館廚房後頭，爐火咻咻燒著，人聲笑語雜錯……似乎不知還要通往何處。

婉媚走得吃力，手拎著舊式線穿暗黃色雞皮紙袋，也只有老酒莊還堅持用這種袋子，一枝藥材補酒斜倚著，花菇一包墊在旁側，塞得略為鼓脹；隨著身後而來的景棠欲幫她提拿，她搖頭。沒多久，穿過幽黯黯的門洞，通過了人家的後門，即是一道籬笆，有瘦小婦人晾毛巾，婉媚喊一聲，燕嬸，對方堆笑開門，低聲說師傅在裡面呢，剛才睡了一下。婉媚說，酬神戲前天收鑼鼓了嗎，燕嬸一邊推開雙喜字圖案鐵柵欄，點頭應道，戲箱收了一整天，有些送到玉茜姑那兒——燕嬸也不忘對比較臉生的景棠打招呼，婉媚示意他跟著，一起走到前面的小客廳。

外邊天色黯沉，裡面也還沒開燈——唯見一個微胖婦人在那窄小空間示範，她用一方羅帕在指掌間舞湟，演的是小丫鬟，玉指纖纖拈住帕子兩角，俏皮的在打圈圈，如同扭麻花，然後一回身，裝著乍見一個陌生公子，不禁指尖作蘭花，擋在腮邊，再虛點一下，接著換腳步，旋身，似躲樹畔柳蔭下——婉媚笑道，師傅在演紅娘吖？婦人含笑，把羅帕滴溜溜丟擲過去，說阿媚你不妨也來一下。婉媚忙不迭的搖手，不能了，我的關節也僵硬了，終不是十八二十歲。景棠看這婦人，渾身上下就是個樂齡老人，可剎那神情卻是嬌羞少女——她套一襲海青，在微光裡也不顯是哪一齣戲的裝扮，只是空氣裡頓覺異樣，這人絕非普通的尋常老婦，是丁香影，在老一輩人眼中的名伶，俠女艷旦，打出來的名號不小……只是此刻卻看不出端倪。婉媚笑了笑，說這位是俅哥的子侄景棠，他忽然血脈流通了，回到現實，忙問好；師傅淡淡的，哦，俅哥是你三伯父吧？你父親是金麟還是金彪？婉媚替回答，是阿麟的次子，他們後生一輩弄不清這些排名字輩的。

師傅揚眉帶笑，如果是四伯父阿彪就曾經做過我杏花天的棚面拉梵琴的——杏花天劇團當年一九五三還是五四年了剛起班牌，到城裡的普長春開戲，我那套《俠盜奇花戲玉郎》要打三截棍，你四伯父親自教我，人很不錯呢——景棠不禁恍惚，這位伯父似乎十年前故世，伯娘五年前也隨之仙遊，師傅丁香影卻把如煙往事順手拈來，如同昨日邂逅。婉媚欸一聲，彪嫂那時是胃有事，拖了很久……師傅笑道，那是阿二吧？叫翠群的，當年先頭第一個是車衣的金娣，曾做過杏花天的梅香，八月半在金陵酒家擺宴，我還是女儐相……輕盈的將故人的情事三兩下打發，這些過了時的人，也只有她有資格娓娓道出。

靠壁的籠箱堆著些海報，早幾年的神誕演出，打出的照樣是杏花天名號，正中領銜的是她頭像，一頂闊大帽子，壓不住一雙閃著晶光的鳳眼，兩片嘴唇紅滴滴，望過去像有無限威儀，底下就是她的班底，得意的弟子，還是玩票的學生，都占一席位；近年來丁香影大多在後臺打點，偶爾客串也只是丑角——她的絕藝據說是沒真正的傳人，多年的授藝不過是一般的唱作，舞臺的造手動作，慣常的生旦角色，不是當年丁字牌的獨門功夫。

婉媚趁師傅轉身找個藤製懶椅，別過臉去，向景棠打個眼色，有點要他自己見機行事的意思，師傅心情不錯，問個舊事前塵，仍然還有絮絮閑談的興致——燕嬸捧住一個托盤，盛了三碗雪梨南北杏甜湯，師傅叫兩人別客氣，說是自己這一向有兩聲咳嗽，燉了來喝。婉媚忙遞上紙袋，說是小心意。師傅推不過，自是收了，之後歎氣道，這年來發生很多事故，心境大不如前。景棠見她徐徐低眉，然後抬眼慢轉，只差一些手勢，便有一點粵劇所謂關目的味道了——景棠不是沒見過唱戲，即使在錚亮輝煌的酒店表演廳，那些號稱名角的大老倌登臺，想必也不及此刻素淨淡妝的丁香影，一個尋常的眼波微動，那未說之事，彷彿蘊含著厚重的來由，無限苦衷似的。

師傅自顧自舀起一匙羹的燉雪梨，也不喝，輕輕的說，其他的也不去講，講多了，人家也未必了解，當中苦楚除了自個沒有旁人可以感受，一個杏花天，如今還是接班唱戲，我不吃，底下還有一大窩人要開飯養家……一個蓋子，三四個熱鍋，蓋得這個，那個也冒煙，活到這般年紀也不知為何事。我也沒兒沒孫，頤養天年的福分到底輪不到，坐在麻將檯邊怎樣等到天黑天亮？橫豎自己就是在戲臺上賺開嗓錢，到死那日，都還是準備上妝打點，華光祖師爺前起過誓，聽見鑼鼓，就要出場。

婉媚略皺著眉，靜默聽著，景棠心想媚姨自然是聽慣了，之前還好讓他有個認識，丁香影訴苦是例行事，沒有申訴埋怨，好像過的日子特別舒服，是個禁忌——婉媚跟他說，師傅早前進了醫院，胸口有個粉瘤，說不是惡性的，但也開刀割除。聽戲行的人傳來……應是弟子們的耳語，說是她昏迷後，胡言絮語，看見誰了，遇到那一個了，皆屬故世人名，幾疑師傅也尾隨而去，唯峰迴路轉，奈何橋上未報到，一池的花影月色仍舊在，雖是虛幻，但還是重返人間，再見風光人面，醒來已是重生，他們說首次見著了她的淚，驚駭異常，丁香影是個橫眉冷對險風惡雨的硬骨頭，從不曾一刻落淚，當然除了在臺上，那個舉袖掩面的姿勢，怯生生，還得聽板樂聲，在燈下來段唱詞。

她終於喝了那碗雪梨南北杏，把調羹輕輕放下，回頭問，阿媚呀，你記得這戲班為何叫杏花天？婉媚縱然聽過這事，依舊等著她說——你知道我那老母，以前的閨門旦，一把嗓子又尖又亮，唱一段慢板很有名，流水南音開首，杏花天，去年北雁南飛人不見，春燈捲簾思君寫花牋，花影映窗疑是檀郎喚仙卿……我出了院，就一直夢見她，她穿一件那時的長旗袍，寬鬆得看到摺痕，元寶領，像我小時候和她合拍照片裡的樣子，你有見過的，我厚相簿裡收著的好幾張，燙得劉海捲捲，藤蘿花似的，遮住眉毛，旁邊是她的近身媽姐彩蝶，那時的花旦再時髦，也是模仿大寨的紅牌阿姑打扮，坤伶裝扮，其實很風塵，就是老派人講的河下人，阿媽藝名楚芸嬌，人家叫她芸姑，或者杏花芸姑……她淚眼婆娑望著我，低語許久，說的是不放心我阿爸的墳，老實說，她去了很早，有什麼不放心的？而且她不是不知道我跟阿爸，感情不會更好的……他過去時，每樣事情都齊全，哪一樣不周到？上世紀八十年代，我手裡有好多班街戲，現金很鬆動，我們丁家從頭到尾還不是為了個錢字，人去了一了百了，選的山頭還算高的了，不淹水的，風水不見得不好，有什麼不放心？阿媚，我就死後見到她，我照樣可以抬頭面對，沒有愧疚的。

景棠更不方便插嘴——在對方掏開自己的那塊，似乎那點瞬間，窺見其人其事，一丁點的痕跡。他別過身去，見壁櫥上立著一座樹形照片小框子，小葉片似的框內嵌了泛黃黑白相片，一個個都是她，丁香影，或坐或立，有的芳華正茂，蕾絲紗巾套頭，露出側臉，嫣然一笑；有的正在碼頭還是機場，戴著手套，回眸打招呼，匆匆留倩影，彷彿隨時要往哪裡去，不便久留。

第二折　舊事幾回聽

師傅記得鑼鼓響起，眼前還朦朧如夢，紅燭映照，一室是玫瑰飄紅，是哪一年的所在？婆羅洲還是安南？一道道紗帳掀之不完，還有，穿過，再有……然後聽見人聲，語調模糊，卻迎面一盞煤油燈，黃橙橙的掛起來，師傅看見一個十三四歲的少女，正穿著絳色薄紗，裡面一件小馬甲，古裝髮髻插了珠釵，她比了一個手勢，舉起那蟬翼一般的袖子，擰著眉毛做表情，那眉梢是疏淡的，要用眉筆畫出一道彎彎柳葉形狀……這不是當年的自己嗎？初生之犢的丁香影，早已擺脫梅香丫鬟的角色，她說到底是戲班的班主之女，金鳳屏粵劇團，父親是丁少風，那時母親還在唱戲，楚芸嬌的《花月東牆記》二十本，宣傳的單子註明是爽臺名劇，爽臺，意思指緊湊明快，絕無冷場——兩天無間斷的演，底下的看官仍是滿滿挨著坐。丁香影十三妙齡，即登上正印花旦位置——師傅如今站在一角，像是靜觀走馬燈一樣，看著從前的自己對鏡畫眉，她立志要當一個俠女，快意恩仇，像古老排場的穆桂英、樊梨花，不、不夠，她們還有許多牽絆的兒女私情，太多的柔情千萬縷，或者就是大鬧能仁寺的十三妹，還是聶隱娘，幹完大事就揚長而去。有一張照片，她和少年玩伴合影，都笑意盈盈的望著鏡頭，丁香影嘴角那抹笑意，有點淡漠，有點篤定，心裡就知道未來一切非得在舞臺上見真章不可，其他都是陪襯。

只是此刻師傅緩緩浮現回憶來了，映像竟活生生再現眼前：那一年的小小丁香影，被父親要求演《仙蛛艷女》，盤絲洞的故事——說是小地方的鄉民不願看古老唱腔的傳統劇，只能賣弄噱頭。師傅哀矜的追想，眼前的丁香影描畫鬢角，誰想到不久後就會有火劫降臨？如果時間重來，誰還要演？她理應將那件如意雲頭的低胸馬甲丟擲出去，拒絕在臺上隨著梵鈴西樂起舞戲水，模仿那流傳已久的《肉山藏妲己》身段，劈叉拗腰，耍特技似的啣酒杯，罩一張薄紗，若隱若現，十多歲少女，說真的，也不過是較大的女童，並無風情可言。

戲水之後竟是戲火球——一個拖著長鏈的鐵蒺藜，裡頭裝住燒紅的火炭，她要滴溜溜的舞將開來，猶如長蛇吐信，那閃爍得異樣熾亮的火球，好比有了生命，跟蜘蛛精纏鬥；其實一切力道由自己控制，舞動旋轉，忽左忽右，火炭隱隱透出紅光，可是那一回丁父把紅炭夾碎，實在不該的……師傅深深歎氣，閉上眼，但也似乎看見自己，在臺上耍動火球，點點星火飛起來，染到衣上身上，紛紛燒開了，火燒火燎，灼傷肌膚，師傅嗅見微焦氣味，也得鎮定的下場。師傅跟前忽然迎面亮出腰圓穿衣鏡，少女丁香影冉冉現身，她幽幽地說，你自然不知道，你老父為何怎樣都不喜歡你，回去後臺不就是一頓打嗎？說你不懂得隨機應變，學戲學到哪裡去了？也不管你燒到哪一處皮肉了，一支戒尺就往頭上敲。你是人嗎？血肉之軀大概可以抵受得住的，只不過那心底永遠是酸楚，要聽話，要服從，沒有第二句話。師傅笑了，一轉身，丁香影招手，鏡光流離，忽黯忽亮，似是人生舞臺布景換場了。

阿女，一把聲音叫她——大概只有媽姐彩蝶有如此聲調。

彩蝶漿穿著燙得筆直的白衫和黑膠綢褲子，腦後有時不綁辮子，淺淺梳一個扁髻，一張容長臉總是帶著欲語還休的神情。彩蝶說起姑爺，所謂姑爺，就是丁父，丁少風，嘴角略為往外撇一下，有點鄙夷，不大願意開口。說的抬頭詞對象，是芸嬌小姐……芸嬌小姐很委屈，拖住你來嫁人，這人始終嫌棄。阿女，你叫他阿爸，他也不冤枉，他日你成名，這人難道會少了金少了銀？小姐是嫁雞隨雞，這句話由別人講，便是常理，讓我開聲承認，只覺得心酸。他到底只是個小男人，鎮日單會給臉色我看，我當了芸嬌小姐近身十多年，功勞稱不上，有些話是有資格說的。他就看不上眼你是個女的！誰都明白楚芸嬌在蓬萊臺唱一曲《杏花天》，座無虛席，他坐在棚面打揚琴而已，水牌上的名字輪也輪不到！阿女，縱使他將來把我趕走，未來你揚名立萬，一掌刮他到陰溝去，餓死街頭，你也不能說是不孝！他活該如此。

一陣風掠過，舊黃帳子浮漾開來。楚芸嬌在枕上別過臉，容色白煞異常，微笑，伸手要握，丁香影過去給她，那一點手指暖意，讓她閉目好一陣子，似是無限依戀。楚芸嬌輕輕問，你是我的女兒嗎？丁香影點點頭，芸嬌再問，是我親生女兒？她低聲說，是吖，我是你親生的。楚芸嬌一笑，淚下，好啊，那我就很安樂了，我沒有白疼惜你，你是心頭肉，一塊寶貴的肉啊。給我再看看你，丁香影把臉兒湊過去，靜默無聲的，楚芸嬌今生跟前的女兒，抱來養的女兒，稚嫩臉蛋上滿是淚痕，她一一抹乾淨了。

第三折　滄桑原是絮語閑風

師傅特地打開露臺的摺門——一道欄杆繫著鐵絲，掛著空衣架，在半空搖晃不已。婉媚見頂上藍白色涼棚已老舊，有幾處縫隙，下雨恐怕會滲漏的。師傅逕自拿一把椅子過來，回頭對景棠笑道，你也來這裡坐，露臺有點天然風，不會焗悶。景棠受寵若驚，無措了一下，婉媚示意，這才搬把小凳到跟前。師傅微笑，真的難為你了，我這屋子像樣的椅凳都少，要你一個男人蹲坐在矮凳，真的失禮了。婉媚忙笑起來，不會不會，他今日過來有求於你，就是要聽你的一些老故事，寫個報告，還是特寫，當作是學校作業的。景棠也不敢搭話，光是老實的蹲坐，微帶羞澀的——師傅斜睨，淺淺一笑說，很有意思，只怕他後生人，聽不了這許多，人名太多，頭昏腦脹。婉媚就笑了，說我就當他的盲人竹杖，由我出馬——忽地大風吹來，對過高處的小樹沙沙聲響，一片亂葉耳語似的，略微充當了這小露臺三人對談的背景音樂。

你記得我阿爸有個細姐嗎？細姐，也就是老派廣東人說的姨太太，婉媚想起的是過去進了丁香影房裡，還是後臺梳妝臺上，擱著一張閤家歡相片，影室裡跑馬樓布景，落地長窗嵌蜂巢圖案玻璃，頂上還是老式宮燈，父母正中，丁香影八歲，站在母親前面，另一個細姐抱住小囡囡，這囡囡何其熟悉，她看了不作聲——婉媚沉吟片刻，然後說，是馮麗卿吧。師傅點頭，那是也算個出色的二幫花旦，阿爸娶她，也還是經由阿媽點頭允許——其實是當時的媽姐女傭彩蝶出的主意，她說阿爸始終都不是安分的樣子，要是讓他偷去花寨傳花箋召喚姑娘，不如娶一個回來，頂好是母親楚芸嬌自己挑選的——對方也算是元配收房的，等於某個程度的心腹，看著他也好。婉媚笑說，也要男的肯吧，師傅此時一個眼神翻白，淡淡道，他倒是很容易，逢女人都可以的，婉媚補一句，還要是美人，師傅頷首，當然，自然是美人，馮麗卿長得眉目如畫……她化妝很有一套的，我現在都記得她說的，貼片子要得法，畫眉要細要長，這才顯得媚，粉妝要勻稱，就不會成鴛鴦臉，大小不一。那時我學了好幾年南北派武功，還沒會紮腳踩蹺——馮麗卿認識尹鳳仙，尹是名噪一時的踩蹺花旦，紅遍省港新馬，特別是南洋州府……坦白說，我母親真的毫無機心，為了我，央求馮麗卿介紹尹鳳仙，要給我拜師學紮腳技藝——我後來苦練的過程，吃了不少尹的打罵。她們兩人其實是梨園結拜，姊妹的大婦女兒上門學玩意兒，還不盡情羞辱？青一塊紫一塊，老母還以為我魯鈍，學不成材，這才挨打。細姐夜晚靜靜送藥油過來，叩門好似小雞啄米，斯文膽怯，大概是自己心裡有鬼呢。

婉媚有意岔開，問說頭一齣紮腳戲，是閻婆惜坐樓？師傅哎一聲，不是，是紮腳桃花女，古裝梳頭高髻，鬥周公時，要紮腳耍劍，隨著鑼鼓點子，露出一對三寸金蓮，搖曳生姿，抬起來炫耀，還要耍一套劍法，對付大喜之日的飛翅白虎精，是個小武裝扮，得在一張高臺上翻身側刺，很講究技巧的……師傅偷覷了婉媚一眼，我那個妹妹丁玉笙好命多了，從不學這些的，細姐給她學的都是小生平喉……婉媚輕輕一笑，說所以論成就，她老是推崇香影姊你已是大家了。師傅搖頭，人老了，要爭奪這點虛名做什麼？她和你這十多年日子，過得才是實實在在的生活，神仙眷侶。

露臺一隅的景棠微微吃了一驚——師傅真的直言談相，說得毫無遮掩。這層關係稍有點複雜，丁香影其妹玉笙，歸根究柢也是勉強湊合，理應是細姐抱來的……景棠這種新世代人種，很難想像過去人們的蛛網人際，親戚家人，有的親，卻未必親，有的八竿子打不到一起，竟偏偏在一起，有的認個姓氏從此即是姊妹兄弟，三分親也就很親了，晚輩就得舅舅阿姨的稱呼。玉笙和婉媚阿姨的事當然不是祕密，尤其這個時代——甚至在過去彷彿也被默許，老人家比較寬容的，就說找個伴而已，是誰已不重要了。婉媚姨之前說要幫景棠穿針引線，代為訪問丁香影，她說對方確實跟妹妹玉笙有點心結，自己倒是沒有什麼的——如今脫口而出，算是一種調侃，針對的也還是玉笙。婉媚含笑應對，似乎沒有感覺；當然更早的時候就說開了，丁香影的情事韻史，也還不是不可談的，試探切入的時機則要講究。景棠在影影綽綽的碎語傳聞也略知一二，婉媚前邊介紹時，不忘說他是俅哥的子侄輩……看俅哥的份上，他看見師傅臉容不露痕跡，保持笑意，也沒有不悅的樣子，老一派的人，那種城府，好聽一點的便是涵養，都不容為點滴小事擺在臉上——或者心底已經暗生怒火也不一定。

那你跟金芙蓉學的那陣子，是在尹鳳仙之後了？婉媚輕鬆的將對話的繡球拋向略微正式的個人歷史事件。師傅臉色一正地說，確實是之後的事情——金芙蓉也算恩師了，她不輕易收徒，那個踩藥爐的絕學非常難得的，是她祖父金飛鵬所傳的祕技。我記得母親送錢，數目不少，有部分索性就給首飾，這一大筆幫她度過了難關，當然要不是金芙蓉有事，也不用為錢而傾囊相授，後來也因為這樣兒得罪了同門胞姊金笑瓊……引出不少風波。

景棠記得看過的資料，那些顯著版面的圖片，是丁香影身穿京裝，宮娥打扮，纖足踩在藥煲上的舞臺照片，較為經典的是踏著層層爐煲，像表演梅花陣似的，她回眸作個鳳凰展翅的姿勢，有點獨霸臺板的威儀，是哪一句話？丁香影的老戲裡有一齣《陣陣美人威》，美人威，她也有威風盡占數十年的風光了——過去丁香影金笑瓊同派挑戰競藝的逸聞，也是報館老人津津樂道的。

燕嬙在廳內張望多次，師傅招手，燕嬙過去。師傅交代數句，是關乎戲班的，繼而銜接往事，這當中的來回穿插，在沉湎記憶裡和審視現實，並行不悖，彷彿身懷一種異術，在時空裡漫遊潛行。

第四折　春風回夢記

丁香影總覺得奇怪，這幾天老是做同一個夢。有點煙霧瀰漫的野戲臺，大白天裡，太陽竟是遙遠的流金圓鏡，隱隱照過一絲金光，在臺上游移晃漾，等於多了燈影；她在這兒，日頭輕輕在頭臉衣衫沾染了點點飛金，鑼鼓箏琶卻被收進陽光裡，欲振乏力，只餘一把簫聲，低低嗚咽，直如流瀉月色一樣，白日裡帶一點夜晚，空氣裡恍如也有花香，是什麼花，玉簪，還是老舊墓園裡的雞蛋花。一股甜膩的芬芳襲來，無從抵擋，丁香影覺得睡意緩緩召喚，腰腿漸軟，想要躺坐下去。可她仍然記得，身在臺板，此刻還是戲中人，可到底是飾演何人？花香如海，席捲過來，沒有喝酒，也竟似醉酒一般，兩朵桃花雲印上臉頰……簫聲流動，靠近身邊，聽著不是音樂，倒像是人聲，一把柔情的男音，是有這麼一個人，在耳畔呼吸；她閉目須臾，只覺得一大片輕憐蜜愛包圍住，好像生平多少旖旎纏綿的唱詞都比不上，這短暫時間不就是等於漫長延綿？能多久便多久。

丁香影在雲霧金光裡，看到他的身影，瘦削清俊，上了裝是武生，是秀才，其實脂粉在男子的眉目臉容也煥發了奇異的艷光，說不出的讓人依戀。傳說中的錫礦老闆的長子，金鑽行的太子，還是布莊的掌櫃經理，都不在這裡，唯有他，在這朦朧混沌的夢境，占一席位，是哪一個？名字不再重要，她只認得那如同半醉在熏風花香的肉體氣息，一生有一回，大概夠了。劇情膠著，沒有推移，丁香影手上少了劍槍棍棒，俠女隱去，就僅存一個女子的身分，慢慢走進太陽淡金淺黃的光裡，跟人兒攜手而去。臺上一幅殷紅布條，杏花天粵劇團，杏花天三字，灑金粉，背後有團花牡丹鳳凰，穿花丹鳳，貴不可言，美不可言，但隨時也可能掉入泥淖，人比泥賤，可供他人踐踏。

是哪一個少年？穿上了戲服，也就是翩翩佳公子了。最尋常的形容詞，劍眉星目，就有難以言說的銷魂魔力，一張臉湊過來，花旦也有故作嬌羞躲避的——也有貼上去，依偎耳臉，唱的曲詞，便是：相擁抱，相偎傍……多少人說戲班裡的春色何其繚亂，夜裡後臺隨意掛上羅帳，裡面很可能都是成雙成對的。丁香影也不敢自恃嬌貴之身，說什麼潔身自愛，未曾在燈昏迷濛的角落私語纏綿——回到熾熱天光下，那玉面郎君也只是蒼白臉孔，雙頰凹陷的男子，一雙眼窩烏黑，呵欠不斷，穿一件寶塔牌背心，脫下來就是個瘦弱不堪，一個讓人心神迷醉的郎君看得她慘然若失，夢魂飛散，想也不敢想。然而那點軟弱時刻，撐不過去，也便靜默的再走進他的白紗帳裡。多年後說起，也未必願意承認對方，名字更不必提了。

她倒偶爾想起一些難得的瞬間，自己換了便裝，兩截暗紫墨彈花點衫褲，素淨一張臉，早點出門去練功。經過城外一個涼亭，一個手拿竹籃賣雞油飯糰的男子，自是留了心，看了過來——她老早習慣旁人的目光，不加理會，可那天無意瞥了他一眼，他是端正容貌，眉目清秀，有一種文靜的氣息。她彷彿看風景似的，細加端詳，忽地感到憐惜，如他不是販夫，也應是在櫃面寫帳簿。男子似乎渾然不覺，一路沿途走去，也不大叫賣，她慢慢跟著，也不近距離，就在遠遠看著，等到男子開步，才若無其事的尾隨。買飯糰的男子閃進老廟的舊樓梯間，久久不見，她有點失望，正要離開，唯見男子伸頭探看——原來他早已察覺了。他一笑，避回樓梯間；她好一陣子才有反應，怯生生地，跟著過去——微暗的窄小樓梯，他在這兒，看見半邊臉，她走近，也沒說什麼，摸他的臉，很溫暖，她依偎過去，他靜靜的也任由她——這時間很短，也似乎很長，心裡的留戀可以延續到年月消逝還記得。

末了，男子叫了她一聲，大姐仔，廣府話裡大姑娘的意思。他輕悠悠的聲音，微帶一點尾音，至今還想著，他說了他的名字，是阿陸，還是阿祿，反正就這樣，說在什麼街巷暫住，要她去找他。她點點頭，他微微一笑。

丁香影沒有找過他。只有在夢裡，或者在回憶裡，稍微有些怔忡惆悵，便記起這個男子。他沒有來得及認識，看不清楚，更覺得淒然的美——也更值得懷念。

閉上眼，他立即在跟前，一片幽暗，隱隱有花香，她的手沒放開，然後他過來，悄然的握穩了，兩隻手相互抓緊，無需知道大家是誰。

第五折　鏡裡紅鸞喜

趁著婉媚還在，師傅則說了那日遇見尹鳳仙的事——中秋節前隨著慈善團體到孤老院去，現在也不必粉墨登場，大概隨意唱個小曲，也就很夠了……她擺擺手，說是當天自己的嗓音也不行了，高音唱不上去，有些地方還反拍了，老人家聽不到個中究竟，不苛求。婉媚含笑，裡頭自然有人認得她，這部分即使稍稍透露，也明白道出，丁香影的芳名依舊不衰。有個老婦穿一襲院方提供的寒衣，一臉平靜，樣子眼熟得很，她細細看了，原來是尹鳳仙，按理要開口稱呼她為師傅，一日為師，終生為師，這有什麼可說的——尹鳳仙空有絕技，踩蹺遊花園，倚窗繡花，都沒有實物，靠的是扎實玩意兒。

婉媚問道，她有多大歲數了？跟阿爸一樣，屬羊，應該有九十了，婉媚嚇了一跳，難以置信。師傅笑歎，我就覺得時間速度快得驚人，那點印象恍如昨日，卻多少年月過去了；我細小她一截，算是妹妹，如果還在也八十幾了，但是十多年前走了，對她的打擊也不能說不大。尹鳳仙住的倒還是兩人房，半夜有事起來，也有個照應——那些六人上下鋪的，真的不必住了。師傅一笑，含意深刻，說細姐馮麗卿和結拜阿姊尹鳳仙，以前就合演了《樊江關》，一個樊梨花，一個薛金蓮，姑嫂緣——她淺淺低聲說，姊妹情深啊，細姐拿了玉笙回來養，想必也很少讓阿爸碰，那個走廊的小房間，一天到晚門簾放下來，聽見輕吟淺唱，子喉平喉，都是阿姊鳳仙跟她對唱。我老母也說了，以為覓著了心腹，連討個男人歡心的本事也不會，心血白費了。婉媚心底洞亮，師傅是想她轉過身去報告給玉笙，養母當年的戲臺情人如今尚在人間——也語帶雙關的說玉笙婉媚這對夥伴，也還是跟她們對照輝映，唱戲唱久了，好了，變成一對。

眼前便只有婉媚這個人可以暢談，即使稍帶譏誚，對方涵養好得不願反駁。當然婉媚知道師傅到老也看不起這個細姐的養女，是過去母親楚芸嬌和細姐的正室妾侍之分，也有姊妹間莫名的敵意——婉媚萬不得已，也很少提玉笙。她很懂得看眉頭眼額，人前自然尊一聲師傅，私底下則可以稱呼影姊的……婉媚八九歲便到杏花天後臺去，看大老倌妝身打扮，各個幾乎脂光粉艷，正當盛年的丁香影一身顧繡俠女裝扮，束腰，纖纖柳腰，微豐雙乳，不自覺的挺起，一個蘭花指，回首淺笑，艷不可言。玉笙本身喜動，常打扮成小武，或當個下靶的馬夫，有時開腔，不露雌音，偶爾天光戲也會擔正演個才子，手拿摺扇，有點像梁無相……婉媚小妹頭似的，難得在後臺和玉笙練曲，則喜不自勝了。

她們在丁香影巨型鑲框橢圓鏡面大照片下，低眉笑唱，是最俚俗的遊龍戲鳳，眉來眼去，少不了有點調情的味道——但都還年紀輕，也只是隨興地照曲譜而唱。婉媚總聽見長輩們背後的碎語，說戲子無情，可當面老是稱讚丁香影如何出類拔萃：那張玉照裡面，女伶穿著合身的襖裙，斜側嬌軀，頭上珠翠是小型珍珠鑲水鑽的玫瑰花，稍一晃動則晶光閃閃，如同海底珊瑚泛著夜光，她在唰一聲剎那打開檀香扇留了影，丁香影。那時有很多人認乾爹乾娘，男的迷戀不已，女的別有所圖，也是有的，婉媚老是想起一個華生金鑽行的未嫁長女，粗壯的一個婆娘，很殷勤的送一盆花，用鈔票摺成的銀紙花，丁香影覺得俗氣，退了回去——無論如何，也陪她吃了好幾次飯，牌局也去了，也算賞臉了，聽說後來杏花天要加設一個旋轉舞臺，那婆娘到底也拿出錢來資助，可就沒有人當面問丁香影。婉媚如今是不想問，單是有可能性的男人都大有人在了，還去追究女人？

丁香影從艷麗花旦到老去的粵劇師傅，風霜在臉上留痕——當中發生太多的事情，她也沉著的挑揀沒有殺傷力的來說。反正景棠坐著，能聽懂多少就憑本事了。只是他倒有點誤打誤撞，那日約見婉媚阿姨，早到了，遇見了丁玉笙。短髮貼著頭皮，一張清水臉孔，沒化妝，那兩道眉毛疏淡得幾乎看不見，薄唇邊偶爾叼住一支菸，她似笑非笑的問，你應該去找你的伯父，俅哥。景棠笑道，這些傳聞聽過了，可始終沒膽量去求證——玉笙不耐煩地吸菸，嗤一聲，有什麼好求證，這當然是真的。丁香影當年差點嫁給了他——那一回我大媽楚芸嬌也很贊成的，俅哥，高錦俅，也是個數一數二的俊俏武狀元，演個薛丁山，舞槍花，臺下將玉鐲金牌用手絹包了、丟擲上去的太太小姐們，簡直迷醉得要發瘋了。他兩人要好，在走埠組班表演，杏花天和他的班牌錦繡年，各取一字，改為花如錦，劇目自有開戲師爺重新打造，什麼《丁香艷俠三戰錦毛鼠》、《杏花女夜戲錦衣郎》和《醉檀郎巧遇百花仙》，不離歡喜冤家的情節，打鬧誤會之餘，之後自是團圓和好。是呀，不然她就是你的伯娘，但排列下來是第幾個，恐怕要洗牌執位了——俅哥女人緣之好，身邊大小各有四位金釵；玉笙冷笑，那個年代很普通的。景棠問，是因為這樣才不嫁吧？玉笙擰了眉頭，笑說，我這個姊姊難道也只有一個俅哥麼？活在這世上，很少會如此天真的吧。

換了一支新的菸，玉笙噴出，丁香影其實這方面很冷靜很計算——每次開口說要退出封戲箱，幾乎都反口，捨不得，她習慣性活在舞臺；棚面鑼鼓起，她再沒有情緒，也會精神百倍踱出去。花旦紮腳推車，就得她一個最奪目最精采——我最不喜歡她，也要承認丁香影的功架無人能及，當初的風光沒有人可以替代。但是她的為人處事，真的令人不可恭維了，細數當中的不和鬧翻，一宗接一宗，她推倒玉瓶不扶，再立山頭，拉大隊人馬跳槽，什麼都做得出。

須臾，玉笙想了一想說，那陣子是六十年代七十年代初，時勢不好，不就是戒嚴了很久嗎，什麼酬神戲都幾乎停了，結婚宴客大多選白天，偶爾請一臺戲，也只是折子戲，整團杏花天是沒開戲便沒開飯，影姊是最要強的，那時大媽楚芸嬌過世了，還有些首飾，也就一一拿出去變賣——有個姓盧的戲迷，說起來當然是歸納在戲迷裡，有橡膠園有錫礦，受封過什麼英國勛銜，正室早逝，見局勢紛亂，打算移民，要她跟著去……自然有筆錢讓她度過燃眉之急，但杏花天字號也隨時會結束。丁香影自此得跟著到澳洲英國，輪流住吧。她難得來找我，多少年來我們兩個沒說過什麼正經話，我記得有個早上，還下著細雨，她撐傘來看我，我住在鶴山會館隔壁，戰前舊建築三樓，推開露臺門窗，就見她穿一身珠灰色長衫，她素來時髦，除了拍照，總是洋裝窄裙的，那件長衫是楚芸嬌的，她是想起大媽了——縱然不是親生的。她也不忘帶了點海味冬菇來，裝著是什麼過節前的拜訪，若無其事。她見了牆壁上的雙親並肩合拍的照片，淡漠一笑，然後說，不做了，要嫁人了。我清晨熬了一鍋子粥，舀了一碗，她也要了；我開了一個罐頭菜心，擱在小碟子，讓我們姊妹倆拿來送粥。我反問，你捨得嗎？你不要後來還得特地訂製兩三百個砂煲坐輪船寄去外國，裝扮俠女十三妹，表演能仁寺踩砂煲絕藝，又來東山復出，晚節不保。丁香影冷笑，我會如此不堪？唱戲踩砂煲，多少年來沒有幾萬場也有幾千場了，我失心瘋了嗎？移民外國沒有福可享，要到那時貼演這短命劇目才能過日子？演給誰看？洋鬼子吖？我把粥吃完，說你不會，我是說你不會嫁過去……她靜默了起來，一口口將粥吃完了，好像還有點未飽足的樣子，我忙說廚房還有，她說不要了，早上通常沒吃這樣飽的——丁香影掏出手絹，印了印嘴唇，忽然輕輕的說，很久沒跟你吃飯了，以前大家都在杏花天，後臺買了一小壺熱粥，姊妹倆便吃起來了，有飯吃飯，有粥吃粥；你記得你演賈寶玉，怡紅公子的衣裳，配一只鍍金項圈鑲翠玉，但很有風采，就像是翻生寶玉……你會怪阿姊嗎？如果你留在杏花天，說不定會有個出頭日子，只不過你是讀過書的人，不像我，能做什麼？除了祖師爺派下來的曲詞，師傅教下來的那些紮腳那些足踏藥煲，沒有了這些，我還算誰呢？丁香影這三個字連狗也叫不響了。我想嫁人，但是真的，真的我不甘心——昨夜發夢，好像看到一地落花，一陣風吹散了那軟紅紫瓣，杏花天就此沒有了，阿媽會責備我的。我沒有打斷她，任由她說，她此時再沒有其他的人可說——是那種從同個時代、同個經歷出來的人，一切明白了然的親人還是朋友，丁香影其實不需要親友，可這個時候反而不一樣了，我這個妹妹被她記起，她暫時放下身段，來跟我說說話了。

玉笙抽完這支菸，也似乎沒有繼續要點菸的意思，停頓了一下，景棠欲問下去，則發現了她眼角隱然有微溼潤光，嘴邊含笑，一種愴然的笑。

第六折　穿過夜光拂塵埃

丁香影索性做起服裝，替人家釘珠片亮片——是那種夜總會歌女的夜禮服，更多是舞女的上班服：反光灑金粉的質地，鏤空蕾絲，釘上魚鱗似的金黃色亮片，簌簌抖動，像是一隻海底遊行的美人魚，裙裾尾巴一絡蕾絲花邊，閃閃發光，漫步走著，要一手提起，小心翼翼，雖是麻煩，可鋒頭絕對是出足了。別人倒看不出個端倪，這個名噪一時的花旦褪下紅粉片子，收拾衣箱，投入一個極為低調的行業，說到底也是受氣的行業——她低聲笑道，馬死落地行，一個人總不能永遠高高在上，到時到候，再尊貴也得徐徐走下來，伏低做小，也半點不由人了。

更有一種文藝演出的民族舞服裝，丁香影也算是當時獨門獨市了，特別是有點地位的太太們，慈善性質公開亮相，演個古裝美人手拿羽扇，是宮廷簡單柔美的舞蹈，若無華麗精緻的行頭，搶鋒頭也輸人了。丁香影心裡想的是，全都是小兒科，這些門道確實是自己的專長。有的是宗親團體的婦女組——她記得過去到婆羅洲菲律賓演出，總是有會館理事親自來送錦旗，說是宗親之光，或者出席會慶聯歡晚宴，邀請她客串……丁香影也許只唱一段《鳳閣恩仇未了情》

還是小曲《銀塘荷花香》，她選穿了粉藕色小鳳仙裝，梳著劉海，與眉毛對齊，跟當年母親楚芸嬌年輕的玉照一樣，是二三十年代的仕女，她擅長畫眉，一道柳眉秀媚，手拈一塊絲織繡花絹子，站在麥克風前，蘭花手耍著花手絹，一塊帕子在玉指纖纖耍弄下滴滴溜轉動，眼波流動，就是一個嬌俏的小家碧玉——這些極為輕易的演出，是應酬，也是一種難得的亮相方式，他們這些社團送的紅包也很大方的。當初丁香影年輕氣盛，其實也不在乎這些，多年後想起不過是插曲式的回憶；她以美艷花旦的名號，走遍東南亞各地，甚至香港——只因為真的年輕，可以穿山過海，任性地笑看手邊的芙蓉金菊綻開了萬紫千紅，然後一下子扔掉。是菲律賓華僑，還是新加坡商人？都說打本給她做生意——她那能做什麼生意呢，開個餐館，或者投資電影？由她領銜主演，黑白菲林拍攝，古裝武俠，她照舊是個攜劍闖江湖的俠女，那些老派服裝衣不稱身，還有一股汗酸味，她另外出錢重做。影劇版登上一張定裝照，梳著靈蛇髻，插著珠花金釵，舉起一把寶劍，比個劍訣，嘴邊卻笑吟吟的。這都是舊聞，反正沒有大紅，更沒有嫁給這任何一個，時間沖淡了，不過是觀音兵而已——哪個貌美有名的女人會沒有幾個獻殷勤的男人。

有人認得出她來——社團婦女主席來做採茶姑娘服裝，見此素淨婦人何其面善，不施脂粉，但難掩一種華采光芒，原來是她，不禁借故向她請教舞蹈動作和排陣，她也知無不言，說得頭頭是道，乘機要她做個舞蹈顧問。不久丁香影也成了一些團體的粵劇導師——亦有一些老輩分的叔父很不齒，這原本需拜師而習的，如今竟淪為才藝班，交學費則可上堂教習。丁香影忍耐著，實在受不住，私底下對燕嬸說，這種人注定是被淘汰的，這個是什麼時代了，把那一點功夫放在口袋裡，一直到老到死？他們也不要學多，也不過幾支曲，反覆背誦就累死了，哪裡還會學其他的。富太太們學了，在晚會裡出鋒頭，的確很夠回味的了——丁香影替她們化妝，選配戲服，事後一個個珠光閃耀、衣香粉艷的下臺，感謝萬分，難得有這麼一個師傅悉心指導。

有了贊助，杏花天戲班開始演出了，等於是復活重生——丁香影雖是有點歲月痕跡，但這刻正是技藝純熟的時候，不再是當年的剪斷燈花紅、忍把玉環作擲地琉璃散的刁蠻公主了，有了起跌歷練，她即使演個百花亭贈劍也撩撥人心了。丁香影不再依腔而唱，而是多了迂迴蘊秀的溫柔，唱著：我暗窺望，唉吔，看一看，我又重複看，看他相貌幾分似潘安，更兼意外緣結，揮劍自慚力竭，不忍殺瘦腰郎，叫宮女不須此際侍立兩旁……從前的情根暗種是虛意敷衍，如今是帶著無限依戀，細膩而讓人細味久長不能忘，她頭戴雉尾翹起，手執寶劍，要贈給眼前的英俊郎君江六雲。依稀記得有個少年，清秀動人，直挺挺的一管鼻子，在黑暗處她卻看得清楚，是記憶裡不會變老的人，如今化在舞臺上，是誰演六雲，她都當作是那人，故此眼神自有一種消融過後的柔情；在虛擬的情節裡，借著唱詞，她是向他致意，不可能再遇的一個人——這真好，在戲中一次次的巧遇，一次次託付終身，不必負責任。

也有表現好的，索性拜她為師——她對人說是盛情難卻，又或者稱讚對方資質不錯。後來逐漸有幾個出現，叫筱丁香，擺明是說自己是小小的丁香影，亦步亦趨的走她的路線，可惜都沒有學到踩蹺和踩藥煲；有個叫花正香，嗓音很甜，扮相美，一直黏著師傅，後來見沒有麼可學的，竟背師創立門戶，偷接酬神戲，跟杏花天對著幹，引起一陣罵戰。那些恩怨糾葛，如今比較有趣的是，花正香曾控訴，說丁香影對其男友有意，暗中約出來，立心不良……小妮子指控得吞吞吐吐，幾近荒謬，當時看熱鬧的總認為根本是徒弟不肖，誣衊師傅。議論的雲霧漸漸散去，丁香影沉著不語，但淺淺笑意不自覺浮起，花正香帶來的那個少年，真的有點意思，他回首微笑，她以為時空錯亂，似乎回到那廟裡的樓梯間，幽森昏暗，他出來了，或者說他化身一個尋常男子，來到她跟前，花正香倒有福氣，有這樣一個男孩子。他在旁人眼裡，確實沒有什麼特別之處，不過是平頭整臉，略微秀氣，笑起來眼睛很有光彩，有水波月影在閃動——這叫阿航的男子對於粵劇並無多大興趣，只是為了花正香而探班，卻學過一些武術，看見武生穿大靠，手執槍棒，一個亮相，很有威勢。丁香影一副好身手，尋常的拳腳套招自有妙法，叫這阿航學習旋子，他一時興起，稍微學到手了，欲罷不能——見此美哉少年，丁香影語氣讚賞有加，是有的，反正一個女師傅，對於一個聰敏聽話的男徒弟，偏心一點，也還是人之常情……這些皆屬燕嬸之流所發的議論，說完全是花正香此等劣徒的詆毀，無的放矢。

但也有人言之鑿鑿，說路過丁香影的寓所——北汶萊巷口第八號三樓的陽臺，大熱天裡，橙黃太陽曬進來，那臨街的一小長方形騎樓，一把藤圈椅，一個赤條條的男子躺坐其中，小腿架在小方凳兒上，一本雜誌蓋在臉孔，看不出是俊是醜；不久，一個穿熱褲的女人施施然步出，頭上用紗巾裹住，看不見髮型模樣，她低眉瞟了一眼，就閃回裡面去了——留下無限謎團，是耶非耶，再也說不清了。

第七折　火網淚凝香

你記得我有一年演《一枝紅艷露凝香》嗎？師傅忍不住問道。

婉媚一時想不起哪一年了，但也立即不猶豫的點頭，表示記得——我呢找出了從前阿媽留給我的戲服，一身如意雲頭挖空顧繡並蒂蓮，藕粉色又帶點淺玉色，質地當然好，多年依舊像是新的一樣，我這個年齡扮演單艷雯，前半部有些勉強，後半部卻勝任有餘，這齣算是名劇，當年也很轟動，偶爾麗的呼聲也有播放電影原聲帶——戲迷都可謂熟得瞭如指掌。那個晚上，真的奇怪，我演的單艷雯怒極而笑的一句對白，卻頓時招惹得自己無盡傷感，實在不明白，連自己也糊塗了：艷雯聽見路人的嘲笑辱罵，自言自語道，我係淫娃？我係蕩婦？哈哈哈哈哈，一連串笑聲，雖是憤而狂笑，我竟然在臺上哭了，好像沒有理由，淚珠就止不住簌簌而流，那句浸我豬籠的口白說不上去了……坦白說站在臺板，老早學會忘記自身是誰的本事，轉身即屬戲中人，可當時那刻我隱隱約約還是丁香影，滿腹冤屈無路訴，……婉媚不得不輕聲問起，是瞬間想起一些事？師傅微笑的說，你大概說我想起是俅哥？沒錯，我不否認，她轉掠一個眼神，望向景棠說，就是你的伯父——其實我有多傻，追根究柢當中我連他的四位夫人都排不上，白白耽誤了半生的虛名。我不習慣跟人家分甘同味的，何況是跟四個人！又不是八月中秋分月餅！他有時沒事過來喝茶，坐下來，卻魂不附體，靜靜的不出聲，人在這裡，靈魂則不在，我枯坐陪他，我知道他一定看中了另一個了，因無法接近，只好在此處打發時間，可傳出去又自然是罪人，把那幾個的丈夫霸占了。殊不知我只是一個藉口而已——過去他喜歡我，我也一度抱以幻想，可是夢碎雲散，一切真實沒有比較美——婉媚聽明白這九曲迴腸，便曉得這其實不因為俅哥的關係，想必是為了那時的少年阿航吧。仔細算來，那已是丁香影最接近情火焚燒的一次，大家似乎看在眼裡，則說不出口，是禁忌，說不得，問不得，唯有裝聾作啞。觸及了，等同一種冒犯，尋思要找一個跟她同輩分的人來對話，也不容易了，婉媚是在邊緣中，也只有僅存一個玉笙，可惜已經畫清界線，老死不相往來。

是某種繞過彎來自表心跡的作法，飾演單艷雯又哭又笑，暗示自己是認真的，不是水性楊花，卻猜不著對方是覺得新奇感覺消耗殆盡，沒有了新鮮的眷戀，也就轉頭離去。她那一刻是想要挽住一把，但最終是人兒瘦損，免不了斷腸。婉媚記得的是詫異多於憐憫，丁香影橫行已久，大抵只有甩人，沒有被甩的案例。可婉媚一句不說，心底有數，卻無論如何裝著不知情……師傅搖頭，說臺上怎麼可以真哭，哭了就無法唱出後面的小曲和滾花，什麼怨淚落，濺銀河，唯有殘月來照我，青春逝矣輕輕過……全都唱不來了。我簡直就是發臺瘟，回到後臺索性哭個夠了。阿媚，你熟悉這套戲的情節嗎？單艷雯被誣陷謀害親夫，兒子前來送水飯，在她跟前合唱一大段，我真的字字心如刀割吖，彷彿過去種種重現人前……婉媚忽覺天地暗淡了好一陣子，剎那間金光熾烈，如無端湧進大片黃蜂，點點閃耀，嗡嗡作響，她怎的也淡忘失憶至此，丁香影百感交集的原來是這麼一段。婉媚欲言又止，嘴唇微張，師傅苦澀一笑，已是連點兩次頭了；婉媚只覺得那一大面太陽火網罩下來，一如漫漫時空裡的天網，關鍵時候到了，則前塵往事紛紛席捲過來清算——唱詞的用語則是蘭因絮果四個字，煽情而戲劇化的故事，老早熟爛，天知道有一日老掉牙情節疊印在自己身上，是諷刺而心酸的。下午火燒火燎的日頭一陣陣掠過，燒開一幕，又覆蓋另一幕，一個心知肚明的謎底，兩個女人相對無言。

第八折　橫空摘來玉靈芝

之前婉媚在老相簿裡找出一個個丁香影的面容來，不同時代的她，就是半部服裝史，或者是娛樂史，有些戲院舞臺，甚至是戲棚，已經是走入歷史的煙塵了——尤其那微凸的牆柱雕花，扭花彎曲的鐵欄杆，幾乎是英殖民時代的建築，丁香影穿著黑蕾絲鏤花娘惹裝，她的髮型是一度流行的雙鳳翻飛，分了髮線，一如鳳凰展翅，雙翼齊飛，顯得眉毛更加往鬢角斜掠過去，眼睛更是頗有鳳眼的威勢。站在美人蕉前，雙手放在身後，稍微仰頭，有如望天，似是沉思，但那種飛揚跋扈的美艷得意，掩也掩不住……婉媚笑說，這應該是一九五三還是五四年，都與這樣的打扮。景棠雖是眼界大開，但細想這種明星特質的人幾乎是自戀成狂的，總是要千方百計的留倩影，每一款的精心裝扮，每一個時代階段的微妙變化，換一個髮型，更變一個艷妝，還是剎那的神情，似乎隱藏故事——婉媚勉強可以做個解畫人，一張張的說明。先不找丁香影現身說法，是打一個底，以免後來聽了她的那套說法——她是健談，卻老是有不盡不實之處。

一張依稀是在後臺梳妝完畢，她裝扮成高聳髮髻，穿一襲鳳穿牡丹團花對襟袍子，婉媚說是演斷橋的白娘娘——水漫金山之後，肚腹陣痛，要掙扎產子。丁香影笑著，有人拿相機來拍，她身邊有個小孩，是個男孩，穿著小件水手服，一臉聰明相，也不怕人，被花旦摟住，還笑嘻嘻看著鏡頭。景棠低聲問，是這個了？她抱來養的？婉媚點頭，是抱來的，看仔細了，不是男孩，是個女孩。景棠未免詫異——婉媚歎氣說，這可能是戲班家族的慣例吧，連她母親楚芸嬌在內，無不是自己不能生育，或者不願生育才領養，也因為懷胎期間又不能唱戲，斷了收入，是很現實的問題；後來領養成風，教習學戲，培養成角，也算一種防老的手段，她想必不是很願意，但久而久之便會覺得有道理，也未嘗不是個好辦法。這孩子從何而來？真的不得所知，也許是楚芸嬌的關係圈子裡熟人介紹，用錢買來的。

再有一張照片，竟然是一排滿滿的藥罐藥煲，小孩穿短打衣，小腳丫踩在上面，作金雞獨立——丁香影坐在旁邊位子，素淨臉孔，沒有半點笑容，正在監督小孩子練功。景棠問道，這就是所謂的踩砂煲？婉媚笑說，丁香影獨步戲臺的功夫，非常難得，過去只要生意略差，貼演《花天嬌月夜戲檀郎》，海報即另註明寫丁香影必帶三踩砂煲，精采絕倫，萬勿錯過！也真的吸引人潮，票房狂漲。景棠皺眉，這不就是帶點耍雜技的味道嗎？婉媚擺擺手，不予贊同，這倒應該是說句公平話，自然好過馬戲班雜耍的表演，單獨看來好像略有賣弄，但結合劇情，卻也是藝術所需——而另一門絕學，紮腳上陣武打，穆桂英或者是劉金定，她的擅長就屬十三妹，翻臺筋斗，鷂子翻身，且不忘顯示纏腳之小……新派的人當然覺得不是味兒，認為是封建古老，不文明，分明是要逐漸淘汰的；如今只有她還有這玩意兒，恐怕也會歸納在失傳的藝術裡——如意算盤，是傳給這個養女，以後這小女孩走的就是丁香影的路了。一如當初楚芸嬌，養了女孩，百般栽培，也是借個晚年的靠山。是三代相傳的方式，非血緣，可情分上是母女——小時候不知悉，大一點就一清二楚了，連她也是如此。

婉媚且不提這小女孩，先說丁香影——楚芸嬌要到故世才讓她知道身世。婉媚笑歎，怎麼會到這個時候才明白，她是七竅玲瓏心的人，不必說出口，也自然弄清楚當中的底蘊，只不過是自尊心太強，即使如此，都得鋪陳一個好的時間，方透露一二；老實講，除卻懷胎十個月，那個阿媽真的等於親生一樣，也只有這樣，為了一點親情，她就留在戲班為養父賣命，一有機會，開辦了杏花天，她終於算是當家作主了。也唯有她明瞭楚芸嬌的苦，一個丈夫，加上妾侍馮麗卿，三人世界看似和諧美滿，可確實是真的麼？玉笙姊姊常說，愈是一家人，愈是會看不開，要鬥個恩怨分明……丁香影走出這牢獄似的家庭，時光的煙霧冉冉散去，為其緩緩撥開亂草野花，分出一條道路，那年是三十歲吧，有很多人來認親——當然不乏有錢人，婉媚低聲說，你不要理這些，一個訪談特寫，牽扯這些。景棠一笑，華人寫這種文章，老是隱惡揚善的。婉媚說，總之她口裡隨便談一談，就有好幾家，對照出生資料，也不大像，而且那個亂紛紛的年代，出生年月日未必準確，有的拿照片來，甚至說是她的兄弟，容貌輪廓酷似的，也不是沒有，可都認不成……其實丁香影內心是歡喜的，要不是自己有個虛名，怎麼一眾人等排隊來相認？如果淪落煙花巷，沿途乞討，又有誰過來辨清親生不親生。婉媚還記得她說這麼一句話，那眼睛裡黑白分明的，卻流轉著嘲諷的笑意——這點幾近得意的神情，何嘗不是一種悲哀。

丁香影不止一次對婉媚說，阿媽過身之後，內心幾乎被挖空，空洞洞的，真正的感覺到人生在世，只剩下自己一個人了。她妝身妥當，穿上拖地斗篷，扮演王昭君——她擅長武打，過去她在出塞時有很多工架身段，騎馬的架式很講究，但那一次看她獨唱一大段，情意勝卻嗓音，很打動人心……此後君等莫朝關外看，白雲浮恨影，黃土竟埋香，莫問王嬙生死況，是塞外一抹斜陽……是生是死，也只能往外走去，恰似丁香影當時境況。婉媚比了個手勢，是昭君揮琵琶的姿勢，一個告別過去的儀式，種種已亡故，她個人的哀傷和依戀，都紛紛化入塵埃；那年婉媚還年輕，坐在觀眾席看這一臺戲，可是只覺得渾身顫抖，這丁香影如何走出自己的一段人生，無從知曉——以後她飾演那傳奇裡的著名女人，或明妃，或名妓，或聖母，或白蛇，隱然滲透出一股魔魅；丁香影不再是俗世裡哪一個誰，索性賦予民間熟悉的美人一張張面孔，是她的眉眼花容，魂魄附身一樣的演了一個接一個——婉媚輕歎，再也不會重見那個時期的她了。

丁香影自有一番說辭——故作神祕的說，經常夜晚阿媽的陰靈悄悄入夢，說戲教戲，夜半來天明去，夢傳心法，自此她彷彿換了一個人似的……可稀奇的是，確實演出時有三分楚芸嬌的樣子，可慢慢的愈來愈不像，然後褪去一層皮，顯現她的天生本色，自然艷容。離奇的是有人經過北汶萊巷舊公寓，見樓上露臺紅光火閃，像是燒紙的模樣；問她的跟衣箱的燕嬸，則含笑不語，於是有人猜測，丁香影夜燒戲服，祭奠楚芸嬌，一連十夜，沒有間斷。後來終於瞥見那個小女孩，怯生生的在門後張望，偶爾見露臺沒人，便踮起腳跟，模仿紮腳，徐徐步出，小手捏起一面花手巾，歪著臉，學習紅娘的俏皮任性，一個隨意動作，都有規矩，依樣畫葫蘆，可似模似樣，讓人驚覺這可是誰呀……如果是丁香影珠胎暗結，也很難瞞，除非都不在演戲，甚至有人以為是俅哥的種，他們在私語，說俅哥四大金釵好命，不乏香燈，缺少者僅是繞膝承歡的小女兒。她也不回應，笑盈盈的，也不像昔時買童養媳一般的刻剝虐待，反而時時牽帶出來，臉貼臉親近的照相，來個母女情深。

婉媚找出一張小梅香的戲裝照，那小臉龐儼然有丁香影妙齡的影子。沒有人會錯意，都認為這小女孩前途無可限量，逐漸聽說她有了名字，小靈芝，學名是丁雅慧——杏花天戲班彷彿也有種世代傳承的味道，丁香影以後可以不必愧對養母楚芸嬌了。婉媚說，自己也確實看過這小靈芝的折子戲。景棠好奇的問道，是上得了檯面的？婉媚笑道，你這人，是看低丁香影師傅嗎？景棠忙揮手擺動，解釋說，因近年來並未曾聽過這號人物，所以有此推測。婉媚歎道，當然中間多少年月發生了事故，你忘記她說飾演單艷雯，百般感慨，回去後臺泣不成聲？景棠點頭。

小靈芝當時在孤兒院籌款晚會，替丁香影暖場，來一段《胡不歸之慰妻》，小個兒穿上對襟繡花長襖，貼片子，演起有病的顰娘，那個探望妻子的文萍生，則是阿航客串——他戴方巾，月白繡麒麟戲珠儒袍，裝扮起來真個是俊秀美少年。婉媚回憶此段，不禁來個手勢，數起白欖，唱著，我的心又喜，我的心又慌，何幸今宵會我郎，會我郎……彷彿婉媚阿姨化身小靈芝，裝尖嗓音，脆生生的，一句句隨著木魚敲打，唱出來，一個眼風飄過去。文萍生湊過來，不，是阿航，畫好的眉眼水靈靈的，無限柔情的，是慣有的臺詞，前生夢中曾見過；他也來一段白欖，我的心又喜，我的心又安，問嬌你曾否復安康，復安康……一對小夫妻在舞臺上，這般來那樣去，小段的慰妻唱段，似乎風光旖旎。

那天婉媚低聲問丁香影，是這樣嗎？然後就發生了？師傅頷首，低啞著聲音，應該是囉，兩個人都這樣後生。沉默過後，師傅說，這種事情瞞不了的，眉來眼去，而且我也看了不少，無需遮遮掩掩，只是我不甘心，不甘心……聲音愈來愈低，婉媚只覺得自己為難，不敢問下去，但具體情形如何，也只能象徵式的說幾句沒有什麼力量的話，怎可以哦，太過分了，她也還是很小嘛。師傅冷笑，還小哦？天生一個鬼精靈，男女的事情沒有不知道的，她有日在後臺，不曉得誰拿一枝玉蜀黍遞前去，算是請她吃，小鬼頭漲紅了臉，說別以為我沒見過，誰要吃！有本事塞到我裡面也不怕啦！婉媚啐了一口，不悅的發出嘖嘖之聲——丁香影不是恨到極處，也不會連這瑣碎事也和盤托出，小靈芝大概就是命中剋星了。我怎麼說出口！雖然沒有親眼所見，都猜到一兩分了，一定被吃了，而且說不定是她自動的。師傅沉下氣來，忽地聲音放低，壓低到耳語的程度，我們杏花天落鄉開演，搭棚開帳，就不見人影了，一直到妝身時候，便在角落掛了紗帳，久久不出來，油炸鬼似的膩黏在一起，不願分開。到晚上夜戲結束，她就挽住他出來，嘴角一直笑，但眼神倒是沒停止望過來，觀察我的動靜反應……阿媚，我活到這個歲數，修練成精了，百毒不侵，任由她來，兵來將擋。婉媚忙問，那個阿航呢，師傅笑道，他是個男子，男子當然有便宜送上門，何必拒人以千里呢？小賤人八爪魚的捉住他，他是樂得如此，我開口？不就是小雞不管，去管麻鷹？她不過向我示威而已。這死妹釘其實有幾分聰明的，學戲唱曲都有天分，但是不學好，不願意爭氣，一心猜度我要當她是搖錢樹——我打算搖這棵樹的話，那女兒初落紅，人家是有個價錢的，怎會有免費送人這樣善心大發！我要做，就做到底，她夜夜妝身，上臺也很嬌艷的，下面的人也不是眼盲，自然心水透亮便會投石問路，頭啖湯二啖湯甚至第三啖湯，價錢皆可商量！犯得著嗎？要走這條路，我老早開花寨私人會所就好了，還需要訂合同收訂金、度期排戲搭棚演出！

婉媚話鋒一轉說，這倒不如讓她回去親生父母那兒，省心。師傅搖頭，很難的，當初跟人要了來，有事情則送回去，她翅膀長硬了，也不會照著做的了。婉媚見丁香影坐處，靠壁掛一張全家福，多少年前的後臺合影，臨時起意的拍攝地點永遠在後臺，稍微鬆弛的空氣裡有斷續的胡琴箏琵聲；正中的是丁父，旁側是楚芸嬌，有點胖了，摺收起一把泥金扇，微微在下巴抵著，身後站著的是細姐馮麗卿，手牽著玉笙，比較囂張的是丁香影，橫臥在前面，一身戲裝，才十三四歲，俏皮的紅娘裝束，腳底踩蹺，一根香羅帶被玉指拈起，當作是拈花姿勢，眼波盈盈——不久便是小靈芝替代這個位置，咄咄逼人的架式，好比是一種循環，匆匆便應驗到她自己的身上。丁香影有多反骨，小靈芝就有多反骨。

第九折　姊妹話

景棠通過友人找到了老舊黑白電影，過錄在光碟裡，拿到婉媚那兒播放——說是裡面有丁香影。玉笙手捧住小坐墊，瞄了一眼，笑說，不是《玉面羅剎》嗎？那部才是她領銜主演的，這是什麼？《血濺錦繡谷》？裡面不過是客串。景棠說，玉面羅剎找不到，也許香港電視臺深夜時段會播映，這一卷也是錄影帶版本的，因為我那位朋友的友人經常性的逢片必錄，無意間才發現。婉媚走出來，看了一回，也還是未見師傅蹤影，則退出去做家務事了，留下景棠一人欣賞。這類斑駁陳舊的粵語老電影，景棠其實很少看——根本這個世代的童年，似乎也不是擁有如此黑白的共同記憶，看著看著，有種奇異感覺，分明是遙遠的年代，武俠江湖的人物裝束滑稽，連口白腔調也有帶時代的痕跡，男主角一個掌風，就在菲林畫上一圈圈漩渦式的圖案，配著拙劣的聲響，大概只有從前的兒童會熱烈拍掌吧……他闖蕩江湖，認識刁蠻的俠女，因為誤會而鬥氣，繼而冰釋，然後產生情愫，再者發現俠女有個脾氣古怪的師傅：那個梳著古裝高髻的婦人回頭，是丁香影，柳眉秀目，氣定神閑，沒有想像的美艷不可方物；在劇裡她叫做天魔教主龍倩兒，聽見徒兒跟男子情根早種，怒不可遏，立即命令對方下跪。龍倩兒抬起下巴，一臉倨傲說，當今世上，還有值得相信的男人麼？你太天真了，最終會受苦的，到時候悔恨也太遲了。俠女哀求師傅，而一旁的男主角不時語出嘲諷，說女方的師傅鐵定是內心變態，看不得人間鴛侶恩愛……龍倩兒冷笑，一條長鞭蛇身擺動似的揮過去，劈啪聲響，男的已挨了一鞭。剛好婉媚出來，看見這幕，笑說丁香影使鞭是老手了。可景棠恍惚之中，隱隱覺得這客串的角色龍倩兒不就是某個時期的丁香影嗎？欲扼制養女小靈芝的恣意戀愛，卻無法奏效，更甚的是年歲漸長，她已被歸類在芳華虛度的秋娘，縱有美名，也是屬於另一個時代的人物了，彷彿在夕暮時分的絳紫雲霧，美得縹緲，接近黑暗，就隨時化為夜色露水。

婉媚說這戲客串，不過是為了情面，原以為她那套《玉面羅剎》會票房鼎盛——好幾個金主拱她出來做女主角，當然自己也有出資，電影劇本原名《霹靂丁香》，找了相士批算，霹靂等於雷電，雷劈丁香影，不是吉祥兆頭，故改成《丁香女俠》，但似乎過於宣傳其藝名，二改為最保險的《玉面羅剎》……推出時，她也不忘隨片登臺，做了釘亮片旗袍，去了著名的銀海攝影室找韓韋伯先生，一張張沙龍相片洗出來，有的是時裝半身玉照，有的是持劍俠女，作金雞獨立狀，手拈劍訣斜刺過來，狠辣之餘自有某種嫵媚；自己設計了幾段折子戲，算是噱頭，甚至是唱時代曲味道的小調，穿上改良的小鳳仙裝，開口便是〈鳳陽花鼓〉，帶了一個織錦花鼓上臺。院商派人來敷衍的好好的，送花籃，接送服侍周到，到最後是不大願意給她看帳目——說是不大賣錢，問個究竟，卻沒給個理由。婉媚說，隨片登臺場場滿，就是事後光說是沒什麼盈餘——丁香影回到原地，明星夢有點粉碎了。公司印製的本事特刊，宣傳單子厚甸甸一大疊，一個人這樣高。現在當然是史料，那時也不過是燒錢後的垃圾。有些出錢的金主是醉翁之意，希望過後這朵丁香花能夠移植金屋，一償夢寐以求的夙願，她都沒有讓他們如願。隻身歸來，還得背債。推算時間，也似乎還沒領養小靈芝。

景棠好奇的問，這部電影還可以一看嗎？婉媚想了一想，說我是看過，但幾乎忘記了大半，說一個女俠叫丁香，個性行俠仗義，練得好身手……故事大同小異，其實並沒有什麼看頭，只不過以前的老電影不就是這樣麼？劇本總是粗糙，布景老是幾堂古宅內景，外景也限於山林小徑，婉媚那一輩人恐怕興趣缺缺了。

玉笙出來，看見黑白片子裡凝止了丁香影的畫面——她淡淡地說，我仍舊是念著過去的姊妹情分，去了她那兒一趟，北汶萊巷口的樓上，她坐在黑洞洞的客廳，只有午後斜掠進來的太陽鋪陳在地面，一臉蒼白，有些血色暗淡的樣子；可她還是客氣的笑，大概以為我上門奚落，更要不動怒氣，小心翼翼，她的猜疑心，我更是熟悉得很，也不願讓她過分難受，便問道，樂園巷盂蘭盛會的街戲，你可要接來做幾場？丁香影微笑，我現在雖是落難了，可也是拍過影畫戲的明星，跟以前一樣的在街頭巷尾表演，是否有失身分？玉笙歎氣，說到這段舊事，補敘了自己的看法：我這阿姊就是如此，把任何可能攻擊她的話語，搶在別人前頭說了，她認定我是來打落水狗的，也就率先把難聽的話，用反話的方式呈現——景棠笑了，這實在有點戲劇化，故意在人前演出，可也不公平，她們原本就在戲劇味道濃厚的空氣活著，將人生跌宕的情節誇張，根本就是生活所需，彷彿不是這樣，就不屬於她們的節奏……故玉笙所言，丁香影最好的談話對象理應是這個妹妹，只因來自同一個鑼鼓喧天舞臺光艷照人、後臺是卑微瑣碎的世界，對比落差極大。丁笙也沒停，繼續說，我也沒理會，只是盡一個家人的義務，誰叫老天安排我們是姊妹？要是她的杏花天要開鑼鼓，我也會去幫忙，串演一兩個角色，或者化妝呀管衣箱呀，我也行的。丁香影當時冷冷的，一時也不知道說什麼，一手捏住花手絹，好一會兒，才問說，《八美戲狀元》的那個柳遇春，你應該很熟的了？還是要演個武戲，《無情寶劍有情天》之類的？她似乎軟化了，我自然說都無所謂，反正貼開劇目，就上臺演了。以前幾乎的是提綱戲，照著音樂即興唱起來，我們姊妹倆小時候演了不少，尤其是天光戲，一直唱到天亮，都有共同的記憶背景……她有否稍微感動，我想是有的吧，不然燕嬸也不會有次偷偷告訴我，說是在後臺，影姊對鏡畫眉，久久沒畫下去，接著悠悠的說，下星期就是祖師爺誕，你提醒我打電話去給阿笙，叫她也來這裡拜一下，其實來的全是自己人，沒有外人，大家聚一聚，吃個飯，戲行中人得空見面，沒什麼不好——我也去了，師傅誕確實熱鬧，我少年時的回憶都回來了，她找人來演例戲，福祿壽，天官賜福，加官進爵，敲起鑼鼓，燒香化寶，然後金豬切塊，眾人圍在一桌子吃起來，說的是這個圈子裡的事情，是非呀，感歎呀。老實講，也只有我才是她的自己人，到了一個年紀，不管她自己喜不喜歡，一切樂聲沉底，喧鬧歸於寂靜，寂寞孤獨，也只能問自己了，她這樣好強的人。也幸虧她沒有什麼惡習，打麻將，口裡一啖白飯黑飯，皆不沾上。至於她一切走上軌道，生活漸漸好，也就開始疏遠我，我也摸通摸透了，時過境遷，玉笙妹妹仍舊是她不屑看得起的人，還是少來往為妙，一時一樣，喜怒無常？這就是丁香影。

第十折　蕉園會母

來到這芭蕉園的窄巷，一大把的綠生生蕉葉伸出來，是有點植物的澀味腥氣，木屋建得隨意，錯落其中，左走右拐，丁香影見一家木門沒鎖，沒防範，顯然是經常有人出入，一隻虎斑胖貓橫躺門口洋灰地，也不畏懼人，看她過來，不過是斜睨片刻，然後就伸懶腰，用舌舔洗自己雪白的腹部。丁香影蹲下來，用手撫摸貓兒的肚子，貓兒不怕生，回眼看一下，這婦人要摸，也只好任由她摸去——堂堂的一個丁香影倒是有這個閑暇時光來討好畜牲，她低聲唱到，你這個高竇貓兒……是老舊時裝粵劇的《白金龍》歌曲，用來嘲笑那性情倨傲的富家千金。有一個老嫗喊道，是燕嬸介紹來的嗎？讓你久等了，這老貓是有點脾氣的，在你手上倒是溫馴，仔細牠翻爪，抓傷你就不好了。丁香影笑了，說沒有什麼，也就隨之到屋裡去。

陰暗的堂屋裡，四壁皆是木板，可貼上女明星月曆紙，遮掩其寒傖；神桌略微大了點，供奉著南海觀音，兩側有善財童子和龍女，觀音手執淨瓶，卻是別處所沒有的，是紫玉瓶兒，桌子擱著大竹籃，盛裝著金紙元寶、衣紙香燭之類的，一張闊大的長條床榻，老嫗就坐上去，兩腳騰空，手邊一盞油燈，她拈了張符紙，燒了，問了丁香影一些資料，則閉目不語，睜開眼時，那燈火忽地熾亮異常，嗤嗤聲響……老嫗緩緩說，阿女，我在遊湖呢，常言道，春花如錦，這裡無需東風南風吹拂，也是一湖蓮花，朵朵如碗口這樣大……丁香影含笑，阿媽好興致，只不過可知道我最近心裡面苦得很？老嫗點頭，我知吖，人生不苦，怎稱得上是人生？我老一輩的叔父還身在紅船，大海裡飄蕩打轉，靠不了岸呢。她遞上一杯茶，放到老嫗面前，則輕輕說道，一個戲班，問題多多，我老早想解散了去，有的小地方收了半期酬金，後期就爛尾，更氣人的是，找那金廣記做戲服，怎樣也要押金，你想阿媽你當年幫襯他家多少！不看僧面看佛面吖？一件《洛神》尾場的仙女紗裙，在歌舞裡要穿的，說好要一種不染化學藥品的月白輕紗，肌膚才不會敏感，誰曉得我剛試穿一陣子，腰際又癢又腫，立即退回去，金廣記卻想不認帳……老嫗笑盈盈的，你的脾氣一點也沒變，做事其實不用氣急敗壞的，滋油淡定，萬事篤定，也就冷靜下來，不就是上臺板一樣嗎？耳畔聽鑼鼓聲音，腳步要走穩，一身穿戴，是小姐的，是公主的，都不會走樣，那些滾花南音，起頭開版，都有影頭，不必慌張的，那些場口都是自己的戲，跑不了，臺下那些人事，不外人情世故，吃些虧，退些步，有的衫褲留點夾縫，以後可以放寬鬆動。丁香影似乎也熟悉這種說教口吻，只當作稀鬆平常，只顧低低的說，我讓小靈芝走了……其實也是好幾年前的事了。老嫗一笑，是你趕走她吧？她呼出了一口氣，我趕也好，她逃也好，總之她留在我身邊，就是個火蒺藜，隨時燒到任何一個人。老嫗微歎，不過是個女孩子罷了。她冷笑，就是個壞事做盡的女孩子，開始陽奉陰違，然後公然頂撞，我看她大白天人也昏昏沉沉，叫她練唱也有氣無力，八成是吃了那些東西了，學好三年，學壞三天！身邊的都是什麼人！手腳變得不好，隨便我擱在梳妝臺的零錢也會不見，更甚的是把衣箱裡的戲服透賣給別人——尋常人要這些光燦燦閃亮亮的衣裳來何用？不久就聽人說好大彩粵劇團的蕭銀鳳下手買了。我一生最看不起的就是這個蕭氏！仗著是俅哥三夫人的結拜姊妹就打出名號，說是俅哥入室女弟子，其實連個圓臺也走不像樣，嗓子似貓叫，有何藝術可言？老嫗笑問，阿女，是你自己看不過眼，妒嫉吧。丁香影搖頭，阿媽你知道的，我對於俅哥的一切已經過去了，風吹雲過，算是一種回憶，現在全然沒有記掛著他，即使有這麼一個人，也不會是他。老嫗忽然閉目，口裡仍然說著，小靈芝也可憐，她隻身在外，勢必遭受欺辱的。丁香影的手晃了晃，不會的，不會的，如今再也不會了。老嫗哦一聲，等著什麼，但隱隱猜著了一些東西。

丁香影不作聲，那個小厭物頭也不回的走了，消息不是沒有，可都是沒有一件是好的，欲搭其他的戲班，人家聽見杏花天的字號幾乎是不敢收，懾於丁香影的威勢。她後來跟了一個年長的男人，是個洋貨店老闆，是個外室，養在外邊……過後因夾帶私逃，被送上警察局，一個警官出頭幫她解決，事後她便跟了他，據說那警官還是印度人。前陣子杏花天在一個新村演街坊戲，臺上正開始天姬送子例戲，後臺丁香影妝身好了，演一個樂坊的老鴇母，是李香君媚香樓的媽媽，頂著頭上金鳳珠釵沉甸甸的，看了一會兒報紙，趕摘下眼鏡休息，聽見一片人聲，像是打招呼寒暄，不知道是誰，眼鏡一時不曉得放在哪兒了，唯有一把細細的聲音，阿媽，熟悉而遙遠，幾乎變成陌生，丁香影看不清楚，心裡竟清晰如水底，是小靈芝，她美其名來探班，說到底是所為何事？丁香影瞇起眼，鏡光裡一片暗黃色雲霧，站著個女子，手抱嬰兒，整個畫面忽然凝止不動了，時間跟著停止走動，像隔著玻璃窗看人影模糊，不大真實。她竟然當外祖母了，頭腦嗡一聲，一大片空白侵襲，不知是喜是悲。但也不動聲色的，穩住喉嚨答了一句，你來了？小靈芝誒了一聲，始終立在一邊，沒敢上前；丁香影緩緩的起身，走到跟前，湊過去，看看那小肉兒，黝黑的膚色，可見就是混血的品種，只是毛髮捲曲，睫毛微翹，很是可愛。頓時這裡也上演了人間現實的天姬送子，可也是照舊灰撲撲的空氣，燈影微黃，不像臺上大鑼大鼓，敲打得金光燦爛，演的就是個神話故事。剎那間過去種種悄悄消解，月洞門一個扣環打開，彷彿明淨無比，她演過多年的戲，大概還應付得了這麼一幕抱子認親，一種血液裡神祕的流傳，似乎再談恩怨也太執著，此刻不必說什麼，光是試抱嬰孩也就是某種程度的和解。她在戲臺演遍了許多人的人生，或者是他人多生世的喜怒哀樂，真切的活生生疊印上演。她後來打了一副金手鍊金腳環，親自拿給了小靈芝，小靈芝笑著答謝，一臉油光，是初為人母的模樣，過往的狠辣嬌艷不復在了……是這樣嗎，白娘娘水淹金山寺，然後產子，再來被壓在雷峰塔，仕林祭塔，白蛇重見天日，丁香影記得塔倒再現，一身白衣，回憶前塵如夢，眼前這麼一個狀元是兒子？今生的她再也無法走普通女人的路了，想著小靈芝遲早也會跟自己一樣，誰曉得自此就划開一道銀河，滔滔天河，拉大了鴻溝，遼遠的對岸，只能客氣而疏遠。

還可以如何？丁香影自嘲的笑。老嫗低頭輕笑，你是不甘願吧，恨不得她在你面前下跪，才可饒過她。丁香影說，阿媽你不好將我想得這樣惡毒，只是這一切彷彿白費，一場夢似的，你當年也跟隨著我去領她回來的……有個車麵粉袋的九姑帶路，一家姑娘堂辦的救濟所，一家老小在那裡坐困愁城，好幾個小孩等著我們選看，小靈芝小小的，你在耳邊說，這個很好，很機靈，像我。老嫗點點頭，是的，很遠的舊事了，不記得了，你不說的話，都可以一筆勾銷，丟到陰山背後。阿女啊，千山萬水都僅只是過程，當時是針刺到肉，點點都是痛，回頭看竟是水光泛影；我這樣說，是勸阿女決不要再癡癡想想那個人，那個剎那相逢的人，戲文裡不就是《神女會襄王》嗎，說到底大家都是幽夢相會，一刻的快樂，明朝如霧消露散……丁香影錯愕，阿媽你會錯意了吧。老嫗微笑，但願我是想錯，阿女是絕頂聰明人，想與不想，其實沒什麼，不過徒增惆悵而已。

丁香影疑心，這個附在老嫗身上的究竟是誰，母親楚芸嬌逝世多年，不見得有這般通透——《神女會襄王》即使看過演過，也不見得熟悉如斯。如今想起來，這齣戲有時在七夕乞巧節日演出，在《牛郎織女》之外的選擇，大多演首段《初遇》和後段《再訪》，就著重在迷離旖旎的情節裡，巫山天宮的來回挑引，纏綿艷麗的唱詞，生旦兩張臉孔對看，那戲服綴著水鑽亮片，更久的年代還鑲電燈，閃閃生光，後來為了安全，也就沒有了。只是舞臺外的夜裡夢魂，有那麼一個方寸地，小神龕似的，供奉著她自己的綺麗小記憶，那一抹面影，一點聲音，一點觸溫，沒有人會知道，也不願旁人知悉，只有空蕩蕩的入夜時間，就靜靜回想背誦多時的細節，年月深久，比平常信仰的神佛更像一種信仰。過去曾經以為在一些人的神情臉孔裡尋找到痕跡，也因為這點，莫名的可以沉迷愛戀著，沒有人知道滄桑的她喜歡清嫩俊秀的男子到底為何，她始終不理會，裝著沒有這樣的事，而瞬間感覺沒有了，她也馬上甩開，不再眷顧。

她幽幽的問，阿媽，你記得為何叫我戲班起個杏花天的名嗎，老嫗嗯了一聲，側著頭，彷彿聽不見，只說一湖的蓮花盛開，九天玄女催促我去看了……然後喃喃唱了，並蒂情花相癡愛，粉蝶愛花開，崔護未重來，為情呆。

丁香影默默放下紅包，也不管自己事前有多少話要說，根本問米降靈只是個藉口，實在沒人可以聽她一些絮絮話語了，只好來招魂，請阿媽上來。老嫗慢慢從床榻下來，對住觀音娘娘俯首合掌，然後目送顧客離開。

門口貓兒半躺，見她步出，略微舒眼睜看，然後臉腮貼近門板，貓眼一大一小，媚態無限，看仔細，神情淡漠，又似是幾乎無情。

第十一折　西湖居家常菜

師傅約婉媚到西湖居去——這也是老店了，老闆算是第二代，看見她們來了，稱呼師傅為影姑，笑說這時段人多了一點，又熱又悶，很客氣的請到樓上廂房；推開毛玻璃摺門，少數的冷氣雅座，一張圓桌，壁上還掛了某高僧手筆的水月觀音圖，夥計過來點菜，小老闆舉手示意，意思是由他作主寫單發菜。丁香影斜斜瞄了一眼說，端些便宜又美味的招牌菜來。他笑道，就給我作個東又怎的；丁香影打了他一下，我這裡可是先吃飯，之後接著談事情，沒時間來應酬你呢。小老闆一笑，打趣說，應該是我來招待你才對，影姑辦正事，我不敢隨意來插嘴搗亂；說了幾個菜，徵詢意見後才出去。婉媚心裡暗笑，丁香影一個眼波，也不是尋常人等所能消受得了，而且她上了年紀，保養得宜，定期染髮，見過的老觀眾語氣驚詫，下的按語是：像習慣拋頭露面的人，總是不會老的。因為要出來見人，比在寓所裡的打扮，更加用心一點，一大把鬈髮梳起來，兩邊鬆攏攏披下來，也不是隨意的凌亂，而是豐秀飽足的感覺，略微淡掃娥眉，那點韻味倒不是刻意營造的，走出去，一般人難免會多看兩眼的。

等來一壺茶，婉媚忙洗了小杯，然後斟倒了，遞給師傅——那茶色汪著淺綠，冉冉生煙。師傅且不喝，微微一笑，就是要說一番話的架式。婉媚心裡想，自那一回探望她，想必讓她覺得自己似是話家常道心事的好對象。

阿媚，你知道的，早兩年我也想不如收山了，心早就冷了，杏花天不賺錢——大戲根本是夕陽行業了，日夕西山，難道真的要抱住一塊，慢慢的下沉？我無兒無女，也沒有退休金，連棺材本也得自己張羅，等到老態龍鍾、手顫腳抖的在臺板上丟人現眼，只會惹來恥笑。就是這西湖居隔壁幾家的賣針線店老闆娘，跟小老闆說，店裡本來就兩個女兒幫手，其中一人嫁了，缺人，倒不想胡亂的聘人，想找個老成一點的，問我可有意思，工錢不多，只是店面營業到八點，包個兩餐，禮拜天就跟她大女兒輪流值班——我想也不錯，趁早不踏臺板，過點尋常小日子，我也爽快；不久便上工，開鋪時先在櫃面後頭理線頭，怎樣理呢，紊亂細線蜘蛛網一樣，梳理整好，纏在線軸，老半天才弄了幾個，那個老闆娘叫潘玉梨，我暗地管她叫疤面梨，一臉的坑洞疤痕，還有黑斑，怎樣看就是一隻瘦癟的病梨兒，見我慢吞吞，臉色立即黑過鍋底……有時半夜打電話過來，囑咐我明日要做什麼，沒錯，我是夜貓子，但從來沒試過人家這個鐘點打來，還得要嘮叨不斷……過去替人家衣衫釘珠片，雖然也受氣，但到底是自己的小生意，守得久一點還可以坐下來，如今是稍微小憩，就一個翻白眼過來，叫我不好以為這裡是歡世界納福的地方！

婉媚有點驚異，有點惻然，原來這些年來，師傅這些年還有如此經歷，難以相信，靜聽她人到暮年，還要學人在店裡打點，平時素來也是給人伺候的，夫人淪落變成侍婢，這種尋常日子不是容易過的。師傅笑歎，我也是太天真，以為是順手拈來的功夫，莫怪阿媽說我就算做乞丐，也要在乞丐堆裡稱王的，又或者做妹仔丫鬟，也是個妹仔王，從不慣在人前做低伏小的；後來有一間地母廟找我演戲，哎呀，真個是打破玉籠飛彩鳳了，那個疤面梨還沉著臉要我預先給辭職通知，管她！回到那陰沉沉的棚臺後臺，如同回家似的，一切等著我，點香燭燒紙，拜了華光師傅，心裡馬上靜下來了……阿媚，兜兜轉轉，還是回到原點，大概每人只能做好一樣事，棚面玩音樂師傅見到我，點頭含笑，大家合作久了，有了默契，一整個世界是再熟悉不過的，那些無聲而冰涼的戲服，蟒巾腰帶，水袖霞帔，吊掛其上，我穿上，也就是披了一層皮膚了，再生為另一個人。說出來，你可能不相信，有次在籠箱裡找到了一件古式顧繡瓶花秋香色罩袍，是我阿媽留下的，是三四十年代花旦流行的款式，是唱《燕歸人未歸》呢，還是《亂世嫦娥》？我慢慢套在身上，嗅見了陳年放久的樟腦丸氣味，一種歲月冷涼的芬芳，那衣裳多年沒有人穿用，自是不大舒服的，但一貼近身體，平滑軟熟，似是遇見親人一樣，阿媚，我想起了阿媽，她去了很久了，我也曾找人問米，起她上來，有些話答得很準，有些話則牛頭不對馬嘴，人家說仙遊久遠的先人不可再問，不是成仙，就是忘卻塵世舊事。我是極端自私的人，關於我那些風言風語，已經夠多，老實講，蝨多人不癢，背後給人說什麼，都不在乎了，我想呀最在乎的就是這個媽媽，當年我丁香影最風光的時候，她也不過享受了幾年，人不在了，反而那種掛念揮之不去，好像跌入一個黑洞，無底深潭，怎樣都喚不回。你也知道，近年來我也只演些老婆子老太后的角色，早幾年自然是不大自在，可後來飾演這年華老去的老旦，逐漸靠近了阿媽的那個行列，年齡近了，心境也有點像了，每次拿起竹籃，枴杖，口白裡自稱的老身、哀家，隱約就是化身為自己的阿媽，她不在，就由我來代替她，真的，就算她是個領養的母親，可我的一切都由她給我的……

婉媚也不插嘴，師傅是憋壞了，如果自己有任何不耐煩，勢必得罪她——其實這樣也好，過去因為玉笙關係，師傅始終不願怎麼跟她們來往，如今無端因緣際會打開心防，真的千恩萬謝了，可也不敢表露一二：一個曾經站在雲端的一代名伶，單是身邊預設的無形金鐘罩，多重提防，只不過她被撂在一旁冷落多年，大概只有老輩戲迷還有印象，景棠由婉媚做個敲門磚，這個試探是對的。婉媚的水磨工夫不是這時才施展的，當師傅入院割粉瘤，她則送了水果和蟲草雞精過去，也未敢輕率拜訪；過後接到了師傅道謝的電話，那耳邊的低沉聲音緩緩說著，嗓音想不再是鶯聲嚦嚦，可那熨貼得體，說不出的舒服，叫人放心。所以提出探訪一事，景棠尾隨，師傅也就不排斥了——婉媚就有把握，再多一點時間，她會說出更多的。

菜上來了，炒鹿肉、黑啤排骨、芋頭扣肉和瘦肉章魚花生湯，師傅勸婉媚多吃，說她單薄，然後自顧自舀了湯，大口的喝——她有點半取笑自己的說，記得那次進院，其實不過割個瘤，但還是有危險性，都說麻藥這方面很邪門，多半醒不了的都是這個，就此昏迷下去，沉睡不起。我過後彷彿大病初癒，走進一個大夢裡久久不能回頭，死了，真的什麼也沒有了。燕嬸給了我碗魚湯，一口鮮美厚重的味道，整個人蘇醒，魂魄歸位。現在擺在面前的，都應該吃，即使死了也不會遺憾。婉媚忙著稱是。

師傅瞥了婉媚一眼，說你們家以前常來新同樂看戲，包樓上廂房，你父親還好，豔蓉姊看得緊——我們都叫你媽豔蓉七姊，她排行第七嘛，你三叔倒是經常來，散戲後就踱到後臺看我卸裝，也不知道有什麼可看的！我們上臺脂光粉艷，下妝後還不過就是平常人，但你這個三叔卻百看不厭的，很煩氣的——我們是看在他隨和，大華洋行太子爺，沒什麼架子，總是請我們杏花天吃夜宵，去李旺記酒樓呢，我吃這個肉，即想起那時開兩三圍桌，來了翅羹什麼，我說都來家常菜好了……吃巧的，不過是菜價貴，不如實惠一點。婉媚笑了，三叔好像說本來要娶你的。師傅笑說，是有這樣的事，但我自己當笑話來說而已，就嫁過去，也只能做個阿二；但都記得老酒樓裡的熱鬧，前陣子李旺記拆卸了，不在了，你三叔長期在外國……婉媚點頭說，他跟兒子在澳洲。婉媚知道師傅有開花沒結果的韻事情史很多，她願意說這段，與婉媚家族有關聯，那確實是一種示好了；她還有什麼？無限量的如煙往事，選一兩段，回憶起來有親切感覺。她雖是單身隻影，在紅塵回眸一瞥，也有依戀世間人情的意思，此刻，是把婉媚視作自己人了。

第十二折　足踏瑤臺夢

景棠託婉媚找出一批丁香影的舊相片，也由她出馬拜訪，請求丁師傅補加時間和說明——在西湖居吃了飯，師傅嫌熱，建議移步隔一條街的咖啡館。路過一家針線鋪，門洞裡伸出一個婦人張望，見丁香影，當作沒看見；師傅轉過頭去，低笑，說了聲：是疤面梨！婉媚以手遮擋住合不攏的嘴，急欲拉師傅離開，師傅得意的笑著，慢悠悠施施然開步走去。婉媚笑個不住，心裡想道這個什麼小店老闆娘，以為撿到便宜貨，可以供她使喚，誰知這是粵劇界響噹噹的丁香影，人家在舞臺上紮腳推車，踩砂煲耍劍花時，她大概還在眠床上玩奶瓶呢。現在是不得已，來打混一下，要是過去，丁香影怎麼會看得起？好比雲霧深處的仙子謫落凡塵，走了一遭，始終不便久留的。

咖啡館果然清靜，尋了一個角落的位置，婉媚取出一大疊老照片，要師傅過目——許多張是當年擔任白鳳丸廣告的玉照，她一身古老宮妝，高髻斜插玉簪，桃腮嫣然，手捧一大銅盤，上堆一盒盒的白鳳丸，旁邊文字是：美艷花旦丁香影保持心情愉快，全賴宮廷祕製白鳳丸……

是新加坡的一家藥廠老闆，喜歡到紫燕宮來看我演十三妹，說是要認我做乾女兒，我是江湖人，四海一家，義父乾爸爸是很多的，外邊的人說得很難聽，什麼契爺契到床上去，我是無所謂的，這個藥廠義父十年前仙去了，訃聞裡也有我的名字，只不過那是身體不好，也唯有託人送帛金去。又一張是反串扮相，一個翩翩公子穿罩袍，內有束腰，兩股辮子打成麻花狀，頂上繫著紫金冠；婉媚笑道，這不是賈寶玉嗎？師傅搖頭說，這是多情孟麗君，喬裝打扮上朝，賈寶玉其實也演過，好像是《紅樓金井夢》，講金釧兒投井而死，阿媚，玉笙也有份飾演，是客串薛寶釵，在王夫人跟前唱一段，勸她不要為一個丫鬟難過——恐怕她現在都不記得了吧。婉媚笑笑，也不敢搭腔，以免說太多，師傅一個興頭上，回過頭來嘲諷幾句也是有的。

翻到一張，兩個人並肩笑語，都是戲裝，生旦打扮，丁香影俠女勁裝，卻一臉柔媚滿足，男的就是瘦削俊秀，穿大靠，兩隻雉尾高聳……師傅低聲笑道，那個年代的男子幾乎是瘦蜢蜢的；婉媚也跟著低聲問，是因為吃鴉片？師傅哎了一聲說，這些人家的黑暗史，算是心照不宣的，你叫那個景棠落筆，要顧忌一下，我是無所謂，現在是多大歲數的人了？還會遮遮掩掩？只怕人家多心，很多事寧給人知，莫給人見……那時幾乎是司空見慣，如今是少見多怪。婉媚訕笑，隨意問，這個看起來也不像是俅哥；她暗裡心想，景棠那篇東西也不知道寫得如何，總要騰出一半給師傅看的，看情形是師傅話當年的時候，說得天馬行空、暢快淋漓，看到白紙黑字，她也許就難免心怯了，等到接近完稿，這個也要刪，那個也怕得罪人，一句推翻前事，那就真的對不起景棠。可要婉轉問她，但也不能過分著痕跡，得見縫插針，要緊的問幾句。

丁師傅抽出一張，是個一身白紗裙的女子，也還是她自己丁香影——她微笑，是我做伴娘，是在一九五一年五二年了，結婚的是杏花天裡一個演二幫花旦的紫蘭女，嫁給金魚村雜貨店金龍記的二兒子，我這身紗裙是大街銀燈服裝玉芬姊做的，拍照的那個是報館的攝記……當然正式在影樓拍的相片還是有的，是和紫蘭女夫婦合影，這張在戶外的，比影樓的自然。婉媚見年輕的丁香影坐在室外臺階上，裙子如徐徐蓬開的繡球花，白濛濛的，她雙手捧住花束，臉兒似抵著花兒，即使曾經是俗到塵埃裡、民間野戲臺的花旦，此時竟也無端的透露一點的聖潔光芒。師傅別過臉，笑道，這張可以刊登啦，婉媚哦一聲——這段可以寫什麼？是說她如今終身未嫁，過去的伴娘老照片，洩漏了心底的一點渴望，最接近婚嫁典禮的一刻，即使沒有機會鸞鳳和鳴也流露眷戀嗎？

後面好幾張是戲臺表演時所攝，師傅見臺上懸掛著布條，有杏花天戲班字樣，微微怔住了半晌，照片裡的一地僅是砂煲藥罐，疊高了兩個，丁香影俯下身來，窄小金蓮，踩在罐子上，一個蘭花指造手，回身過來，一個凝止，收入鏡頭裡了。婉媚輕呼，是踩砂煲呢，可惜多年不見了。師傅笑歎，失傳了，我也不教的；婉媚問，沒有傳下去實在浪費，找個有資質的弟子，也不難啊。師傅靜了一會兒，然後說，是有些事，接著遲疑的，可以寫進去……唉，再看怎樣，但這事我可以說說，大家知道的，傳給我的是金芙蓉，她後來好像到舊金山了，那時是亂世，日本統治時代，她要是不等著要錢，是不會教踩砂煲的。多年後，約莫是十多年前，她的一個同門師姐，還是親姊，也不曉得，叫金笑瓊，指明我丁香影是個冒牌貨，要同臺競藝挑戰，那個年代是件大事，普長春戲院老闆提供場地，演一場《俠盜奇花》，兩朵奇花一齊對峙，門票很早都賣完了⋯⋯坦白說，這真的是蠢到家了，冒牌不就是冒牌了？這有什麼大不了的！就為了賭一口氣，佛爭一爐香！別人說那個金笑瓊算是沉到底了，這樣大動作其實是借力拿知名度，如果不理睬，自然無趣下臺。可是一陣急促鑼鼓聲響了，兩個俠女紅蝴蝶出現，各說對方是假的，然後建議用砂煲當梅花樁，一層疊一層，能足踏最高的為勝者，確是真的金派傳人。砂煲藥罐有多硬？其實一碰即碎，層層疊疊，要吐氣吸納得法，不偏不倚的跳上去，還要交叉換腳縱跳，等於在上面跳房子，然後舞動寶劍，劍花曼妙，姿勢悠然自得，腳下可不得鬆懈。多少眼睛在看，鑼鼓點子鏘鏘鏘，一陣金色旋風似的，催促我，一踩，掌聲如雷，二踩，喊聲震天價響，三踩，掌聲叫聲好比海浪席捲，四踩，聲震不絕如縷，燈光大作，亮燦燦如白晝，日月星辰照耀，丁香影站上去了，金笑瓊才三層。

師傅聲音喑啞，神情黯然，我跳下來，漂亮的兩手伸開，眾聲喧囂之中，回去方覺得腳跟劇痛，原來是傷了腳筋，走路一跛一跛，看了不少跌打，外敷內服，總不見好——人算不如天算，到後來我是不能再踩砂煲了。這事逐漸有人知道，則乘機落我的價錢，說丁香影你那套俠盜奇花演不了，真的可惜啊，大家都喜歡看你踩砂煲，那些文靜戲就不夠賣座了。阿媚，我告訴你，接著我是連嗓子也啞了，很久很久，似乎在抗議什麼，只是它不比那腳筋，喫藥休養，後來也就好了。是的，我要是沒有好強，也不會迎戰金笑瓊，接下來也不會斷絕了這絕藝的後路——這在以前簡直就是華光師傅不給活路走，收回那一身的武藝⋯⋯婉媚無言，這時當然屬於丁香影的椎心之痛了，些微的安慰話語也顯得多餘，她心裡知道只要有那麼一個人在身邊，身分讓她放心，則源源不絕的傾吐往事，不再有猜疑。

師傅說，我只有在夢中才會踩砂煲，柔聲的說……

舊式鑲花橢圓形相框裡，一個妙齡俠女低眉作勢，刺出一劍，足下是兩層的砂煲陣。一陣風吹過，裡頭的女子一步一踏，一步則踏出雲飄霧繞，她發現了，笑盈盈的一步步走出相框了，腳下的砂煲一下子變成了一方方臺階；丁香影走上去，只見碧海青天，藍得無涯無垠，沒有人，只有自己，多年來不就是只剩下自己麼？上到最高處，是樓臺，彷彿演的是洛水神仙，還是馮小憐？魂化瑤臺夜合花，都有點相似，只是棚面樂師不在，小生也缺席了，無限歡愉到盡處都化為空氣，不復存在了。整個人忽然輕盈異常，身上肉體漸漸縮小，年月似乎倒退了，她更小了，是小小的一個丁香影，她學著母親楚芸嬌教的曲子……杏花天，去年北雁南飛人不見，春燈捲簾思君寫花牋，花影映窗疑是檀郎喚仙卿……抬頭，一片花影慢悠悠下來，花雨繽紛，皆是天上仙花瑤草，與人親近，讓丁香影久久不願醒來。

浮艷誌

一、龍池的桃花

龍池把桌底下一紙箱的書撿起來，拍拍灰塵——這白天點著燈，竟也有一點暮晚天氣的意思，橙黃微暖的光裡起了小煙霧，之後點點金粉沉落，彷彿冷灰逐香塵。這鋼質書桌老舊了，有點髒相，索性用一張紅白方格圖案的塑料布鋪墊，怎麼看也不順眼，就覓了一小塊硃砂紅繡福壽泥金龍戲珠的織錦，搭在其中，只是那疊放上面的書，是《窮爸爸，富爸爸》、《性福瑜伽術》之類的，對照之下頗為不協調——早兩年，附近辦公樓的職場男女，都來店裡找，幾乎訕訕笑道，說新書太貴，看個二手書還好。龍池畢竟不能免俗，放消息出去，要了一些，如今熱潮已過，靜靜的擱置一角……想來如今也不比那《中醫藥材彩色圖譜》暢銷，對街轉彎處的中醫學校總是有學生踱進來尋寶。一個年輕容長臉的男子老是不吭聲的，穿著短袖白襯衫，就在僅只於兩個小架裡抽拿書冊，偶爾瞥見他專注的看一本陳存仁的《中國藥學大辭典》，低眉垂睫的樣子，龍池倒是詫異他其實俊秀得很——過後這厚甸甸的書卻找不到，這人也沒上門了，龍池心想可惜，難得好看的人也順手牽羊。如今他俯下身去移開紙箱，鐵桌旁邊小茶几恰好讓一方鏤空蕾絲沙發墊子覆蓋，掀開，不就是那陳存仁的舊版書？龍池一陣恍惚的歡喜，似乎失而復得，只是那男子也許以為書本給人買去，大概也不願意過來了。

黑面妲己懶洋洋的躺在茶几底，淡淡的瞄了龍池一眼，似是在說這有什麼稀奇的。這貓兒一身黑，一點雜毛也沒有，稍抬頭，一雙碧眼綠森森的，總是帶一點窺視的味道。門首細鈴響起，有人進來，黑面妲己也不畏懼，習慣了，不過略微側頭，可還是盤踞在茶几底。龍池把書捧起來，唯見一個女客提著大袋子入內——她一身珠灰套裝，淺淺灰色，近乎希區考克的《迷魂記》走出來的金·露華，只是女客倒沒有盤捲髮髻，只任由垂下來，衣襟別了朵山茶花；女客走過來，一臉冷然，馬上說，我姓厲，席桂枝女士介紹來的……龍池哦一聲，忙招呼她坐下。

這厲小姐往後弄好裙襬則坐下，隱隱傳來一陣芳香，是濃得化不開的香水，在微涼冷氣裡緩緩施展了爪牙，龍池皺眉，但似乎也不敢表露——某種訓練有素的人情世故，他從來很少喜惡形於色，此時茶几底的黑面妲己卻挪動了貓軀，轉換姿勢，有點防範陌生人的感覺。她也不多言，逕自取出袋子裡的物件，一個個讓麻將紙包裹得好好的，一張張如蟬翼蛻去，是大小碗碟十二件；龍池扭亮頂上的照燈，看個仔細——先看個茶托，釉彩粉艷，團團邊沿皆有芙蓉花，托內是金魚搖頭晃腦的游擺，魚尾色澤斑斕；她提醒了一下，叫龍池倒轉來，托底印有朱色印，嘉慶年製，龍池看了一眼，笑了。厲小姐揚眉，在當中拎了一個圓腰形托盤，遞過來，他看了，是彩繪民間故事，白蛇天宮盜靈芝，裡頭的人物彷彿戲曲裝扮，雲朵流動還鑲嵌了金邊翠色，白娘子雙頰桃紅緋緋，很傳神——厲小姐還未開口，龍池笑道，假的——接下去補充：算是仿的，只是仿造的有整套，做工精細，也不多見。她似乎也沒什麼，一只只碟盤舉起來，在燈下端詳，笑歎，我還想拿去拍賣行，賺個好價錢呢。龍池說，留著自己玩賞也不錯的。她搖搖頭，我可沒什麼閑情來欣賞，其實像這樣的東西還有一些，很占地方，我母親生前喜歡，死後都留給我。龍池微笑，說到底不管真假，光是留著做紀念也值得的。厲小姐眼神一閃，半側臉，笑道，會不會擱久了也有增值的可能？他頷首，會的，仿造的到後來也難得，也會賣個好價錢，你可聽過石濤？她擺擺手，表示不懂，手指間紅艷艷的隱然閃爍，似是紅寶，有點像貓的眼睛。張大千仿造石濤的畫，也是價值連城的——她打斷了說，要回去上班了，我乘著午餐空檔過來的；然後留下了名片，挽起袋子，轉身離去。

那股奇異的香氛還在——黑面妲己不安的扭過去，之後終於起來，蓮步姍姍的走到店門，那透明的玻璃門未關嚴，開著半條縫兒，黑貓默默蹲坐，望向外面，彷彿要看穿什麼。龍池打電話，通了，那一廂是桂枝阿姨——提起了厲玉玫，這個女子的全名——席桂枝女士低低的笑起來，我不是說過嗎，那是你舊書店上個女主人的女兒。龍池怔了片刻才回應，是嘉芙蓮的女兒麼？桂枝的聲音其實也夠資格唱磁性低沉的時代曲了，輕聲細語，卻交代得清楚：這是小女兒，嫁到澳洲那個是厲玉薇，嘉芙蓮遠赴墨爾本頤養天年沒多久病逝，留在老房子的東西理應歸厲玉玫了。龍池笑了，玉薇玉玫，發音很相近。桂枝阿姨欸了一聲，一個是薔薇，一個是玫瑰，雙生花呢。龍池忽地浮現剛才她一身珠灰套裝，胸前一朵白茶花，晃過眼前。桂枝問了句，你替她看了那瓷碟瓷盤？龍池笑道，東西很好，只是想拿去拍賣，恐怕不行。桂枝罵了句：就你是個專家！你也不過是個玩票罷了！看走眼的行家多的是。你別說，嘉芙蓮手上其實也有真玩意兒，她有一幅紅棉圖，還是紅梅，就是得安老人的……龍池嗯一兩聲應付，說要是真的陳樹人手筆，那倒是可以收藏。桂枝彷彿滿意了，隨即轉了話題，說今晚的電影協會可要出席？他反問，放映哪一齣呢？桂枝笑了，你的那杯茶呀，美國潘金蓮！兩人一陣笑聲中，收了線。

臨上鋪時，還有人匆匆進來找書——也不便催促，可那人似乎沒想多久，抽了本小說即刻付帳……龍池看了書名，是《郵差總按兩次鈴》。他也沒想太多，只是記得早前也看過了最老的電影版本，女主角拉娜·透拿在海灘徜徉，也還是柳眉入鬢，媚眼如絲的。這袖珍本封面頗為電影海報風格，兩人擁抱，男的臉埋進了另一側，女的側面妖艷，就是黑色偵探裡蛇蠍美人的樣板。男顧客一笑，說不必袋子，直接裝進背包裡，便推門離去。龍池整理好錢箱，取出大鈔，其餘放回去，即上去閣樓，在角落小盤裡倒了些貓糧，然後留一盞後門的燈，黃幽幽的一小片光裡，恍如塵世裡被淡忘的一隅。龍池轉身，欲下樓，只見前面樓窗百葉簾天光漸暗，黑面妲己悄聲無息的蹲坐在樓板，還是一身黑，一雙妙目泛光，透露了似有若無的嫵媚，也像叫主人不必擔心，牠自會料理，反正自己到了夜裡，就是這裡的守護者。

入夜下了細雨，水聲淅瀝，龍池看時間還好，進便利商店買個漢堡果腹——電影協會附屬在一個文化會所裡，鬧市小斜坡徐徐上去，小舊洋房改裝，凹字形建築，前面還有半圓柏油路，拾級而上，一地的雨傘撐開擱在洋灰地，門房一把把合起來，放進靠壁的小籮內。一個男子匆匆過來，收了傘，銀灰色防曬傘面，上邊滴溜溜都是雨珠，龍池忽然想起厲玉玫的裙襬，抬頭，卻是無限眼熟，是那個低頭看《中國藥學大辭典》的年輕男子，他倒是認不出龍池了，只顧轉過去，跟一個陪同的人說話——那身後的人也很清俊，頭髮剪得極短，貼近頭皮，一雙粗黑眉毛，可卻說不出的柔婉，眼神瞟過來，有一種凜然，也有一種隱含的珠光清影。龍池忽然垂眼，不敢逼視，等他們走進去，才慢慢跟入口處協會職員拿近期放映小冊，好一會兒也不見席桂枝，只怕老早來了，已入場坐著了。看說明書，原來是導演比利．懷德的回顧展，也只有下星期的《龍鳳配》才有雲裳華服可欣賞，桂枝阿姨恐怕今晚放鴿子了。

放映室裡反而有一股子溫熱，冷氣不足——銀幕不過是一方白布，照例業餘的放映師在片首有好一陣子的映像失焦，慢慢調回過來。龍池見左側一邊，他們分明坐在那兒。黑白影片節奏倒是不疾不徐，一步踏錯的男主角絮絮地回溯懺悔，晃悠悠，踉蹌走進辦公室裡，慢慢回想。然後芭芭拉．史丹妃出現了，這個原以為是淹沒在陳舊時間裡的女星，卻完全一點也不過時，一頭長髮，廳堂內有她的膚光賽雪，只是一雙眼睛沉著老練，任何計畫其實都了然於胸，沒有事物是不可以計算的。她一步步等著男保險員陷進來——為她冒險，為她殺人。到最後階段性任務完結，也打算順便結果了他，彷彿一點真心也沒有。這電影幾乎看了超過好幾遍了，龍池依然覺得震動。然而除了布幕上的芭芭拉．史丹妃，他似乎隱隱感受到還有一個無形的人，在黑暗裡慢慢的召喚著自己……是那一陣濃郁溫熱的體味，在另一側似有若無的侵襲過來。龍池稍微瞥過去，在電影白光閃爍時，他們當中一人好像也別過臉來，往這裡搜索的樣子。一場放映會，彷彿影影綽綽的，疑心周遭有所異動，卻有時毫無所獲，讓人失落——只要座位有人起身，便要留心一番，究竟是誰。一直到完場，龍池一方面感受了劇情的跌宕起伏，卻同樣一顆心如坐雲霄飛車，飛繞回環。

燈亮了，一片白濛濛，大家都暫時不能適應驟然入侵的光，也便像是乍醒模樣，眼睛半閉。一隊人陸續出去了。除卻門口還有協會的人員收拾，也就沒多少人。

雨歇風冷，下斜坡的小徑略微溼滑，龍池慢步緩行，竟見一路留意的兩人也在前頭。他們並肩而走，半途卻拐入另一邊的小徑，並不直接走下大馬路。那其實是一個白天供兒童嬉戲的小花園，秋千架如今隱沒在夜色裡，只餘下小涼亭——龍池沒事人一樣的，也尾隨而去。走進亭子裡，忽地嗅見一大片花香，香得不知所以，席捲而來，龍池一下子醒過來似乎的。旁邊有人輕聲問道，欸，在等人哦。他回頭看，是那個剪短頭髮，刺蝟似的男子，正俯身按著欄杆，笑吟吟的望過來。龍池裝著若無其事，說我剛看完電影呢，走來這兒，這是什麼花，好香。男子笑問，這花你不知道麼？是素馨花。素馨花？龍池好像在哪裡聽過，卻一時想不起。男子走出去，彎腰撿了朵，湊過去，龍池嗅到了，微笑。男子用手指畫了畫花瓣，一般人是叫雞蛋花的，你可曾去過附近的老墳場？園門種的滿滿都是這花。

男子忽地靠近龍池，淡淡一笑，你很留意我的朋友。龍池心裡一跳，表面不露一點痕跡，你們兩個我都注意到了，你不也在看我？男子一笑，我叫亮。龍池問道，你那個朋友呢。亮把素馨花拈在指間，滴溜溜轉動，他叫詠，可能走到後花園那邊了，那兒也有些人的，還是偷偷回家了也說不定——亮一手搭在龍池的肩膀，臉貼過來，幾乎要接吻的意思，可卻移到他耳邊，低低的說，詠啊他不是這種人哦，他怕的。龍池想要說什麼，亮一隻手輕輕遮住龍池的嘴唇，另一隻手扔掉了素馨花，轉而伸向龍池下腹探去。龍池一時無措，只能低笑，欸，這裡有人的，你也太大膽了。亮笑道，這是我歡迎新朋友的方式呵。一陣花香，恍如夜裡浪潮，整個小亭裡都是素馨花的氣息，亮低聲說，你要小心，也許我會暗中拿你的錢包。龍池也奇怪，彷佛很歡喜這樣的對話：拿去，也不多錢，我是沒在意的。亮轉過身子，兩手壓住欄杆，深深呼吸：這裡什麼都會發生，看得愈是對眼，愈是危險，有人不幸運被割喉嚨也是常有的，警察也會來，穿個便服。亮還是兩手撐住欄杆，回過臉來，你是警察嗎？龍池笑道，我也許有一整套制服，手銬、警棍什麼的。亮哼哼兩聲，你這種風趣可不是每個人都了解，真的你拿不出手銬，他們可是會癲狂發怒的。龍池笑問，你那位詠先生沒出現呢。亮雙眼散發了雨霧光華，一種凜然的美：他呀留個時間給我們吃夜宵。

龍池很久沒跟一個陌生人同桌飲食了。他並不覺得有多瘋狂，而是有一種莫名的恍惚，似乎像是春節還是哪個節日來臨前的期待，順著自己感覺而去，朦朧而斑斕，像是星月漫遊，一大片花雨撲面，眼前不必對焦，就曉得是無限的華麗。亮倒是有自己的主張，選了一條橫巷的小餐廳，叫了一客日式豬排飯，津津有味的吃起來。龍池只要了一個法蘭西多士和苦瓜汁，笑問，晚上沒吃飯？亮搖搖頭說，我在放映室裡一直想著這裡的豬排飯，愈想愈沒心思看電影……然後側過臉，笑道，你是想著我們兩個吧。龍池不置可否，也沒回答。不遠之處有個男侍應，穿白長袖襯衫，腰際繫個黑T恤，戴一個黑扁眼鏡，秀氣的瘦少年總是眼神瞟過來，有幾分試探的意思。亮當作沒有看到一般，只顧吃飯。龍池心想這也許是熟人，或許看慣他跟別人來這裡，今夜這麼一個人大概沒見過，所以不免多看兩眼也是有的。

亮揚起眉毛：比利．懷德的電影之中，剛才那部算是不錯——之前放映的，就是夢露站在地鐵通風口吹開裙的《七年之癢》，嘮嘮叨叨，看得好不耐煩。龍池含笑，我是喜歡《日落大道》，還有那個女主角……亮笑著接下去，歌蘿麗亞．史璜森。龍池微微詫異，卻也沉著輕笑而已。亮舉起手，扭動手指，像是蛇舞一樣：我記得沒錯吧，結局時女主角對住攝影機一步步搔首弄姿走過去呢。龍池點頭，你學得很像哦，但每次看卻總覺得悲哀。停頓一下，龍池笑道，我是老派人，看這種銀海浮沉錄，老是覺得莫名的感傷。亮呵一聲笑了，那是你的為人善感吧，我看過好多老派人，不知道多麼涼薄無情。龍池隨之哈哈，那是說我，看電影牽動情緒，面對現實便一滴淚也擠不出來。亮把桌上的奶茶一根飲管吸盡到底，只餘碎冰，然後攤開手掌：這就是現代城市人，一個個面無表情，躲在黑暗裡卻寄情虛幻的光影，鑽出戲院便鐵石心腸了。龍池低笑，你很像是在演講。亮淡然一笑，這沒什麼，我素來是演講冠軍。龍池問，你素來也常把餐廳當作講臺？亮斜睨了一眼，手指舉做手槍射擊狀：嘿，酸我。龍池忽然覺得此時此刻的此人可愛極了，伸出手在亮的頸後捏了一下，彷彿表示親昵——眼前這個初逢乍遇的人，他對他，像是對店裡的貓兒黑面妲己一般。小餐廳的燈光用的是光管，慘白暗淡，可是卻完全掩蓋不了亮的笑意，他明澄澄的眼神直望向龍池，似乎認為這個人也頗有意思。

亮有點歡喜，卻依然低聲說：人多呢，把手放下來吧。

二、桂枝告狀

席桂枝女士來到書店時，一角的舊唱機播放著歌曲，〈朦朧的燈光〉，一把低沉的女聲在漫不經心的唱著，訴說那迷人的晚上，愛情悄悄飄進了心房。她淡淡的用手在空氣裡拂拭，像是要揮走什麼：這歌有什麼好，要不停的播？龍池一笑，抱住胳膊，坐在米通四大美人圖影的瓷墩上，桌前的旋轉辦公椅，則讓給了黑面妲己，貓兒在這裡享受特權，專享那軟綿的沙發墊。龍池笑道，那不是最美好的時光嗎？桂枝白了一眼，六十年代還是個處處沒有冷氣的時代，撐個碎花陽傘，小件短袖雪紡罩衫當外套，裡內呢是貼身旗袍，真的受夠。龍池微笑：迷戀老好時代，大概不計較這些的。桂枝笑歎，所以你無可救藥，真正像我們從那時活過來的人，決不會有這樣的說法，沒有不在慶幸活在今天……當然現在好，現在方便。龍池攤開手，笑問，要是沒有人喜歡舊的東西，我這些奸商靠什麼過活？心裡一動，這手勢彷彿在模仿著誰，有些舉止語氣到底是會傳染的。桂枝拉了另一個瓷墩坐下，她這個鏤空月洞門繪的是四季花開，一屁股坐著，她打開皮包，欲言又止……龍池點點頭：是啊，這裡可不能抽菸。桂枝哎一聲：我呢不過是個習慣，抽個薄荷冷菸，像你一路抽來的，一下子戒掉，我倒是沒見過。龍池也跟著歎道，沒辦法，我是死過的人，那場病只差沒蒙主寵召，為了多見見明天的太陽，只有依照醫生囑咐。桂枝啐道，見明天的太陽，哪來的文藝腔！歌曲完結，唱片緩緩停止轉動，龍池打開透明唱機盒蓋，把唱碟收起——桂枝舉起手指告誡：下次不准再播了，我的金曲老歌的頂限是〈夢醒時分〉；這些老唱片都在哪兒搜刮來的？哪戶人家搬房子扔了送來的？龍池但笑不語。桂枝遲疑了一會兒，不是嘉芙蓮留下的吧？龍池笑說，她轉手給我的時候，小貨倉裡有幾盒子的舊唱片，都發霉了，每天用清潔噴劑抹乾淨，又去熟人介紹的音響店找針頭，難得也齊全，現在呀一天聽一張，也可消磨很久。

桂枝搖頭，這都是煩人的消遣，人老了還是找點實質的收入才是正經；那個小姐的碗碟據說是好東西呢，怎麼不入你的法眼？龍池笑道，都說是仿造的。桂枝嘖一聲：你這年紀是時候配老花眼鏡了，那色澤花紋，你細看了沒有？嘉芙蓮的前夫不玩骨董，其實留下的算是傳家寶，那時去她家，都擱在嵌螺鈿花梨木櫃子裡，偶爾拿一個茶盞出來品茗，大家無不讚歎，也只有她家才藏有這樣的極品，難得有眼福。龍池眼前浮現那個瓷碟，芙蓉花紋艷麗，卻稍帶模糊，到底是仿家刻意擬造歲月痕跡，充當正品，自己理應沒看錯——但斬釘截鐵的咬死，倒是有失客觀。他忽然說，看那厲小姐容貌倒不大像嘉芙蓮女士。桂枝拿出一小袖珍玻璃罐，是香水樣板，微微噴在腕間，然後印在耳下，笑道：她不像是仿造，確實貨正價實，她呀到底有三分母親的樣子。一股香氣襲人，似曾相識，但有點不像——龍池略微皺眉：這不是老一代貴婦喜歡的那種撲鼻的濃郁香氛嗎？桂枝有點得意的笑了，陳舊年代的品味呀，你理應愛得緊哩。龍池側頭，故意拉回話題：嘉芙蓮那種老式名門，真貨恐怕鎖在保險箱，擺出來應景的都是西貝，女兒大概分不出呢。桂枝若有所思，然後笑說，嘉芙蓮去世那時的遺囑想必也有交代的，你那位朋友沒分到一些紀念品？龍池沉默片刻，淡淡搖頭。桂枝臉龐微側，一邊耳環晃得搖曳生光，不至於耳中明月珠，卻是從前滄海裡沉落過的月影；她笑歎，不會什麼都沒有的，連我也得到一支仿古鳳點頭鑲嵌養珠金釵，其實她生前相當關照，好幾次都替我度過難關——接著她反問，何況是他？龍池剎那啞然，只好長長歎口氣。桂枝將手腕底湊到鼻下嗅了嗅，也難為你現在還為友傷情，他在天上應該很感恩了……龍池笑歎，他到底不過是她眾多小男朋友之一。桂枝微笑，你何苦如此苛刻，褻瀆逝者？他算是嘉芙蓮的可人知己，堪稱美男子呢，她也感謝他的陪伴。龍池索性開啟唱針，〈朦朧的燈光〉再度登場，幽幽歌聲，切斷了任何追憶回想的可能性，稀釋了空氣裡探索的蛛絲馬跡。

門首鈴聲響動，有人進來了——黑面妲己瞇縫著眼，看了看，復又半蜷縮身子，枕著沙發墊好睡。桂枝女士也就偃旗息鼓，順手拿了一本《掌相玄機》，一頁沒一頁的翻看，後來找出老花眼鏡戴起來，細細看那內容，對照起自己的掌紋來。進來的男子彷彿輕車熟路的，往架子上找來了硬皮裝燙金的藥草大全，低頭垂眉，饒有趣味的研究起來了——龍池心裡忽然感覺寂靜無聲，湖水底下卻洶湧澎湃，是詠，那夜不見，今日竟然來了。兜轉迂迴，他原本就是常客，如今前來，彷彿多了好幾重意思，都值得咀嚼回味。龍池沒事人一樣，開了熱水壺的按鈕，水沸生煙，一陣響動，他要泡咖啡——桂枝拉低眼鏡，瞄了一下，沒作聲。

詠站著，手捧住書，也不嫌重，龍池拉了一把自己坐慣的四大美人圓墩過去，拍拍他的肩膀，示意他坐下；詠回頭，含笑答謝，也便坐了。桂枝將老花眼鏡收下，有點興味索然，放回掌相書，跟龍池作了手勢，打算要離開——背後還是那女聲……靜靜依偎你的身旁，我從今後不再寂寞不再彷徨；恍如人在低聲嗚咽的薩克斯風緩緩吹奏，多年前的燈影自是不在了，可活著的人卻沉浸在昏黃幻紫的光裡，她當然也年輕過，這首歌當然也聽過，可能也曾唱過：幽暗的廳堂，一張張圓桌，每桌一盞燈，鬱金香燈罩，倒垂綻開的花瓣形狀，席桂枝，以前人家叫她洋名麗姿，她穿U字低胸白底葵花摺傘裙，細跟鞋在柚木彈簧地板忽前忽後，舞步翩翩，仰起下巴，一種青春的傲然，男人湊過來，麗姿笑盈盈閃避，款擺腰肢，那腰肢不過兩掌合抱，再輕盈不過，旋開轉圈，一把葵花傘燦然而開，燈光雖是朦朧，但仍然看清楚那個人是叫自己動情的；他無聲的過來，慢慢的牽住麗姿的手，然後另一隻手挽住她的腰，不疾不徐帶領舞步，麗姿感受到他的氣息，一種清雨新葉的味道，時間彷彿凝止。他走了，她醒來，再也沒看見誰了，留下一股濃郁凜冽的香氣，嘉芙蓮的香味，她來過，他跟著走了。桂枝的記憶一下子回到老遠，小時候聽過母親的一首歌，完全記起來……人生似孤舟逐浪，飄搖在海中央，莫怕風雨狂，莫怕海中浪……只是歌詞到後段恢復了旖旎柔膩：春天裡花兒芬芳，芬芳透心房，蜂蝶兒為花忙，花香為情郎。

龍池察覺了，轉過臉來，這首是……桂枝停了低吟，笑說：猜到了歌名再說，我也有壓箱寶的；她頭也不回的，推門而去。

太陽白花花，這近來陰雨綿綿，難得出陽光的——縱使曬得睜不開眼睛，彷彿也值得，就怕隨時天色變臉，霎時風起雲湧。桂枝女士走過了對街，又是一爿店，走進去，一個女人笑著迎出來——桂枝喚她康妮。這康妮正煮水泡茶，桂枝詫笑，這時間你們都悠閑，也在泡飲料喝。康妮哦一聲，你剛從乾弟弟那兒過來了。桂枝睥睨，我哪有資格認這麼一個乾弟弟哦，要有一套手續儀式的，訂造金碗金筷金鍊，就算變法也變不出啦。康妮用小茶壺注了杯茶，喝茶，這是觀音王。桂枝淺嚐即止，看牆上掛了明年九宮風水方位，還有十二生肖運勢吉凶——桂枝笑說，新一年的風水擺設已經上市了？康妮再擺出一行瓷杯，施展韓信點兵，邊說：半年前就下訂單了，大陸那裡雖說量產，也有些是限量，還要法師開光加持呢。桂枝彎下腰細看玻璃櫃，裡面的一匹玉石駿馬，一隻猴子騎在馬上，再仔細瞧，還有隻蜜蜂兒；康妮瞥了一眼，這馬上封侯，放在西北方，對男主人最好的，事業如日中天……桂枝搖頭說，來不及了，現在選擇找個男主人恐怕太遲，而且你的風水產品價位不低，我可買不起。康妮做了一個手勢，示意再選一杯，微笑：哎呀，我是職業病，有機會總想介紹一下，其實願者上鉤啦……桂枝忍俊不禁：其實你還有別的法寶吧？上次你不是說仁波切加持的財富寶瓶，請回家後財源滾滾？康妮用手指舉了一次：你別說，那是很靈驗的呀。嘉芙蓮以前也請一個回去……桂枝冷笑：你這不準，嘉芙蓮本來就不缺錢，你不是把她股票的斬獲歸納在寶瓶上吧。康妮一直笑：喝茶，說不過你這張嘴。不過我過往都叫她厲太，還是黛芬姊，總說不慣什麼嘉芙蓮的，她當時那個小男友駕一輛紅色跑車，人挺好的，跟她一前一後，老是不願意同時亮相……桂枝笑道，哎，那是艾倫。然後在袋子掏出香菸，康妮連忙找出打火機，替她點菸。桂枝抽了一口，笑歎，終於吸了一口，剛才簡直魂不附體，渾身不自在。康妮舉杯喝了茶：還是戒了吧。桂枝欲言又止，康妮倒是順著嘴說了：像是黛芬姊不抽菸的，不也得肺癌，是嗎？桂枝輕笑，非常愜意的再吞雲吐霧：師傅說我是餓火命，抽菸反而有運……康妮取笑：你師傅不是說孔雀很好嗎？養個孔雀只怕不切實際吧？倒不如買我店裡一幅孔雀開屏富貴圖！桂枝在煙霧裡嫣然：你不曉得，我做了一件鏤空紗印花孔雀翎夜禮服，一心要在聖誕平安夜舞會出鋒頭，採納尊貴氣場呢。康妮笑道：你總是主意一套套的，上次見你那師傅，我覺得還好而已，難不成現在你還吃他開的藥？桂枝點頭：你別說，有點見效，我這一陣子沒喘了。康妮打開玻璃櫃，拿出一只黃晶孔雀明王雕像，用小排毛帚來拂拭，然後轉臉笑說：我那個外甥，讀了中醫學院出來，打脈開方都在行，剛好等會兒要來，你讓他看看也好。桂枝斜睨，你這個姨媽，打算介紹個帥郎中過來養養眼，我有什麼好拒絕的，隨時候教囉。康妮氣極而笑，捧住那孔雀明王像，比了比：老不正經，我算走運了，引來邪花入宅，只好用這明王擋煞！桂枝噴了煙，笑啐：我修行五百年，百無禁忌！

康妮笑著，往後邊裝水，想必要擦拭櫃面——席桂枝來到此處，總是得到某種鬆弛，這女人懂得自己不多，不過當桂枝是生活裡偶爾過來插科打諢的閑人，不比龍池，再熟悉也似乎防著她。不外是桂枝也知道他的過去，如今他躲在這舊書店，真的算是過個小日子——股票行裡領過幾乎十多個月花紅獎金的，金融風暴後全身而退，不沾任何投機，她故意問龍池任何投資資訊，他總也避而不談。嘉芙蓮這間書店那時真的打發光陰，雇了女孩坐鎮，她自己一陣香風似的來去自如，心血來潮，便開個下午茶座談會，找幾個文藝青年談論閱讀心得，桂枝女士自認濫竽充數；艾倫帶來了龍池，一個白淨，一個黝黑，卻一般擁有明澄澄的眼睛，靜默無聲比肩而坐，聽了有趣言論則相對莞爾，一口白牙，讓人看得迷醉，嘉芙蓮悄悄說，這兩人看似不同，卻美如圖畫。桂枝一笑，老友的用詞愈發考究，收藏了精美瓷瓶書畫，眼下便要收藏人間美少男麼？在場多少把文學當美容的少女們打開了金睛火眼，透光透亮的要將這對玉郎照個清楚，才學還是其次，那俊麗懾人的皮相依然占了上風，如能攀談上幾句的馬奎斯、卡爾維諾自然是好的；能夠無端的撩起這些女子們的心猿意馬，嘉芙蓮挾二男而自恃，到底難掩得意。也只有桂枝知道嘉芙蓮自是享受這種一手營造的氛圍，那美男子的風采，故作半嚴肅的圍繞話題，淺嚐伯爵紅茶，從英倫風店家訂來的小三明治和司空餅兒，擺在三四層高的仿蕾絲裙邊的寶塔瓷盤上；有時不過是漫談，隨意的只是討論書本的封面，和版本的差異，舊書店一張咖啡桌鋪開書冊以作展示……桂枝淺笑，難以相信嘉芙蓮也來附庸風雅，而且做得極為像樣。厲太太的身分早已隱去，何況是厲太太之前的事？莫問前塵，是一種福分，而桂枝大概修不到如此，總是遭遇落英沾污泥，被人笑問當日滿樹桃紅時何其繁華——人生的尷尬窘境，屢出不窮啊。

一個男顧客走進，環視一番後，問了些風水擺設事宜——康妮還沒出來，桂枝女士樂得充當顧問。對方欲看一看魚藻闊口缸兒，桂枝問：是要養金魚，種荷花呢，還是招財？那人笑答，自然是要招來財氣。桂枝微笑：那要聚寶盆哦，所謂藏風聚氣，守財納庫，寶盆呀得要上窄下闊，肚子深，不見底，方能金玉滿堆；又或在財位設置一個厚重保險箱，……那人聽得入神，不久笑道：還有這番講究，難得增廣見聞了。只是我總覺得你臉熟，莫非當日五月花駐唱的梅朵就是你？桂枝手按住胸前，一副略微受驚的模樣，只是笑意仍在：哎，很多人這樣說，真的誤會了。那人不願堅持，笑笑說：那時經常到一帶的牛排館用餐，路過五月花，燈箱裡嵌放的大幅照片，老是要細細欣賞，容貌最美的便是梅朵……桂枝的手沒離開過胸口，略微保護著，似乎抵受不了這樣的剎那相認，卻得表示感激如此變相的稱讚。康妮早在旁側候著，見有插針縫隙，則堆笑搭話，端出一樽光彩斑斕的聚寶瓶來，轉移視線。

白日天光下飽受驚嚇，倒也不便落荒而逃——桂枝悄然靜坐在茶座邊的湘竹圈椅，再度將一枝薄荷冷菸點燃，吸取一點微涼煙氣入喉底肺部，立即鎮靜了魂魄。潛水探進記憶的海底，也未必尋覓出五月花的蹤影，這人居然還說了門口燈箱的玉照，歲月的欠債成業障，忘卻了竟也無端上門，荒謬到自己也只好硬著頭皮說謊。

康妮在講解的時候，桂枝悄悄打個電話——趁著這個手勢，便走出去了，反正前面招手叫計程車很方便。

她匆匆走著，四處張望，也不見有車，只聽身後有人在喊她……桂枝姊，桂枝姊，你要去哪兒呀？聲音異常耳熟，彷彿從記憶最初裡就停駐過的聲音，確實非同小可，只是但願此生再也不想碰見。她無從躲避，回頭相見——這聲音有點怯懦嬌細，多年不見，還是這樣；桂枝站直了身子，帶笑回應……逃無可逃，迎面相對吧，萬萬想不到的是還是在街頭，茫茫天涯沒處去，於是無計可消除，天意作弄便遇見了。不是，不是仇敵，不是債主，可那比債主更難以面對。她只想裝著沒事，就在亂紛紛的街道，含笑凝視對方，卻隨時無數年月揣揣難安的炸彈埋伏，看來引爆正是時候了。

三、姊妹碑

……過去的事就當作死了，我是不會再想，你應該也一樣，把一切都忘了……牆上液晶電視屏幕不開聲音，只看見字幕。厲玉玫瞇縫眼睛，坐在椅上，一條毛巾裹住秀髮，高高聳起，一張臉眉眼清清楚楚，看這電視劇，也不知道什麼劇情，畫面裡光見中年婦人掩面哭泣，男人轉身就走——旁邊另一張大老式沙發，螺旋扶手上吊著一隻玉手，人是斜躺，只聽她低喚：玉薇。厲玉玫轉頭，嗯一聲；沙發女子笑歎：你這不是前功盡棄麼？喊你的名字便立即作反應。玉玫冷笑，用手扶了扶頭上的毛巾尖頂：你呀，總是沒來由的虛招一晃，讓我破功。沙發的女子，轉過身來，容顏和她並無兩樣，微笑道：你倒是該學學媽咪，天崩地裂，她還是一身穿戴整齊，珠環玉佩，胭脂紅粉，還帶一件罩紗從頸項繞過雙臂……玉玫忽然也正襟危坐，故作文靜：我是水月觀音，普度眾生。厲玉玫，你才是媽咪的好女兒，我不是，玉薇野馬亂跑，就罰她發配邊疆，南半球，坎特布里平原……沙發裡的女子笑道：你這不就回來了？薔薇玫瑰其實分得清楚，她是玫瑰，包裹住溼漉漉頭髮的是薔薇；雖是雙生花，到底這朵薔薇一路都在外國，人們幾乎看到的只有玫瑰，厲玉玫。女子笑問：你這一陣子，學著做厲玉玫，成績如何？玉薇把毛巾揭開，然後慢慢的撥弄頭髮：你這些套裝，穿上去就像是操兵似的，但也奇怪，那墊肩大衣上了身，束腰、窄裙襬，整個人就冷若冰霜起來，連笑也不想的……窩在沙發的玉玫坐直身子，笑罵：他們是這麼說我的嗎？玉薇淡淡一笑：你們公司那些人，哪一個是簡單的，各分門派，太子黨、貴妃國舅、老臣子，加上丫鬟走狗一堆，認得出面孔，卻認不得名字，這才糟糕。玉玫翹起指尖，輕點臉頰：你這裡那顆痣，遮瑕膏稍微用點……玉薇甩動黑髮，只差沒模仿京劇名伶耍水髮，頭轉不停；玉玫手兒擋住：你可不要學狗抖動溼透身體似的，厲玉玫可沒那樣。玉薇有點得意：你如此眷戀這個身分，就不必在意我如何了——玉玫點頭，彷彿贊同，示意玉薇過來；玉薇湊前去，玉玫凝眸端視，笑歎：理應看不出吧，世間的尋常人到底不過是要求個大概，誰會細細追查？玉薇也照樣端視玉玫，然後櫻唇張開，迎上去：吻一個。玉玫也沒拒絕，在她唇上印了印，蜻蜓點水一般。玉薇閉目微笑，不勝陶醉，低語：我怎麼長得這樣好看呢。玉玫一頭枕在沙發螺旋扶手，笑個不已：你這個天殺的自戀狂。整個客廳迴盪著她的笑聲，電視屏幕裡倒是兩個女人愁眉苦臉，一個傾訴，一個勸慰，此刻都被靜音了，兩相對照，現實空氣裡的雙生花彷彿更像是活在虛構的畫面中。

須臾，玉薇就說起了黑川太太。玉玫嗯一聲：這女人最愛搞交際活動，她邀你出席茶會了吧？玉薇咦了一下：她是公司的長期客戶，難道你沒去過她的午宴？玉玫歎氣，我不敢去。玉薇輕笑：也難怪，稍微有點敏感觸覺的，老早就退避三舍，我是沙膽薇，沒在怕，去去又何妨？玉玫笑道：她不會找個茶道老師，大家跪坐在什麼春月茶室裡，手捧一個茶缽，慢慢轉動，互相鞠躬才喝吧？玉薇搖頭，這倒沒有，黑川太太的風韻氣質其實也禁得起如此的做作包裝，那天的俱樂部庭園開的是英式茶會……玉玫一笑：難不倒你，當年我倆還見識得少？玉薇也笑了：我就說，這是哪一齣？大概是孔夫子門前賣文章吧，嘉芙蓮厲馮黛芬的花園茶宴，想必沒去過的幾乎屬於分量不夠的。玉玫沉沉不著聲，一會兒才說：都過去了，那都是媽咪她生前的事了……玉薇饒有興味的說著：我不覺得怎麼樣，黑川太太那婆娘級數有點低，她身邊還幾個貨色，很油氣的，有如從鄉鎮的子弟裡尋出稍微濃眉大眼的，換上時尚衣褲就上陣的樣子……我記起一部老電影了，《史東夫人的羅馬之春》。玉玫輕呼：她會是費雯．麗？玉薇白了一眼：你真是，她怎麼會是費雯．麗！是史東夫人在交際場中巧遇的假貴族伯爵夫人，一屋子的華麗擺設，可其實落魄低賤到要做舞男仲介的地步。玉玫笑道：所以我說呢，沒多少距離便聞到那股味兒，很早就敬謝不敏了。只是你如今爽快赴約，黑川太太想必也感到意外了。玉薇笑得神祕：她哪知道不是你，而是另有其人？玉玫瞇起一個眼，作勢要開槍：你借著這個名字，儘管去做壞事，等我身敗名裂，你也逃不出我的手掌心！玉薇仰頭一笑：哪有多壞，不過是人家要把我當作寂寞的獵物，男人一字排開，這個不行，還有一個，總會有一個看對眼的。玉玫微笑：要知道你再不挑一個，遲早黑川夫人毛遂自薦，她自己上陣……玉薇故作遲疑：也難說，她有一種柔膩的風情，很像我以前的英文補習老師。她願意的話，我沒什麼不可以的。玉玫轉頭，擺手：我可不想聽你那些陳舊的情欲史，好可怕……玉薇嘿嘿笑道：都說雙生的感覺相通，也難為你了，一天到晚疑心我和誰在幹麼。玉玫冷笑：在親姊妹面前也不必裝什麼，我確實很厭惡的，那你的腿呢？我那一次痛得不能走，你可曾受罪？玉薇拿起毛巾圍在香肩，充當披肩：你之前沒問嘛，我那時在墨爾本，莫名的躺在床上，一天都不想下來。玉玫長長吁了一口氣，一手慢慢的撫摸著沙發靠手：那天過後便天地變色了，我自此呀就不想離開這個沙發了……玉薇笑道：你是乘機斬斷一切，樂得讓我去代替，我們大家都有所得益吧。玉玫笑了：還是你懂得我呵。玉薇深深望了她一陣子：只是我想到人魚公主的故事，你用一隻腿換取自由，做了自己，靈魂卻可以飛出去了；說完，玉薇便進房去了，然後出來，端出一只蟠桃彩繪瓷碟，笑說：那男的說這些不值錢，留著欣賞還可以，我想媽咪當年買這種杯盤碗碟，大概也上了當。玉玫低笑：她只能看看衣裳香水還不會走眼……玉薇點頭，然後加一句：至少在男人方面，還是得到了快樂。玉玫半晌不作聲，玉薇好整以暇，慢悠悠的說：你其實在她男人身上，也得到了快樂吧？玉玫答道：只可惜沒辦法跟你分甘同味。玉薇大笑：好，這才是我的親姊妹。她回房之後，也就沒出來，客廳只餘留牆上電視光影閃動，演不完的愛恨糾葛。玉玫在滿室映像流掠中，彷彿得到了安全感，沉沉睡去。

半夢半醒中，依稀又是播放經典老片——另一個老牌巨星瓊．克勞馥的電影，離婚後她帶著女兒搬去別處，重新開始，認識一個多金的男子，兩人互相傾心，誰想豆蔻年華的女兒也看上了這男的，母女和一男陷入三角關係，極其不倫……玉玫睜開眼，看了一些，又慢慢睡去，耳畔還響起一句句的對白，還有戲劇化的配樂聲音，然後有人被殺了，是誰？疑幻疑真，她似乎浮起母親嘉芙蓮的臉孔，瞪大眼珠，徐徐又疊印入瓊．克勞馥銅鈴般的眼睛，睜大了更加可怖，隨時便是一種驚恐的眼神。嘉芙蓮的背影也可冒充當年的時髦明星，穿著墊肩西裝大衣。卻沒有魁梧的西方美人骨架，半截穿著臀部以下收窄的裙子，戴著手套，脫下來，拎在手上，像是另一雙神祕的手，在微微晃動。她竟然還在自己的夢裡，徘徊不去：嘉芙蓮斜傾著身子，低眉舉起燙金描花蓮瓣紋茶杯輕輕呷一兩口錫蘭紅茶，一個俊俏男子摟住她的腰肢，把頭臉埋在她的胸前，胸前的白茶花還摩挲著男子的下巴，嘉芙蓮意態悠閑，神情恍如對待著寵物，把茶杯放下，任由男子親昵依偎，只是目光似笑非笑，根本察覺到還有人在偷窺。畫面等於電視音樂錄影帶的鏡頭零碎切割，剎那黑白，瞬間彩色，而玉玫躲在窗簾背後，想看多一眼，一會兒又發現自己在書櫃的暗格裡，一推開，燈光洞亮，母親走了，只留下男子——他悄悄的走過來了，來拉她的手，然後慢慢舉起，輕吻那手背，如同蝶翅顫抖。他轉身要走，她扯起他的衣衫，不行，我要你抱住我，他掙脫了。她心裡喊道：連一夜也不行麼！

燈光裡濃霧大起，一片銀浪浮動，如同迷離世界，嘉芙蓮躺在床上，一臉蒼白，卻含笑招手叫玉玫過去——我叫你穿那件粉紅蝴蝶裙，怎麼不聽話？盧家叔叔說你一身粉紅才可愛呢，要你跳一段蝴蝶飛的舞，然後就很疼你的了。玉玫有千言萬語卻開不了口：我不是小孩了，我不要跳女童舞。她身子猶如受了魔音召喚，不由自主地走到床頭；嘉芙蓮伸出手，示意要握，玉玫只好握住了，又溼又冷；她低聲叫了聲，母親嘴角帶笑，彷彿無限淒涼：終於你還是得認這個媽咪了，是吧？玉玫忽然無言淚下。嘉芙蓮點點頭，笑道：你還小，要聽話，我說過的，你聽話的模樣是很好看的，很多人會很愛你的，不要處處忤逆大人的話。燈影此刻愈發迷濛，四處是煙霧翻滾，嘉芙蓮坐直身子，在床側的小几上尋出一根香菸，倒還未點燃，拈在手指，也像是煙氣繚繞的樣子；母親低低唱起來：朦朧的燈光，人影兒搖晃，在這迷人的晚上……然後一隻手推了女兒過去，不知何時床邊多了一個粉紅玫瑰花穿成的秋千吊籃，編織得極為嬌媚可喜，玉玟忍不住坐上去，一個人晃晃蕩蕩，整個人像要被風吹起，忽覺全身衣衫變得如薄紗，蟬翼一般，透明鏤空，形同赤裸，可她卻不覺得有什麼不對，似乎這玫瑰秋千已經讓自己坐過無數次了，裸身坐著，等於一種分內事。嘉芙蓮容色慘白，卻雙眼泛光，喜悅無比：你就是個如花少女啊，坐這個玫瑰花吊籃秋千，最是適合了，叔叔伯伯肯定欣慰，他們可要獎賞你了……玉玟瑰閉上眼睛，晃漾飛動的感覺逐漸離去。一切應該是幻影——只要靜下來，記憶盒子也就上鎖，有時瞬間消失，卻轉眼又開始浮現：母親幽幽的召喚她：玟玟，我不在的話，你怎能快樂地生活？幽冥地界太過孤清，媽咪不習慣，肉身一寸寸腐朽，變成白骨，實在難看，還是回到這裡好，秋千搖晃，花香縹緲，我嗅到了也覺得安心。嘉芙蓮展開雙臂，薄霧瀰漫，逆光下整個人瘦到接近骷髏，讓人不忍細看——只是那聲音輕柔依舊。她等待女兒的擁抱，一直在煙光裡站著，但玉玟始終未敢前去。一個晚上，空氣迴盪著：玟玟，玟玟，玟玟……

厲玉玟夜裡都睡不安穩，亂夢飛竄，有時覺得那是電視屏幕的劇情，有時疑心是過往舊事的糾纏——可仍然不敢關掉電視機，生怕這屏幕歸於黑暗無聲，更加招惹怪異的聯想。再難以忍受，此刻念及還有玉薇，便增添無限欣慰，世上多了一份力量，她們二人半生歲月明裡暗裡都企圖逃脫媽咪，那叫嘉芙蓮馮黛芬厲太太的女人。她走了，留在兩人心裡黑暗房間的魅影還無法驅逐，時間愈久，彷彿就無端的多生出陰森的枝節。事後她也便慢慢說出夢裡情境，玉薇皺眉道：……那是你疑心生暗鬼的結果吧？要你坐在玫瑰花綴成的吊籃秋千？想必是那種外國通俗小說的故事情節了。暗示你要討好那些交際場上的叔叔伯伯？也太戲劇性。玉玫苦笑，玉薇反問：你難道要像一般事件的女主角那樣，不停解釋，說這是真的，為什麼不相信我……玉玫笑歎：你這人，把我的臺詞也搶先講了，這有什麼好說的！玉薇哎了一下：你除非是主謀殺人，兜兜轉轉設計一個慢性毒藥讓媽咪長期服食，如今夢魘纏身，不得安寧，然後成為道德故事的反面教材。玉玫啐道：去去去，厲小姐立馬上班去，我不要你的分析和教訓！她甚至懷疑玉薇私底下沒少過明查暗訪——姊妹一場，她的絲縷細節，無需證據，只需感受，一點丁的細微事情，很難隱瞞……可就了無痕跡。左腿突而劇痛，醫院多遍檢查，找不出緣由，也不建議動手術，要她多做物理治療，觀察後續；玉薇對她的判斷是：心理潛意識對生活的抗拒，因而在生理上起了狀況。似乎是她心甘情願造就的——生活裡多了個手杖，一切步調緩慢凝滯起來了，如同太陽光裡細塵飛揚，之後悠悠然沉下，那閑情逸致的飄浮，無不讓她逐漸願意暫且放下瑣屑事物……塵寰繁麗的歡喜也就讓給了玉薇，亦是可行的。如果沒有午夜夢魅頻擾，想必隱沒蒸發的日子還是舒心的。窗簾拉開，大太陽照映進來，等於金粉世界的聖光照耀，亮堂堂的，滿室煌然，好像往事舊夢化作煙雲消散。人間還在，她不過行走不便，不至於是傷殘，反而這樣僥倖的獲得重生，不必告別，那個厲玉玫交由薇薇代為扮演，她也從中得到樂趣。千里迢迢的回來，到底覓著了當年應該屬於自己的那份熱鬧喜樂，一個花樣少女的華麗人生。玉玫自此撒手，手底的一根細絲線飛走了，一如日子按鍵重來，難得啊，時間王國裡的鉅富，一下子的年月寬裕許多，等著她來慢慢揮霍。

玉玫手拿遙控器，一個個頻道按過去，各地大事天災人禍總有，有些節目重複多次的聳動畫面，黑色渦流突而其來，人和汽車玩具一般的漂浮，一點也做不了主。她習慣性的按了電視靜音，影像變幻，如今看來有一種事不關己的感覺，一個玻璃燈箱裡光影閃爍，千萬人的人生濃縮在此。她拎了手杖，一拐一拐，從廳堂踱到廚房，自冰箱裡找出了蔬果，蘋果、西芹、胡蘿蔔，一一切塊切段，倒入礦泉水，放在果汁機上的量杯裡，加上隔夜泡水的堅果，一茶匙的肉桂粉，一陣轟隆隆的翻江倒海，墨綠的精力湯混沌如洪荒太初，一飲而下，彷彿千萬個細胞得到了滋養，萬物能量焉然而生——她忽然回臉，對住飯廳牆壁的一小方鏡子做表情，是回眸無限依依的戀慕，她學著壓低聲線：這一向還好麼。都什麼時候了，見個面都不行哦？凝眸端詳，玉玫似乎滿意了。只是這個眼神何其熟悉，不就是嘉芙蓮馮黛芬女士獨門的絕活？她是她教出來的，有三分神韻，到底不稀奇。然後便撥通了電話，等了好一陣子，她含笑低語——她出門了，上來沒有問題，我跟管理處說一聲就可以了。帶什麼過來，隨你，我一個人能吃得多少，不過是胡亂混過去……那要你替我規畫一下餐單呀。聲音倒是慢慢的趨向甜美路線，恍如不經世事一般，一切總要別人替她做主。鏡光折射，另一邊的多寶品字架上一幀仿鏤空花邊照相框，嘉芙蓉蓮則笑盈盈的坐鎮在框內，嫣然百媚的巡視著她遺留下來的絲縷涓滴，包括了這朵玫瑰，厲玉玫——照片主人香魂回歸天國，可部分的一點殘魂還沒有離去，潛入了玉玫體內修練，如今隔著鏡影，檢視她的功課，彷彿沒有退步，表現尚可的樣子。

擱下電話，玉玫一拐拐的走進了房間，梳妝臺的三摺屏風式座鏡，彷彿倩女離魂似的映射出三人來——旁邊的小沙發早已搭了一件珠灰淺紫的薄紗睡袍，紫色暗花裡鑲凸出泥金的蝶影和花蕊，整件衣裳的風格自是沿襲上世紀過往的年代時尚，嘉芙蓮穿慣的；玉玫撈起來，睡袍料子輕盈無比，似是一陣水雲煙蘿，滑不溜手，等於是一段年月流逝的象徵，留也留不住。她穿了上去，然後把眼皮刷了一點淡灰紫，如蒙上一層雲煙，低眉時，暗帶一絲神祕性，沒有了時間的限制，任何空間也能存活的樣子，也沒有了年齡，有點倦看世情，一切的驚濤駭浪都當作尋常事……這其實是媽咪嘉芙蓮擺出來的姿勢，姿勢用久，也幾乎和血肉相連在一起了。她看得不少，這一天學起來根本如同基本反應而已。玉玫坐著，裝著有人召喚她，她回頭尋覓其人，目光迷離，三面鏡光折射，艷女成三人。

到午後是用膳的休息時間，男人才抽空過來——厲玉玫也就堅持一襲睡袍見客了。男人笑呵呵：怎麼，把屋裡的經典衣服也穿上了？我沒眼花，這簡直是小小的嘉芙蓮嘛。男人送上一把香水百合，她接過，就臥在沙發上懷抱著鮮花，然後撚起玉指去撥弄花瓣，笑道：如今都不流行送花了，以前看到送玫瑰還嫌棄，人家稱呼我Rose，還以為我很喜歡玫瑰，玫瑰容易凋謝，甜膩的芳香，我是聞不慣的。男人看似隨和，其實用某種謹慎審視的眼神在探索，他微笑：還是少出門？用手杖還是可以的，多曬太陽，對身體有幫助呢。這附近不是有個小公園？

繞著人工湖走一圈，很好的，要不是坐在椅凳上……玉玫含笑的接下去：坐著看人來人往？那也有趣，我一尊佛似的，也會讓旁人感到興趣的吧？男人輕輕的轉移話題：澳洲現在是什麼天氣了？哪裡也沒有清明重陽的……

玉玫將百合花慢慢摘下一朵來，手指拈著，彷彿是一盞百合形狀的酒杯，比來比去，她然後側頭一笑：當地呀也不興清明掃墓之類。媽咪那時是依照教會形式辦葬禮，大概也是在墳頭擱一束花而已，不像一般的繁瑣。她將花瓣撕下一小塊，在嘴裡咬著：你要是春季去的話，可以見到那墓地的素馨花開，一樹的花，開得有點過多了，久了紛紛落下，泥地裡落花都玷污了。去看看哦，要是你真的想念嘉芙蓮。男人笑說：是的，誰都想念她的，這麼一個有意思的女人，我們都有幸結識她。玉玫把百合花吐出：可你也知道媽咪曾說你也是個很有意思的男子，稱讚有加呢。男人搖頭，低笑：那已經是過去的事了。玉玫忽然舉起手，男人馬上接過，稍微用點力氣拉她起來；她頷首示意，男人早已把一旁的手杖拿來，遞與她使用——她忽然不動，男人過去扶住。他發現她哭了，可那哭音有點近似女童睡醒鬧脾氣的啜泣，男人低聲問：怎麼了，怎麼了……玉玫瑰邊哭邊說：我沒事，沒事，我很快樂，很快樂，我都有聽你的話在服藥。男人呢喃：那很好，很好，很聽話，這樣很好……她仰起頭來，一臉淚痕，卻帶笑問：那薇薇呢？你可有開藥給她？男人噓一聲：那自然是有的……她輕輕的語氣有點怨懟：我看她分明沒有吃，她的言行看來愈來愈瘋狂了……男人問：哦，她鬧什麼事情？玉玫抹去眼淚，笑道：她開始相信她是我，到處要別人叫她厲玉玫。男人笑了：不會吧，要不就是你的惡作劇……她低低的說：做我有什麼好？不過是可以暫時擁有你，這一點她是知道的……男人溫柔的問：只是暫時擁有？這還不滿足？妹妹要分一點也要她知難而退？

玉玫淒然一笑：我要害人，也不會害她吧……男人點頭：那也是，姊妹倆一生總是最親的，如今也只有互相依存了。玉玫抓住他的手，閉目低語：我們是給媽咪害了，以後死了就做一個墓碑，姊妹碑，入了土也要在一起。男人勉強笑道：何必說得如此嚴重，即使雙生姊妹，也可以解開任何心結……她嘴角牽動，微笑起來：可我不許你再見她，有了我還不夠麼？哪裡還需要她呢？別說我霸道，我那年幾歲？看見你和媽咪在小花園裡散步，便知道這麼一個男人才是理想愛人。男人兩手扶住玉玫雙臂，清淺一笑：太傻氣，這都是我的錯了。玉玫放軟了聲音，似乎年紀回轉到更年幼妙齡的時候：那是呢，錯的是遇見了你，我姊妹倆當時以為今生算是完了，誰知還有一個你，薇薇這個狡猾鬼，假裝粉飾，都逃不過我眼睛，我們啊總不會主動提及你，可心底較勁兒，分明空氣裡還留有一個人，隔在我們之間，讓姊妹二人無法坦誠。男人握住她的手，另一隻手輕輕做擋住的姿勢：今天你說太多了，休息休息……玉玫幽幽的，略帶嗔怨，等於喃喃自語，說給自己聽：薇薇是可愛的，我都知道了。……然後湊過臉去，貪婪的貼住男人的臉，他倒不拒絕，任由她像是一隻嗅吸熟人氣息的女狗般的纏過來。厲玉玫好一陣子才鬆開，眼神瞬間閃爍一抹歡喜，再把百合花簇擁在懷裡，笑道：我呀遲早會死在你手裡，兩隻蠍子放在一個小甕內，不是我螫死你，便是你螫死我，可我寧願給你……男人微笑：我會讓你快樂……她慢慢坐在沙發，彷彿退回了後方，偃旗息鼓——然後臉色逐漸沉下來，海潮卷空之後只覺萬般悲哀，不再願意學著嘉芙蓮了，眼神呆滯，倩女離魂，如今剩餘一具軀殼而已。

四、完顏亮的徒然草

電影協會的比利．懷德回顧展結束，接下來的是英格麗．褒曼的作品特輯，當中夾雜了一部毫無關係的驚悚片——亮去看了，活在過去夢魘的姊妹們，躲在大宅裡互相折磨，時間在此處被凝結了，可容顏卻無法抵禦，一寸一寸的蒼老，光影裡的兩大女星老得叫人啞然，難為她們不介意如此，一個是獨坐輪椅，離不開斗室，形同禁錮，一個仍以為自己是當年的天才童星，抱住洋娃娃歌舞。貝蒂．戴維斯在沙灘買個冰淇淋，面對驚詫人群，只當作是慕名而來的粉絲，女童打扮，一臉卻是胭脂蓋不住的歲月紋路，已是婆婆的身分了，卻還是一副嬌憨模樣，拉開裙裾，鞠躬行禮……亮散場時，略微留心觀眾，倒不見熟悉的背影了，他竟然有一絲悵惘了。走出協會，慢慢拐向公園的小徑，一陣風緩緩迎來，一片接一片的花香順風而至，素馨花，黑暗裡不必細察，就知道花樹佇立在涼亭外——亮忽然閉上眼，讓花的氣息徐徐的穿透了自己，剎那邂逅，彷彿轉眼無蹤，人來，抱個滿懷，人去，體溫漸冷。花香裡亮似乎跟著龍池，來到那夜街角的舊書店去，店內瀰漫著一種灰塵的味道，過去的時間灰燼，慢慢飄落，書架依牆而立，亮貼住書架，龍池俯身過來，吻亮的耳垂，亮嗅見了汗珠的味道，夾雜著塵埃氣味，混合成難以言說的腥氣，肉體的汗酸，久積的塵土，讓亮有某股恍惚的快樂。然後龍池牽著亮的手，走上樓梯，上面的閣樓，踩著都有咿呀呻吟的聲響……龍池不知道從哪來的舊報紙，便鋪在地板，亮躺著，龍池伏在他身上一口口吮吸，亮則兩手撫摸著龍池的頭髮——過了一陣子，亮起身，欲解開對方的褲鏈，龍池忽然按住，低聲說：先不要，唔，先不要。亮止住，龍池兩手抱住他，深深的把臉埋進去。亮等待著，卻頗久不見他的行動。亮則直挺挺躺著，龍池抱住，臉貼胸口，依偎著，喃喃低語：這樣很好，這樣也很好噢。亮吸了口氣，有點疲倦了，悄悄伸開手臂，放在腦後，充當枕頭，忽然一大片的失落感罩下來。昏暗閣樓，角落點著小燈，遠遠有一對碧瑩瑩的眼睛懸在半空，一團事物緩緩走近，是貓——黑貓小心翼翼的躡足而趨，像是要端詳亮……亮與之對望，這麼一頭貓兒，黑色毛髮與夜色幾乎融為一體，在這時刻碰見，似乎極為詭異。貓兒看了陌生人好一陣子，也不覺得出奇，轉身，尋覓龍池，低頭慢慢嗅探，終於找到他的腳底，黑貓然後放心的睡在旁邊，用另一邊臉頰貼住腳丫子，有點要偷點暖意的意思。龍池驚醒，起來見貓兒在腳底，便一下下的撫摸著，黑貓換了蹲坐姿勢，承受著男人的愛撫。龍池回過去說：你也可愛啊，跟貓一樣。亮淺淺一笑，接著臉兒往後仰，雙眼看著閣樓天花板：你是想著我的那個朋友吧，他才可愛。龍池忽然不語了。

只是亮記住了那貓兒——回去之後總是記著。草草的畫了這一頭嫵媚的黑貓，慵懶的蹲坐，一雙眼睛似睡非睡，有點斜睨的味道——他掃描進自己的部落格，那小天地叫「完顏亮的徒然草」，完顏，宛如武俠故事人物的姓氏……像是舊時人家的一本藍格子圖案絨布封皮的日記，沒事寫寫，落在茫茫塵網，真事存真，還是隱去，都是一己愛欲的幻影錄，留著自己瀏覽，或者無心的讓匿名潛泳的偷窺片刻。亮總笑自己此處是冷酷異境，冷到少人步入細看究竟。整個頁面最早配上茱莉．倫敦的〈帶我飛往月亮〉，好一陣子某電影引用此曲，復又熱起來，亮的脾氣是不願一窩蜂，便改為〈把我的心遺留在舊金山〉，同樣是茱莉的歌曲，悠悠慢慢，冷艷到極致。這頭黑貓眼睛綠焰焰，好像點了兩盞火光，亮的文字寫道：**這主人那夜心不在焉，讓人興趣索然，狹路相逢的貓則姍姍而至，好奇的看上一眼……**。放到上面半日，就有留言：**哦，電影之夜，原來你去看貓去，到底貓主人沒有想像這樣好啊**。除了詠，不會有別人，署名上官雍，對照他的完顏亮。亮回了：**主人一切都好，只是魂魄有點離身出遊，要去宮廟收驚，黑貓代為待客**。亮眼前忽然浮現那舊書店的閣樓，幽暗的書架層疊堆積，陳舊的塵埃靜靜的覆蓋著，一種時間蒼老的嗆鼻味道，男人身體橫陳，亮嗅到他的汗味，汗臭一點點襲來，這人如此真實；這站在涼亭的男人脫了衣服，有點年歲經歷的肉體，不失堅實——可他雖是嘴上不忘討好，亮到底察覺了當中的言不由衷，整座閣樓的兩人親近，感覺不像是真的，恍如夢中，然而那頭黑貓慵懶出現，卻異常真實。

亮將這則貓兒圖畫歸納在「虛花記」的分類裡，也便趕緊打開工作文書檔案了。

聯誼俱樂部的辦公室大白裡也覺得燈光昏暗，推開玻璃門，小閱覽室桌上放著報紙，等待整理，被夾在長條的報夾裡。亮的座位在內頭，只靠一面屏風式的毛玻璃間隔開來——他用的電腦還是早幾年的，會長還不捨得換，大概要看哪個理事把他們公司即將淘汰的搬過來，省一筆錢。亮的一個姑媽在婦女組擔任主席，這裡的老譚退休了，乘機要侄子亮暫代……亮反正圖個過日子，也無不可，只是踏進來，總覺得時光凝滯，彷彿不再推移，一切回到老舊的時代。亮早上帶個筆電來上部落格，也是趁那些聯誼會的老人還沒報到前——老人們似乎覺得此處的報紙特別值得一看，一份份的新聞比較著，討論著，一定要如此才讓時間好打發。亮坐鎮著，臉色不好看，冷冷的，偶爾才答理一兩句，不然老人家都會順勢而上，話匣子打開沒完沒了。他們的時間都很禁得蹉跎，幾件往事談一談，便已半天溜走——亮還得處理文書，打會議報告，擬寫不同組別的會議書函，跟理事通電話請示，雖不趕，卻不能閑著。會長隔個時候也打過來，要他改演講稿，字句斟酌，卻又三心二意，不時要添加時事評論，亮內心暗笑，婉轉表達，那只是聯誼籌款晚會，談論政事，有點畫蛇添足——電話筒另一頭頗為不悅，聲音粗嘎的，然後借故截斷了。

門鈴響了，亮看了閉路電視屏幕，是樓下美容護膚中心單位的女職員，他按了掣，讓她進來。女人來意不善，劈頭道：顏先生，我們那裡廁所堵塞了。亮哦一聲，也不願過分回應。女人吸一口氣：你要替我們去弄啊！亮笑道：弄什麼？怎麼弄？女人理直氣壯的說：以前的譚先生都下來做，拿一支鐵鉤，把水管裡的骯髒垃圾鉤出來呀……亮聳聳肩：這種事我不會做呢。女人板著臉：以前呢譚先生會去五金店，買一種鹽酸還是蘇打粉之類，倒一罐下去。亮笑道：我要請示理事呢，樓下地方確實是會所租賃給你們，但廁所維修恐怕是租戶的問題。女人冷冷的：譚先生那時……亮接下去說：那是譚先生，我是顏先生，不一樣哦，我看最好你們想辦法處理，我的能力有限。女人白了他一眼，轉身離去。亮稍微喘了口氣，心裡只覺得自己站穩了立場，實在有點透心涼的舒暢。

這聯誼會還有點產業，租出去了，他這個執行祕書近乎通天教主，身兼多職，有些單位交給了經紀出租，還得勞煩亮帶鑰匙去……記得那天下午來了電話，說有人要看樓房單位，他就充當了暫時的業主，那看房的人照例諸多挑剔，不久便要離去，唯剩下那經紀——亮略帶詫異，原來是個挺順眼的男子，帶副眼鏡也似乎掩蓋不了那眉眼清俊，他也格外望多一眼過來，是端詳了亮一會兒；亮叫他歐陽先生，他欸了一聲，笑道：叫我嵩吧，嵩山少林寺的那個嵩。亮忍不住加了句：那時這電影很紅呢，歌曲開頭，就是日出嵩山坳。歐陽嵩笑道：那我又沒有李連杰的武藝出眾……。亮心想，他倒是比李連杰好看多了。歐陽嵩擺出個雙拳架式！詠春倒是會一點，我拜師學過的。亮作勢擋了一下：失敬，原來是葉問徒孫。嵩笑道：現在無人不葉問，到處都詠春。

這公寓方正，陽臺一大片玻璃門敞開，向晚夕暮的斜陽如血，雲霞璀璨，彷彿是夢幻桃花投影進來，一地粗糙的水泥地映著最後的光華，兩人相對，似是荒蕪的城市樓房裡瀕臨末日，他們不小心在此處相逢，再生疏也感覺到一種微妙的親昵；亮笑道：這裡原來是西斜呢，難怪租不出去……嵩微笑：不一定，有些人是不會計較的，要看運氣，即使某些凶宅照樣有行情。亮轉身往房間去，扭開房門，臥房裡頭也是一片橙黃霞光，讓人有點睜不開眼睛，亮站在窗邊看，嵩也走過來，緩緩靠近；亮笑道：這裡也夕陽入室。稍微後退，感覺碰著了他的身體，胸前厚實的，隔著西裝襯衫也猜到那是活生生存在的肉身，他好像沒有避忌的樣子，但看來也沒想要貿然發生什麼。兩人前後站著，有一搭沒一搭的說著房屋的坐向，格局的問題。

亮笑歎：聯誼會的成員當年置產時，大概百密一疏，沒料到。嵩笑道：你叫他們租金再稍微減少一點，或者可以租出去。亮搖頭：一個組織，人多嘴雜，好不容易開會議決的數目，恐怕要在下個會議提出……嵩一手撐住牆壁，身子稍稍前傾，彷彿要靠近了——亮只當不知情，轉過臉去，對著嵩，聽他在說：這工作很難做吧？不簡單呢，不見得所有人都做得來。亮含笑：我呀滿肚子苦水，沒做死人，倒是細胞死了大半，累死了。嵩哦一聲：我經常頸項痠痛，這裡——他伸過手去，在亮的肩頸比著，輕輕按；亮也沒有閃躲，嵩倒是緩緩慢慢的在那方皮肉搓揉了起來。亮低哼了，吸了口氣：全都是文明病，你倒會按摩……嵩笑道：我經常找一些正統盲人推拿的，大概知道一些穴位。亮也伸手過來，投桃報李的在嵩的肩膀之上按了，可嵩的身子高，亮的手勉強搆到而已。嵩低頭，把眼鏡推上去，眼睛裡隱隱閃耀，是有點笑意，滿室的紅光逐漸下沉，於是夜色幽幽的穿越而來——似乎接下去可能會發生事情，卻意外而謹慎的退回防線區域，兩人縮回了手，沒事人一樣的再說租房事件，一切回歸到公事，亮心裡驚異，也覺得難得，想必試探階段，或者空氣裡有著不可確定的味道，稍微差池，只怕壞事，剛才那淺淺若有若無的舉止，只可視作尋常事例的嘗味。

亮過後畫了一則人體穴道圖，在肩頸處加一個圓圈強調——寫了一小段：**按下去，血液**

流通，一個神祕的房門悄悄打開了，這裡面的人朦朧模糊，像是打個照面，便無聲的離去。放到了部落格，也有幾個留言，似乎摸錯了門戶，以為說的是推拿指導，有的好心人索性蒐集了按摩養生的資料。上官雍卻只念念上篇的黑貓故事，只問：**貓事未了？怎麼不寫狗兒？**亮心裡覺得好笑，難為他順口提了貓狗，只怕連自己也忘記這事——憑著記憶，亮畫了那兩頭狗，是西部高地白頭梗，一大一小，都是毛頭毛臉，耳朵直豎，伸出小紅舌，那大是雄的，老是想要染指那蹲坐在一角的，記得二犬的主人說：雌狗叫悠悠，早已結紮，對那回事不感興趣呢。狗主人叫他過來時，沒有照會家裡有寵物……大抵喜歡豢養狗兒的，都說牠們乖得很，不咬陌生人，殊不知像亮這種人，總對狗隻很顧忌，無法隨時當個人類公關，發揮愛心。坐在客廳，彷彿有如地雷處處，要戒備防範。主人尋出活動小柵欄，稍微擋住，下個指令，狗兒們只能在小欄杆邊窺視，不敢越雷池半步。主人款待亮的是電影節目——他下載在硬碟裡的無數片子，任意開來展示；可幾乎是好萊塢動作片，湯姆．克魯斯的《不可能的任務》之類，亮只好繼續搜尋，開出了一部老舊驚悚電影，許久未重看，乍看片首也還是覺得親切，女主人翁在銀行，立即開車出逃——一路上多半是她的疑心生暗鬼，接著意志因疲累而放鬆，遇雨而下榻旅館跟情郎纏綿，時間到了，便要回辦公室報到，之後客戶拿來巨款，她心一動，沒拿去存入陳舊旅社……這故事太有名了，狗主人在浴室洗澡時，屏幕裡的女子跟旅社男主人喝茶，吃三明治……亮回首一瞥，看廳堂一側欄杆的狗兒們都靜下來了，互相挨著坐著。女人走進淋浴間了，透明浴簾拉上，蓮蓬頭灑出水點，音樂忽然如雙刀瘋狂絞動起來，一聲比一聲尖銳；狗主人出來了，笑道：《驚魂記》哦，看好幾次沒看完呢。亮微笑，主人一手環抱住他，臉湊過來輕吻了。那把熟悉的尖刀出現，頻頻狂插，溼淋淋的女子尖叫，聲音化入驚異莫名的配樂裡，血濺沐簾，水聲淅瀝，出水孔邊有血色沖淡狀態，黑白片裡顯得更詭異，倒地的女子雙瞳還睜得老大。主人不理會電視上的慘狀，自顧自的耽溺在肢體交纏中。亮的眼睛好忙碌，沒放過螢幕血案的細節，不久還得察看那矮欄杆外的狗兒動靜，卻原來牠們靜悄無聲了，依偎在一起，居然也望望《驚魂記》的畫面，一邊也不忘看過來主人處，像是納悶為何主人都在幹什麼呢。事後亮放上去「徒然草」的雙狗圖，寫的句子是：**驟然的，命案發生了，一個女人倒下，窗外暗淡風雨；人的生活究竟有多無趣，一邊尋求溫暖，一邊還要在虛幻的驚恐情節裡填滿感官需求，背後漫漫滋長的是寂寞草叢吧**。也沒想過是否屬於狗兒的觀點，只是亮自己在溫存歡悅之時，旁邊炯炯注視著的大小狗，似乎咻咻聲的，那近乎溼漉漉的呼吸聲一直在耳畔響起，而主人則當作沒事，旁若無人一般，還是不介意當作某種演出，為寵物提供餘興節目？——亮彷彿客串做了一次人類表演，演給狗兒看。上官雍仍然調侃：**一眼看網頁，耳聽亮爺播出的茉莉·倫敦，再翻閱手上的《深夜食堂》，不時得偷覷電視屏幕的新聞八卦，點起薰衣草精油薰香，拿出直筒裝薯片享受嘰嘰呱呱爽脆的聲音，足踩腳底按摩踏板，美其名血氣流通，你不要笑我要滿足多少感官需求了**。

那日姑媽牽著西施犬來聯誼會所——旁側的老人叫她費太太，她乜斜著眼，笑道：我以為是誰，老亨利，叫我舒娜嘛。一陣香風吹進辦公室裡，亮正在吃杯麵，姑媽坐下，喊了聲小喬，便順勢把小狗抱起來：哎，小喬老毛病發了，去見見傑夫，那個壯壯男獸醫，你別說，我們家小喬也愛猛男的，一到，乖乖蹲著，撫弄檢查，打針，也不叫一聲，順從的咧。亮笑道：姑媽，你不是顏月嬌嗎？還舒娜呢。姑媽送了一個媚眼：我沒資格叫這個名字麼？說成我這樣，只因為我在人倫關係是你的姑媽之外，我還是個女人……亮雙手舉高，表示投降：沒事，沒事，婦女組會員大會還沒到，不要提早演講。姑媽月嬌一絲得意地笑道：得罪我？沒點尊卑老小的。吃杯麵？沒有牛肉味，我們小喬不愛的，噢，是哦？我們娘兒倆都不愛吃。她以一種親昵的態度說話，彷彿是跟年幼的女兒耳語。亮問了句：姑媽，中秋節聯歡晚會，婦女組的餐點預算可以報上來了吧？報告我遲些要呈上去了。月嬌笑道：慢點也還趕得及，我是來關心你，請問這祕書工作如何了？亮淡淡的說：不過是兵來將擋，水來土淹。月嬌歎道：你這叫態度消極，他們啊還是讓你在試用期呢，我就奇怪，憑我舒娜旗下的人馬也不賣帳？可見你得罪的人真的不少！亮笑道：不過是照章行事，領一份錢，這有什麼可說的！

月嬌抱住小喬，托起那小軀體，微微晃動：哎呀，亮少爺還是老神在在，我們母女都在著急了。然後她吸了一口氣，冷笑道：那個單惠玲，去會長那兒告狀，說你完全不做事呢……她主編的週年慶特刊，掛名是她，你得替她出力呀……亮哦一聲：只因為我是受薪的？月嬌點頭：那是，還有管福利的老金，他說你不盡責，有誰仙遊過世，你應該親自把奠儀交去，並在靈堂上香致哀。亮笑起來：他自己忌諱白事，就要指使我？豈有此理。月嬌問道：那喜事兒呢？聯誼會榮譽顧問岳漢光閨女出閣，不過是要你致電去統計出席婚宴人數，你也推三阻四的……亮笑道：那更沒道理了，自家嫁娶，卻動用到會所員工辦事，不是公器私用是什麼？月嬌揚眉冷笑：總之你永遠有一番說辭就對了，稍微順從婉轉也不會麼？老派人做事都得講究人事圓融的。亮抱住胳臂：我可以想像那個老譚先生為何提早退休了，真的等於是家生奴才一樣，呼之即來，揮之則去，比姑媽你的小喬還不如呢。月嬌笑道：我不喜歡你這個比喻，女兒怎麼比外人？我呢也不是來苛責你，只是舒娜顏月嬌面子攸關，提醒你一句，皮繃緊點吧！西施犬尖著嗓子叫起來，月嬌呵呵笑了：你也認同哦。她湊過來，低聲問：這個味道怎樣？亮微微嗅著，是一種淡淡花香，卻不知怎的，總是覺得像是回到涼亭處，一樹的素馨花，夜風席捲，芬芳無邊，他笑道：這不是素馨花嗎？月嬌一笑：你的嗅覺失靈，可憐呢，不過是小小執行祕書，搞得你官能失調……亮回一句：我還陰陽失調呢！西施犬跟著吠叫起來。亮回臉笑問：小喬也同意哦。月嬌咯咯笑起來：難得呀你們都站在同一個陣線。後來完顏亮的「徒然草」也就多一幅小喬嬌滴滴引頸期盼的畫像：**難得的同一陣線，你大概什麼都明瞭吧，歲月太長，也太短，風月無邊，茫茫人海，有你在，她便安好了**。上官雍留言：**感覺它背後有個垂簾的太后，這個是微型的《太后與我》吧，你只要別個紅色蝴蝶結，便獲得聖母皇太后的玉手恩澤了**。版主完顏亮馬上回道：**寧為太后犬，莫為亂世人，活著不容易啊**。

這些處在人生巔峰的銀髮男女，擁有一切物資豐裕之後，晚近年歲來此聯誼——會所卻自有一種揮之不去的暮氣，亮總是覺得辦公室裡開著燈，怎樣也不光燦燦，即使換上新燈管，照舊是黯淡，白幽幽的光色，像是老片子潦倒偵探的辦事處；亮身後的文件櫃完全屬於老式灰藍鐵製，嚴正冷森，彷彿拉開來，便藏有四五十年前的卷宗文件，霉味四溢；牆壁上掛有歷屆集體理事會成員的攝影紀念照片，一張一個相框，年代久遠，彩色漸漸褪色，顏色偏黃偏橙，亮其實喜歡這種年月堆積的滄桑感，卻厭惡那以過去經驗為準則的老人生活，請個執行祕書，想必就是終生執行服務，甚至包括他們極度私人的小事，也企圖要人家來包辦——可以想像老譚先生那忍耐陪笑的神情。亮偶爾也見到老譚，他一身簡便打扮，過來會所看報紙，或者等待一些老朋友會聚，順便去打牙祭；一兩個老人前來打招呼：你可輕鬆了。亮也會坐下，寒暄幾句，老譚雖說不過是止於不痛不癢的客氣話，但稍微提及一兩個理事人名，則皺眉：難搞，要小心。他低下身子，彷彿隔牆有耳，細語片刻，說是誰誰的報帳要仔細看著，誰親自烹煮的家鄉菜總是開價極貴，三節聯歡聚餐就是他們揩油的時機了——亮會心微笑。亮乘機問樓下美容院洗手間堵塞事宜，老譚擺擺手：我以前礙於情面，總是替他們處理，這事其實不該我們做。亮心裡盤算，這老譚不見得就如此檯面上裝公道的樣子，可能背過身去便持相反的論調，批評現在年輕人做事不牢靠了。只是老譚退出這圈子，還是存有一份顧忌，亮是顏月嬌侄子，自是嬌派，背後是副會長、祕書長作靠山，跟單惠玲派又不同。單惠玲的親姊姊是會長夫人，卻不管事，她倚仗姊夫作勢，大概妄想扶搖直上，以為有能力奪個婦女組主席位子來坐，擠下顏月嬌，只怕是會長這屆期滿，無力為她造勢，除非如今單惠玲要盡早搞好基層，憑人氣上位了。姑媽顏月嬌是企業名門董家長媳，姑丈早年得病，不管事已久，她獨享鋒頭，站出來總是焦點——亮心底雪亮，他算是小喬底邊排行第二了，在他人眼中，又何嘗不是狗仗人勢？

一個下午，單惠玲手拎了一大疊文件夾過來——她年近五十，還是小姑獨處無郎，可打扮得還算時髦，一頭燙捲垂髮染得淺金咖啡色，皮膚有點蜜糖色，只有人稍微看兩眼，她便嫣然一笑，解釋是買了一種高級太陽燈，遵照美容專家曝曬，這才膚色均勻。單惠玲見了亮，總是不假辭色，下巴微微仰起，顯露一點倨傲，美麗雙眼皮半垂，恍如從雲端往下望的樣子。亮知道她認為自己是嬌派人馬，就擺出如此架式——單是這樣的賭氣姿態，也便判定她不諳政治手段的運作，卻徒有領導團體的野心。她重重放下這些文件夾，吁出一口氣：顏先生，這些檔案呢，裡頭有極富紀念價值的照片，還有會所歷史的零星資料，照片要有說明，另外要有篇三千字文章，請你代為整理，寫好了給我過目……亮沉住氣：文章沒有問題，老照片裡的人物姓名則不容易弄清楚，我資歷淺，辨認不清楚，寫錯了，是很大的責任呢，你最好還是拿回去自己下筆。單惠玲笑道：我的時間急迫，我還要參加外面的卡拉OK懷念金曲比賽，要練唱，你的文筆據說很行，我很放心的，你寫了，再給我看看校對，若有錯我就改正，這樣子好嗎？亮淡淡一笑：沒關係，我盡量好了。單惠玲提高聲調，眼睛一如從天邊雲海破開兩道霹靂冷光：欸，不是盡量哦，是一定要完成，要做好，執行祕書的工作吔，你不容搪塞的！她耳垂吊掛的一寸多水晶耳墜子，打秋千似的晃晃悠悠，在亮跟前搖曳生光，也像是嚴刑逼供的一種武器。亮事後雖然不悅，但也畫了一隻耳殼，耳垂夾了那枚閃閃爍爍如星雨的墜子，貼上「徒然草」：**奇怪，當時我只想起那部電影的咪咪露露，在後臺化妝間偷拿了男主角母親的耳環，在鏡子前比著，耳環之後落在她手裡，聯想到這一點，並不代表著主人像光影裡的風塵尤物，而是耳環**

具有同樣的風塵格調……。上官雍立即回應：**難得看見你的諷刺，世上自有一批人用力氣軋位，到底連風塵中人也不及的大有人在呢……咪咪露露此角色，是戀屋狂，跑到人家房子裡看擺設，以為侵門踏戶便可占有對方的一切，我其實很厭惡她，但發現的是我們都一樣啊。**

亮打算回一段玩笑話，可臨時止住了——單惠玲的卡拉OK老師高帆，本是聯誼會所的歌詠班導師，教一群太太奶奶們運腔練氣唱歌，很受歡迎；高帆上來辦事處領津貼支票，一個頗為魁壯的漢子，有點年紀，可濃眉大眼，笑容可掬，不說話還可一看，開口忽有一種難言的嘮叨氣息，亮覺得可疑——想要說這根本是上官雍的菜啊，列入他考慮的範圍裡。單惠玲在高帆面前老是媚眼如絲的，扭出鼻音來說話，柔情無限的：老師，我唱〈送郎一朵牽牛花〉可好？有人說我聲線很像吳鶯音，你等會兒聽聽看，有沒有老上海的味道。高帆據說曾經上過電視客串演唱——臺風還不錯，亮見識過他穿著冰藍色鑲閃爍膠片的蕾絲舞衣，手伸出來，袖口也團團蓬成繡球狀，他凝眸深情，句句情人情人，是頗為著名的〈午夜香吻〉。高帆倒是敷衍得好好的，單惠玲經常未語先笑，呈現亢奮現象，她大概覺得稍有可能的對象，都不欲放過，有時一個音沒辦法唱上去，則吐舌裝可愛——高帆卻隨時施展好脾氣的，叫她再試一遍。亮懶洋洋的站在交誼廳裡，都盡收眼底。高帆下了教唱班，偶爾踏進辦公室，見亮坐在電腦前，即湊過來看一眼，笑道：上網麼？你都上什麼網站呢？我是說交友網站認識朋友的那種。亮輕笑：你也想學人家上去認識新朋友哦？高老師絕對有條件，只不過單是歌唱班的粉絲也應接不暇，哪來時間應酬！高帆低聲說：你這樣便錯了，只要是對的人，總會抽空見面的……然後一陣呵呵笑開了，他的手掌一下下的拍打在亮的身後，其實還不忘外加搓揉幾下，彷彿要暗藏些玄機在其中。亮也不避開，只是心裡笑歎他委實大膽，公然透露訊息。亮忽然故意笑道：我好像記得有一個晚上，高老師你帶個朋友上來會所樓上，我那時加班，真怪，怎麼練歌要摸黑練，也不開燈的！高帆哈哈笑，難免有點尷尬：有這樣的事情！朋友說要學唱，會所裡有影碟，比較方便囉。亮那時走上二樓，一片漆黑，卻分明聽見室內有聲響，說話聲，有點近乎喉頭裡乾呵氣的低吟，倒是像在呼氣吸氣的模樣，他吃了一驚，卻不願意聽壁戲，就在走廊處按了燈掣，一陣吱吱電力開動，燈光通明，裡內已是不聞聲響了，恐怕知悉外邊有人在，不便發出任何動靜。亮走下來，回去辦公室，先是裝著鎖好門，熄燈，然後等在玄關靜聽，唯見樓梯兩道人影並肩而行，啪啪聲快步下樓，也來不及看清楚另一個是誰——反正說出來徒然多事，亮也不跟旁人提起，如今略微試探，高帆不自然到極點，想必是他了。

午餐時間，顏月嬌約了亮，在樓下附近的老正香吃紅燒蹄膀，她要了一盤花卷，撕了些，用來沾紅燒汁——今天沒帶小喬出門，月嬌則省了那種和寵物對話的聲氣，開門見山的說：單惠玲那賤貨的編輯書刊，你趕完了嗎？亮笑道：姑媽你這詞語也用得太猛了，我還在做，她忙著參加懷念金曲比賽呢。月嬌一口吃了花卷，冷哼：她還是幸運的，不然遲早是我為她高歌一曲〈對你懷念特別多〉，永遠的悼念才正經的！亮暫且不吃，忙問為何，月嬌神祕一笑：我從黑川太太那兒，聽到單惠玲的事情哦。但也許這真的是驚爆之事，此刻當作壓軸，她倒是先說那高帆算什麼，真正的場面人物是席桂枝呢，她才是當年有點叱吒歌臺的一顆星，其他人連雲朵的邊沿也沾不上……桂枝這些年也不完全隱退，不過難得教唱，要是有點分量的人引薦，還是可行的。

亮點了鍋貼，一個個胖鼓鼓赤皮焦黃的躺在盤子裡，他也不搭腔，筷子夾了薑絲連同鍋貼沾醋，聽著姑媽的絮絮叨叨，等於配菜似的一起入口下肚。一張靠壁的餐桌，彷彿多了兩個隱形女人，在空氣裡也參加了這場午宴……亮想起了一部關於三個紐約女人的電影，她們相約在唐人街餐廳內吃飯，三人擠在廚房後頭，油氣熱煙之中，互相敬酒乾杯，傳來的是茫茫時空裡迷失的時代曲——月嬌何嘗不是如此的為自己歲月乾杯，縱然瑣屑零碎，卻是女人的風華朝日憐落花，她漸漸說遠了，自己家裡的風水財庫，說接財神的方位，得開窗戶接氣……亮眼前不禁浮現姑媽穿一身桃紅繡花襖，梳髻，粉白脂紅，十指金翠燦然，則一扇扇窗門推開，笑盈盈的，然後手捧琉璃紅八寶盒，裡面盡是過節精緻點心。亮的母親當年還在，穿起一身新裳，銀灰底開了並蒂牡丹，花畔還有彩鳳飛繞，極有喜氣，月嬌姑媽笑道：你這布料確實不錯。母親天生畏羞，只是澀澀的笑。亮卻喜歡走進大表哥的房間，滿室瀰漫著少年男子的汗臭，亮那年也不過九歲多一點，倒隱隱覺得此處值得眷戀——表哥叫之光，剛升高中的年紀，總不願意出來招呼親戚，一個人躺在鐵床上，見亮來了，則拍拍床褥，要他坐上來；亮剛坐好，之光便笑嘻嘻的，恍如相撲一樣的，將亮翻倒，用身子壓住，亮喊也喊不出，只覺得那結實肉身緊緊貼住，忽然又說不出的快樂，而之光笑道：叫饒命，說，饒命。亮低低的：饒命……之光鬆手，得意笑了，接著告誡說：我要來了，小心哦。亮無心抵抗，又一次被他撲倒——之光湊近臉去，低語笑道，你逃到哪裡？你是我的。好像要噬吻過來的樣子，卻懵懂摸索，沒有到手……然而之光大概朦朧裡把他視作暫代的青春欲望投射，一種莫名的模擬情欲。亮其實當作一場祕密的小記憶。他沒有問起之光近來怎麼樣了，刻意的存留空白，愈是模糊，愈是覺得過去那點事情值得一再重溫。

月嬌熱中說話，沒止休的話語滔滔，桌上的那一個小盎紅燒蹄膀本來煙氣冉冉，眼下則漸漸冷卻，白瓷盎盅裡醬色汁液裡浸著油嫩光滑的豬蹄，她到底也沒吃下去——亮在一旁惋惜，後來把這小盅蹄膀畫出來：**體面的半躺在瓷盎裡，餵養了一身圓潤光華，等著留香在唇齒間，不想意外的不予青睞，落得寂寞紅燒名。只不知午後的回憶追溯蜿蜒又漫長，愉悅處勝卻咀嚼蹄膀啊**。上官雍隨即寫下：**究竟哪些豐腴回憶，如此滋味深長，思之難耐，願聞其詳**。

五、樓臺會

乍遇歐陽嵩，黑川太太就記在心裡了——這男子難得好相貌，當然她看遍世間俊人了，近年來多半也為了物色麾下兒郎，更加練就金睛火眼了。黑川太太倒也不老，永遠不願曝光在烈日艷陽下的容貌，自帶著一種細膩的象牙白，影沉沉的眼睛總是像半浮在黑水裡窺探旁人，彷彿隨時拿著一把檀香扇，遮住真容，只露出雙瞳灩光，打量來人——這名號夾帶東瀛氣息，她其實跟日本的關係牽強牽絲黏連而已，黑川先生雖是日本國籍，卻是華僑，改姓黑川，自是從前的權宜之計，她嫁過去也不過是數年光景，下堂求去，大概撈的好處還行，所以出來亮相見人，行頭很有日式貴婦風範，靜雅套裝，色澤不華艷，偶爾戴一頂玲瓏女帽，顧盼之間就是日本婦人時尚雜誌裡的標準裝扮，她練成未語先笑的本事，那份沉著的修養，非常得體，熟人倒是喚她英文名May，取自迷人五月，她原名紫媚，然則有個時間某個東方之珠冒出來的波霸波神什麼的，藝名近乎這個語音，她也就樂得採用舊稱黑川太太，似乎給人誤認依然身為人婦也是好的，往來交際，確實有順手拈來的方便，省卻麻煩。

若不細看這個歐陽嵩，還以為是一般平頭整臉的人呢，他個兒夠高，眉眼清澈分明，蘊含某股俊秀，不必炯炯相視，也覺得目光懾人，沒有深意卻也像有情意流轉，但不覺酷，反而笑意暖煦，容易親近；他一身西服貼身，正恰好是眼下盛行的穿法，韓國美男站出來便是衫褲緊貼肉身線條，方正冷森的西裝竟然悄悄收緊，可以感覺到胸是胸，腰是腰，某種不動聲色的誘惑。黑川太太那時打算賣出手上的一幢房子，有人介紹歐陽——他看了地點，沒多久便脫手。黑川太太很滿意，特地請他吃飯；多方刺探，也問不出口風，身邊只怕有人。然而黑川紫媚很謹慎，萬不得已，不會讓他亮相……若沒把握，恐怕會反效果，要先揣摩對方心意為上，總不能露骨表明，如他沒這個意思，自己倒是露了底細——這人不比公然販賣青春的愚鈍男子，他們稍有點美好皮相，則惶惶然畏懼找不到好買家，故她條件都開得清清楚楚地。紫媚不經意的透露，他可以叫她五月，希望慢慢拉近兩人距離；只是這歐陽嵩卻有意堅持，口裡老是Mrs. Kurokawa，她照樣笑得優雅，偶爾眼睛略微瞇縫了一下，流瀉一點的媚意——最壞打算不過是留給自用，等於上天賜給自己一件小恩物，暗地奢侈的享用片刻的小羅曼史。黑川紫媚心想活到這個年歲，也應該有這麼小情人了。矛盾的是，這人大概以為她還有旁人可介紹買賣樓房，而她自然樂得以此為餌，費煞心思，安排一些無關痛癢的飯局，不過是多見一面也好的；中途加插一些人，示意對房屋有興趣，也有真的，也有完全屬於煙霧彈。

黑川紫媚臉上幾乎看不出端倪，只是投向歐陽嵩的目光，瞬間有那麼一絲熾熱——她依稀回到戀愛的年代，可此刻只能說是一種補償性的迷戀，密封裝箱，包裹得很好。她的假託名義，要來得不露痕跡，縱使一兩句漫不經心的查問，也須若無其事。黑川太太明理低調，暗地盤算的一種繞花園心理，實則是某種的銷魂，只要他還願意出來，一切都還有希望——她通常不吃窩邊草，但例外的例外也會發生……歐陽嵩人在近處，也跟遠在天涯沒有兩樣，可黑川紫娟於某夜裡電召，一個旗下氣質迥異的粗獷男子悄然進屋了，之後離開也沒人發現；她驚覺自己被撩開的情焰不只是小小眷戀，如今燎原開去，連自己也管不住。借用自身的一個方便來解決貓兒般撕裂窗簾的春情，她發誓決不要有下一回了。

之後黑川太太偕同歐陽去看首映——時下多廳式電影院招待貴賓，遞上邀請函，在入口處寄放隨身手機，前半段時間請去了飲食餐吧。黑川怕冷氣過寒，將一件月白鑲珠流蘇披肩繞在雙臂，一路姍姍走著，珠光搖晃，歐陽拿了杯氣泡水果酒給她，她接過，且不飲，握在手上，只是一種姿勢。歐陽站著，似笑非笑，黑川紫娟還道是欣賞她的裝扮，他其實是望向她的身後——紫娟回頭，卻原來那人是厲玉玫，她忽然驚心膽戰起來。玉玫穿一件紫銅色改良旗袍，手拎一小銀灰方盒包，含笑走過來；黑川太太鎮定的介紹，厲玉玫橫了她一眼：這陣子你連麻將也少打了，果然大有文章。黑川太太笑道：據說這片子有麻將戲，你等下要好好看那牌章設計得精不精采……玉玫淡淡一笑：你看我這身懷舊打扮，根本便是和電影主題配合，沒辦法，公關單位交代，今天廣告客戶很多，盡量做得要有話題性。黑川太太輕笑：你這叫時髦，我們穿了就像是時光不饒人……兩邊女將言語過招，卻是話題不交集，高來高去，隔空金簪銀鏢叮噹噹互相對打起來。玉玫也順手拿了一杯櫻桃氣泡酒，口裡說著：這真的是罪過，人生在世，還是快樂最重要，穿衣服也要趕緊穿，拖延到明天就來不及了……眼睛盯著跟前的男子，而這歐陽嵩也舉杯相敬。黑川紫媚沒喝酒，心底卻分明是那咕嚕咕嚕冒泡的血色櫻桃紅，酸味不斷，一張胭脂紅粉臉，忽然毫無表情了。燈光調暗，工作人員依次送上入場券，黑川太太尋出眼鏡，細看之後，向歐陽低語詢問，座位分開還不打緊，竟是和他不同的放映廳，她不禁有點惱怒：哪有雙人邀請柬，卻各自調開的道理！厲玉玫笑道：看來是協調部門沒做好呢，我去罵他們，抱歉，害你銀河阻隔，上映天河配，遙遙相對。

厲玉玫好像也沒打算處理的樣子，嘉賓魚貫入場，黑川太太唯有恨恨得提起裙裾，慢慢的往放映廳走去——那一條披肩，流蘇晃漾，彷彿是即將天亮，一縷幽魂要趁雞啼前離開。黑川紫媚轉身，微笑跟歐陽打招呼，似是萬般不捨，一種妾身為難的幽怨感覺——可再怎麼樣，她的眼神姿勢到底屬於某種慣有的訓練了，真意的部分很是微弱。他反正覺得來了，不看電影，難免矯情，只有進場。燈光暗下來，銀幕開始了片首畫面，水底晃蕩，水紋裡滴落絳紅汁液，於是一陣簇擁而起的煙霧翻捲，然後女主角從水底冒出——好長的一段時間，只有嗚咽似的配樂，也沒有對白。歐陽嵩心底歎息，原來是那種藝術片，節奏特慢，恐怕一時是不能脫身了。只是無端想起一個人，他理應會喜歡這樣的片子，如果臨時邀他來，大概會較為有趣吧——頭髮剪得貼緊頭皮，像一種改良平頭，一雙眼睛水光瀲灩，似是有笑意在裡面。歐陽閉上眼，但覺這個人晃晃悠悠的走過來，靠在自己的身畔，他的肩頭肉是活生生的，結實中也帶著柔軟，捏上去，指掌也受到催眠——忽然一陣花香，黑暗裡濃烈得如襲擊，是女人的香水，倒不是黑川太太，睜開眼睛，隱隱瞥見座位前面坐的厲玉玫，只怕香味來源是出自她身上——玉玫似察覺了什麼，回頭一笑，歐陽也報以一笑，算是禮貌招呼。

顏之亮打電話過去，歐陽嵩其實關了機，寄放管理處了——亮霎時失落，他站在行人天橋上，城市霓虹燈照映得橋面一片橙紅藍紫，彷彿是天上墮落的虹彩，在地上廝殺得有點猙獰。剛從聯誼會所加班開會，會產的樓房議決不再拖延，只好減低租金，自是要亮聯絡經紀歐陽先生——他恍如找到了一個理直氣壯的門路，可以借此見面。亮上回之後，總是覺得隱約走進一個幽幻山洞，殘陽血紅，兩人在窗臺相對，空氣裡分明是異樣的，卻沒有發生任何事，要是那天有個什麼，等於是無數艷遇的一次而已，也許刺激，但細想終究是無趣……也只有若無其事，暗地裡自會生出別的盼望，盼望裡曲徑通幽，通向想像的黑漆漆洞口，什麼情節都有可能——不比舊書店的那個人，亮疑心自己刻意想念歐陽嵩，就是要掩蓋內心抑制不住的牽戀龍池。亮好一陣子，故意要忘記，卻沒理由的落寞寡歡，索性大剌剌的打電話去——龍池的聲音還是平靜的，聽不出歡喜還是不歡喜，亮不過是問候家常，也不願相約出來，他不提，龍池也沒有主動提出；亮放下電話，心裡空撈撈的，恍惚飄蕩萍葉，沒有個底，他大概沒將自己放在心上了。「完顏亮的徒然草」裡新加了一則圖畫，空蕩蕩的房間內，窗戶打開，窗外萬道金橙霞光照入，房間地板斜斜的兩個人影，是的，沒有繪出人，而止於影子：**落日時分，滿室溶金火霞，此刻選擇了什麼人，大概是願意的，太陽在窗邊，見證了這個時刻**。上官雍這次留的是私信：**我怎麼覺得這圖畫有點** Edward Hooper **的意思？雖然他很少處理太陽，都是孤清的燈火，**

可城市遼遠的冷寂，似乎是相通的，你一定發生了些什麼，那地面的斜影看想是兩人，搞不好現實中是一人呢。

他們不常見，難怪有些異常的圖文，上官雍就浮想聯翩——也不是不對的，只不過都是亮裡內的心潮洶湧，外在倒沒有什麼。Edward Hooper，難為他想到，確實有那麼一點，其實只有聯誼會辦公室的氛圍酷似，灰沉沉的門牆，間隔的木條玻璃，都是上世紀五六十年代的了，厚重型沙發是泥黃色，久了，逐漸變成黃褐色，完全歲月沉澱；白日燈管亮著，底下的人面怎樣都帶著陰影，或者頂上另開一盞燈，燈影划開人字形光幢，風扇款擺，一道道影子在人的頭臉上留痕，如同斑馬。不管是誰，坐在底下，隱然便有一種難言的疏冷悽惶。祕書長過來簽支票，寒著臉，一張張對照單據，生怕落了個疏忽，便宜了這個受薪的顏之亮；然後要看會議紀錄，再拿前幾回的紀錄對比查看，亮心想，所有會議紀錄都曾經一一郵寄了，卻偏喜歡到辦公室翻查，不外是一種姿態，不願意讓人家閑著。祕書長也還算年輕的了，剛五十歲，繫領帶，緊箍著頸項喉頭，可卻讓他展露了自得的神氣——上官雍，也就是詠，想必有看過祕書長吧？驚鴻一瞥，似乎說是他的菜。

詠偶爾來，知悉亮加班，也就買點便當，還是麥當勞，夜訪完顏亮了。有一次詠站在辦公室牆邊，看上面的理事團體合照，嘖嘖有聲——這個其實不錯嘛，方面大耳，很有男人威勢，我願意呢，有點權勢的，都是加分。亮笑道：開玩笑吧，你的理想人兒，都有圖則標準的，巴掌臉孔，單眼皮，年齡要有點，不能過瘦，肚子略帶脂肪，又不可鬆弛，有鬍鬚碴子更好，這應該是基本款的了。詠笑道：你呢，你是毫無準則，一擊即中，也就給人吃得死死了，最沒有免疫力的便是你這種了！亮抱住胳臂：還是你這直言談相的朋友好，攻擊我不償命。詠微笑：我也選人來欺負的，我們認識這許久了，多餘的矯飾造作便免了。其實兩人也還是從初逢乍遇開始，互相覺得對眼，後來反而不成對象，變成可以恣意談天的友人了——亮淡淡笑問：你還有去舊書店看書了？詠搖頭輕歎：癡心太過了你，改了吧！亮笑道：你是他喜歡的那個型……詠吁了一口氣：如果我跟他有發生什麼，你想必會柔腸寸斷的……亮大笑：什麼東西，我還肝膽俱裂斷呢。

詠伸開手臂，枕在腦後，把大班椅當躺椅——兩邊腋窩毛髮恣意叢生，亮湊過去嗅一嗅，微笑：我以前常看三島由紀夫的小說，筆下經常提到少年的肉體，腋下的毛髮旺盛，讓主角心跳不止……詠淡漠一笑：三島的書好像看過，又記不起了，似乎有個說偷竊狂故事的，我有印象。亮笑道：你不是偷人家的內褲吧？詠哼一聲：你們總是有喜歡有這樣的幻想，我呢不過是偷養父褲袋裡的零錢，有時候他回來，褲子掛在門背，沉甸甸的錢幣，一抓一大把。詠說還偷穿養父的鞋子，亮笑問：你不會還做了別的吧？詠但笑不語。亮笑道：你的小故事恐怕也夠得上三島式的敗德情節了。詠微笑：你看過雷蒙．哈狄格的東西麼？三島酷愛他的小說呢，巴不得要像他一樣年輕的時候就死掉。亮笑答：三島連自己身體也等於是創作呢，一身健壯肉體，極度自我迷戀……詠笑說：你看過他的《薔薇刑》？一張張照片都在展示肉身的魅惑，可惜胸肌底下的腿腳卻不中看……我其實是在舊書店裡看到的。說到此處，詠斜睨了一下。亮若無其事地說：是他自動拿來給你看的？一般書店是不會擺出來的。詠大笑：我錯了，螫到你的痛楚。此刻覺得整個房間冰封了一樣，時間的步履也停頓，靜靜的一個空間，任何人相對，都會變得毫無掩飾起來，沒什麼可隱瞞的，或者只是透露一己的瘋狂，心底的狂亂念頭。當然極為現實的問題反而沒什麼說，深沉欲望的事情卻變得隨時可供談論。

亮笑道：你無非是個戀父狂，過了明路的在找個爸爸……詠搖搖手指：別這樣，天涯海角尋遍，很可能終其一生都找不到。亮欸了一聲：這倒是真的，或者找到了未必長久。何況你根本就是找拼圖似的，只要符合一個要求，你都會蒐集……詠瞇縫著眼，指了他一下：你呀，可以不要使出鋒利的撒手鐧嗎？亮嘿嘿笑著，說：我沒說錯哦，我沒有證據，也能確定，像那種推理劇情的安排，凶嫌電腦總是存有大量受害人的資料；你有沒有可能手機裡偷怕了多少？以供自娛？你的爸爸們始終會發現自己不是唯一。詠舉手，宣誓一般：其實我沒有物化他們……亮笑道：狡辯，這就是句徹底的謊言了。詠站起來，拉遠了椅子，笑說：可怕，我不過是玩笑話，你卻是化身虎頭蜂，怎麼的？狂螫我這一身。亮噯一聲，笑問：別退縮吖，我記得你曾經說過，要是有一朝兩人身邊缺伴，很想來一下，你會成全我，不是嗎？詠點頭不迭：我說的算話，但這是道義上的溫存，借我給你取暖而已……亮笑道：這很好，等我什麼時候記起這個需求，麻煩你兌現。說完，亮總覺得像是小妖女趙敏對明教教主說過的話，不禁莞爾。

詠忽然坐直身子，深深一笑：換我說啊，萬一，萬一哪天我病了，不能謀生，你會伸出援手麼？亮吸了一口氣：不知道你相不相信，我有錢出錢，沒錢便出力，用輪椅推著你去複診，又如何？詠笑歎：其實啊朋友未必都能禁得起考驗的，你能這樣，我只好感謝，雖然以後你想必不能做到，可是嘴頭上的義氣，我也相信的。亮反問：如果換作我倒下去了呢？詠狡獪笑道：那我一定辦不到，我是自私的人，表面苦著一張臉替你分憂，一方面則盤算什麼時候開溜。亮一笑：世事果然不公平居多，你們這些可憐之人，確實有可恨之處……詠點頭，然後說：我是看了一本書，感慨不已，說是一般人總是認為那跌下社會底層的人不夠努力，咎由自取，殊不知這些厄運隨時會發生在任何一個人身上呢，一場病，一個小意外，那自以為穩固的工作還是看似良好的人際關係，便自此崩裂，人就滑進黑暗的最底層。亮搖頭：我不同意，要淪落到成街友，只怕不容易。詠笑道：並不難，運氣背的話，眾叛親離，叫天不應的衰事，我也可能睡在天橋底。亮忽然笑道：我想起來了，我那個姑媽經常做慈善，有次回來發脾氣，說那家人根本不窮啊，客廳還有電視呢，覺得上了當。詠笑道：是這樣的，非要睡到水溝邊，天寒地凍，才要送寒衣吧，半天吊的要死不活的，等著好了，要完全墮落才有被救濟的資格。亮詫異道：很少看到你這般憤慨……詠擺擺手：有些事情，等我改天再告訴你。亮笑道：你的那個「上官雍的白兔記」長滿野草了，寫上去更新吧，也只有我看得懂。詠白了他一眼：你的徒然草真個綠草如茵，上班就是花時間去上網更新，加班也是幌子……亮認真的說：你自認白兔不大好吧？改為「品男集」如何？詠笑道：兔子戴帽子，其實是個冤字，我說到底便是個冤氣沖天的人。亮反問：冤從何來？詠靜了一陣子，才說：你聽過那種灑狗血的歌曲吧？媽媽，我的媽媽，嘶吼喊叫的，這正是我的心聲。亮彷彿也聽過此話無數遍，平靜的回說：那你要怎樣？真的見到生母，立即上演悲情催淚戲碼？詠苦笑：我會的，類似臺詞我背了許多，希望那時一籮筐倒出來……

完顏亮心底寬慰——人確實賤到最後也要暗地比較，看到像詠一樣的身世糾結，便覺得自己某方面還是幸福的。詠間歇的販賣倫理劇的預告，而亮持續吐露一己徒然不成的小情小愛，大概保持如此的微妙平衡，到終結時分依然是好友。性情相近的，如果不是互別苗頭，便自此珍而重之的維繫著情誼——只是那些俏皮話沉澱到紅日沉沒之時，依舊需要經過考驗。也許詠真的臥病在床，到時亮會奉獻多少？像是被迫在中途下車的乘客，留在荒山野嶺，其餘人等恐怕難以捨棄車票跟著下來。也只有在交會處相對——打個照面，以為瞬間便是地老天荒。聯誼會辦公室裡一燈熒然，詠近日沒來，亮也無暇申訴……桌子上打出來的特刊初樣，亮找出了幾個錯處，照片說明有待補充的部分，打給了單惠玲，不通，懷念金曲比賽還沒開始，自是頻頻練唱了。室內唯剩老冷氣機發動的聲響，有時顫巍巍響了一陣，有時無聲無息，以為不存在——微冷的空氣有著塵埃的味道，老去的腐朽氣息，隨便一個角落，都等於默默走入了Edward Hooper的畫框中，藍森森的燈管，卷宗文件鐵櫃貼牆而立，彷彿轉身即可遇見當年病逝仙遊的理事幽魂，他們死去，不忘回來巡視這一切。都說連老譚也不敢一人在這裡獨留到夜晚……旁側雜物房裡偶爾會有碰撞之聲，像是手杖底部敲觸地面的微響，恍如裡面有人在蹣跚行走的樣子，更甚的是還有一聲喉頭的咳嗽。亮疑心是有，只不過自己聽不見——電腦裡播出的歌聲可能掩蓋了。臨走前，到會議廳關燈，一排五彩毛玻璃的窗戶，頂端吊掛一張張元老的照片，許多對眼睛涎澄澄的睜開，一個錯覺，似乎他們都向亮眨眼；正中依然保留著古式走馬宮燈，只要到了春節，便要大放光明。亮踱到另一邊屏風處，對過的長鏡子，昏昧的光線裡只覺得鏡影裡只剩下黯淡，他探過手去，那鏡中人也以手相觸，但鏡面如同隔著雨簾，朦朧幽深，穿不過去——亮如果待在這裡再久一些，想必沉在底下，浮不出來。他做多一陣，理應要辭職。一盞盞燈熄滅，拉上閘門，夜裡的門外留一小燈管照明。

電梯轟一聲打開，亮走進去。四方形的盒子空間裡隱隱有著霉味，像是有人在外面撐傘，收了傘，也把風雨的氣味帶進來。可倒是多年不散去的雨氣，隨時在裡面的壁上長出青苔。亮心裡總覺得每天出入，便等於是在陽間冥府之間往返，出了來好比重見天日——有點慶幸還活著，自己仍然有血有肉的。來到大廈門口，路面喧囂，夜色裡車燈流竄，已經回到了人間。有人叫他的名字，亮循聲望去，街燈下站著分明就是歐陽嵩，嘴角含笑：真的不好意思，人在戲院裡，手機關了，讓你打了好幾通……亮心裡歡喜，來了個熟悉的人，到底是好的，口裡只說：其實也不過是傳達會所理事的話，明天再談也行的。歐陽嵩笑道：要是不趕著回去，找個地方坐坐吧。亮也沒說什麼，似乎也就是答應的意思了。歐陽坐的是摩托車，給了亮一個頭盔，讓之坐在後面——「完顏亮的徒然草」一則雙人坐摩托車風馳電掣的圖：**那一瞬間，想起了好幾年前的事，在一個商場被扒了錢包，當時有保安人員願意載我去報案，多久遠沒有靠過一個厚實溫熱的背部了，隨著這點暖意，任之轉彎飛馳，那個一時刻，軟弱得鼻子發酸**……上官雍寫道：**多好，不管死活無可救藥的浪漫，鏡裡花銷魂，水中月溫柔；田納西．威廉斯筆下**

的人物大概是這樣了，那句著名臺詞就免了……亮不曉得以後如何，單是歐陽堅實的背肌便讓自己耽溺片刻，心裡若有花，也是剎那曇花，月光點滴浸潤，隨即揉碎在水影裡，他大概只在這癡醉的幻光裡活過了。

六、浮花

詠坐在天香國色牡丹米通瓷墩，看著書，是舊版的《法界源流圖》，袖珍型的佛像畫冊，掀開來，摺疊蝴蝶頁，拉起，是一頁頁的不同位階的菩薩，飾以纓絡花鬘；詠手上翻開的是觀世音尊像卷，看的是孤絕海岸觀世音，一身珠翠金玉，朱帶披掛……龍池走過來，笑道：是男相。詠也不看他，盡自仔細研究，然後側頭一笑：很有意思，八字髫鬚，卻渾身無一處不艷麗。觀音手拈楊枝，俯視著腳邊蒲團上的牡丹和山茶，恍如人世的繁華，而另一側是尋聲救苦觀世音，祂足踏蓮瓣，一臉慈容，想必聽見世間苦難之聲。龍池站著，一手壓住桌子，意態輕鬆：這畫的絹本真跡，最近在蘇富比拍賣，真個是天價了……詠淡淡的說：我不懂這些，那是收藏家的遊戲，凡夫俗子看看畫冊便好了。詠的手再翻，一個摺頁，是四十八臂觀世音，上半身手臂撐開，各執法寶，如同華麗的孔雀開屏，下半身著翠綠裳裙，踩著青蓮花；詠心裡覺得美不可言，而這冊書雖是斑痕黃褐，印刷年分只怕有點久，這龍池看來是要賣個可觀價錢，好在自己並不在意——他經常過來看書，也止於看居多，買的多是廉宜的詩詞選，還是木刻複印的菜根譚，稍覺別緻，不貴，也就買下。龍池笑道：這畫也出了新的版本，小得多，有些還分拆幾個部分來印刷，外面一般書店都還有，也有昂貴的盒裝，附證書。現在這本算是少見的孤本……詠搖頭笑道：你們都說什麼孤本祕本，世上哪有這許多的孤本，真是的。龍池說：沒關係，你喜歡的話，可以拿回去先看看，其他再說好了。詠淡淡一笑：不了，哪有這樣的道理，我不拿回來，你豈不是損失慘重？龍池笑道：沒事的，難得有人喜歡，其他來看的多半是善男信女，很少純欣賞的……詠笑道：我其實也不懂什麼藝術，靠直覺而已……龍池揚眉：直覺也不簡單了，要有點天分。詠想要避而不談，轉移話題：你應該收藏很多珍品吧，像沉船打撈回來的古瓷瓶之類的……龍池欸了一聲：哪有這些，一些小碗小碟罷了。然後遲疑了一下，笑道：只是近來收了一個準提菩薩，純白色，三目十八臂，形態柔美，你可以來我住處看看……詠心裡微笑，淡淡的說：可以啊，要看我的時間呢。

龍池彷彿覺得有個洞口打開，流光溢彩，詠的那面隱祕仙府自此可以進去了——然後詠說要吃飯了，龍池忙翻轉了門首的牌子，表示東主休息。隔兩條街有一家港式餐廳，門口貼的餐點五花八門，看得眼花，龍池其實也不餓，見有絲襪奶茶，便點了鴛鴦，詠也不看餐牌，要了一客芝士焗豬排飯……龍池覺得有點熟悉，忽然記得亮說到底是詠的朋友——詠笑道：這飯要等稍微久一點的，可也值得了，芝士鋪在上面，一陣濃香，人間美味。龍池道：像你年輕，還可以這樣吃，而且還吃這樣的焗飯……詠靜默了片刻，然後說：也許你不認同我的看法，一個男人年歲稍長，腹部略帶脂肪，甚至有點鬆弛，是很正常的事，甚至也有人覺得是一種魅力，臉部線條柔和，整個人溫煦可親，我覺得如此的人才可接近……龍池笑著，但神態卻分明有異樣了，變色變貌起來。詠看了他一眼，笑說：也有人喜歡更肥壯渾圓的，肚腹隆起，走起路來，雖是緩慢，卻別有味道，一般人眼中的肌肉線條分明，當然是健美，不過是公式化，沒有了人味。龍池說：百貨適百客，喜愛這回事，很難說的……詠點頭：這就對了，喜歡不喜歡，其實沒什麼道理可言。像我加入電影會，大抵也是為了一些偏鋒片子，那位朋友，你也認識的，他愛看《去年在馬倫巴》、《甜美生活》之類的，我則常看小津安二郎，那些家裡嫁女兒的老頭，總是有說不出的滄桑寂寥，清清淺淺的哀愁。龍池笑問：你覺得我該是看怎樣的電影呢？詠笑道：想必是《第凡內的早餐》了。龍池哦了一聲，也就不再說話了。那芝士焗豬排飯上桌了，上層奶白色芝士撥開來，熱氣夾帶濃郁香氣，入口鹹香，詠挖了一口吃，滿足的唔唔連聲，而一陣陣的焗飯氣味瀰漫起來，坐在一旁的龍池，彷彿覺得那香味一如不速之客，阻擋在他與詠之間，食物的濃味等於第三者，終究讓龍池坐不安穩。詠也不說話了，一調羹一調羹的吃下去了——龍池的一杯鴛鴦，叫來了也沒擱糖，他慢慢飲，茶味咖啡味慢慢稀薄，已經不大濃厚了，但棄之可惜，只好一口口順勢下喉。

龍池回來書店之後，沒多久席桂枝則打電話過來——她也許有事要辦，時間沒到，順便來店裡坐一下。多年前在嘉芙蓮花園下午茶會認識，桂枝穿一件咖啡褐外套，彷彿是風衣什麼，一頭鬈髮鬆鬆披下來，一雙眼睛還沒有睡醒……近乎貓兒的眼睛，那時艾倫在他耳邊低笑：她有一種神情，難以形容，像什麼呢？……龍池回想，那是病懨懨的厭世表情，簡直世界虧欠了她，當天還拍了照片，桂枝的心不在焉，反而讓人矚目。只是聽嘉芙蓮叫她麗姿，偶爾夾著一句梅朵，桂枝便橫了眼波去斜睨，嘉芙蓮一笑，龍池霎時弄不清楚，過後才知曉梅朵就是多年前有點名氣的歌后——嘉芙蓮馮黛芬自顧自的美艷了許多年，而梅朵席桂枝就是在旁刻意低調，然而那眉眼神情，一個回眸，眼瞳裡有著火蕊閃動，流動無數錯綜複雜的感覺。有著經歷的女人，總是讓人接近，縱使龍池並不會愛上她。他悄悄找出了一兩張蒙塵的唱片，三十二轉的黑膠，封套上的花式文字設計，梅朵之歌，一個留著花拉髮型的女人，冷冷的雙手交疊，凝眸望向前方，似對周遭世界有些憎惡，更多的是厭倦。那歌聲低沉，不像一個少女，而是在風霜血雨裡穿過來的一般。龍池忽然整個人恍如遍體靜電流竄，雞皮疙瘩起來——如今眼前的桂枝女士還保有舊貌，卻有點判若兩人的樣子了，她俗氣了許多，歲月教會了她，歷練打磨了她；席桂枝老早沒有那種睥睨塵世的不屑，沒有了挑戰世界的眼神。

桂枝坐下，龍池忙奉上茉莉香片，她笑道：喲，客氣起來了。龍池笑答：來者是客，長久以來怠慢了。桂枝且不去喝，唯見黑貓躺在一角的百摺蓮花地毯，慢條斯理的在舔足爪，然後擦拭著頭臉，見桂枝，停了一下，疑心有些什麼事情，須臾則慵懶的倒臥，半抬眼，似睡非睡的——桂枝問道：你這貓兒，叫什麼名字了？我以前老看到牠在你身邊轉……龍池笑道：黑面妲己，那時看古書裡提及貓兒，總有後唐的瓊花公主養的黑貓，尾巴雪白，喚作昆侖妲己，很妖異美艷的樣子，這隻完全黑色，索性是黑面妲己了。桂枝笑歎：不愧是做這行的，一隻貓兒也大有來頭。龍池說：你或許可以養一兩隻……桂枝搖頭道：我從來不愛什麼貓狗的，人家說老人養個寵物，過個小日子，不會寂寞，我其實連小孩也不喜歡的……龍池笑道：人說養兒防老……桂枝說：這時代已經沒有這樣的事了，現在的小孩都抱怨自己的父母不是富豪，無法幫助他們發展事業……。龍池點頭說：有些呢說要事業拚搏，沒有賺到第一桶金，當然也不會讓老人過好一點。桂枝冷笑：等到飛黃騰達，老人家的骨頭想必要打鼓了，那時又要埋怨父母不成全他們做個賢孝子女！龍池笑道：所以哦，到頭來還是覺得貓兒好。桂枝玉指往黑面妲己點去，笑說：到底還是你最好，比不肖子孫強多了。黑貓別過臉來，淡淡的瞥了一眼。桂枝道：想是貓兒冷淡一點的好，狗的殷勤，我可受不了……

桂枝記得當年嘉芙蓮養有兩頭胖大波斯貓，毛茸茸的渾圓身軀總是不願離開沙發，臥在其中，冷著美麗的貓臉，接受女主人一下下的撫摸——也不知怎的，桂枝老是想起嘉芙蓮的一對姊妹花，偶爾出來，也是一張沒有表情的俏麗臉孔，一人抱一隻貓，彷彿人與貓相似，都是一般的空有懾人美目，乍看近乎沒有靈魂。兩人淡淡的打招呼，叫桂枝為麗姿阿姨。

嘉芙蓮過世，桂枝也沒見過她們多少次，上次玉玫拜託她，也止於電話上的聯絡，重遇她，是上星期的事情了——桂枝那時逛燈具店鋪，選了一盞客廳座燈，底下花樽型，瓶身白底冰紋山茶花圖案，燈罩是古式宮殿飛簷，桂枝正考慮要鵝黃色，還是淺藕色，心想還是黃色吧，黃色招財……玻璃窗外，看到了厲玉玫，她坐在輪椅上，一個高大男士推著。玉玫也瞥到了，微笑招手，桂枝匆匆跟店員交代了幾句，便走了出去。厲玉玫說是朋友陪自己來看牙醫，桂枝見那男的雖是一身便服，卻氣質俊雅，看似熟悉，卻說不出是誰。兩人約好在一家越南餐廳，桂枝回店裡先辦妥送貨事宜，再見面。店員最後試燈，一座古老閣樓飛簷緩緩亮起來，金黃色光華溫暖，桂枝很心安了，轉身往頂樓餐廳走去——厲玉玫端坐在靠窗位置，見桂枝來了，笑著叫起了麗姿阿姨，那男的倒是不在；桂枝恍惚迷離了，依稀還在嘉芙蓮的宅院裡。玉玫說了腳患事情，有的省略，有的詳盡，還說了看了個神醫，在郊區一家果園裡，小戶的住家木屋外，鐵絲籬笆內放著好幾把簡陋塑膠椅子，大清早就有十人以上等候，這地方也不記資料，木屋窗口總有婦人探看……玉玫笑道：阿姨，這還是那神醫的三姨太呢。桂枝微笑：這些稍有點辦法的男人，身邊怎麼會沒有三兩個女人在跟著？玉玫緩緩敘述，說那是個身材精悍的中年漢子，皮膚黝黑，頗有鄉村猛男的氣勢，他的絕活是疏通經絡，攤開雙掌，一旁有個婦人在倒藥酒，濺溼掌心，便往病患頸項抹去，推、揉、捏，有時還間歇做出點穴動作；就這樣露天裡眾目睽睽，一個個坐著，讓神醫施功；輪到玉玫，已是中午時分，日頭熾熱，她只覺得一隻男人的手在其頸子遊走，一如蛇行，一時搓揉，一時撫按，感覺異常，睜開眼，瞟向那男人，他卻是一臉的若無其事。玉玫笑道：說是讓氣血流暢，天下事無奇不有，我不親眼目睹也不知道有這等事。這果園等候的也有些中風病人，一個有外傭陪伴在側的老婦，坐在輪椅，頭歪一邊，和玉玫對看——而她也坐在輪椅上，兩相對望。玉玫停了一下，然後徐徐的說：她像一個人，眼睛，那眼神其實便是媽咪……桂枝澀澀一笑。玉玫歎氣：我想是眼花吧。那一段關於嘉芙蓮的部分，彷彿無端在兩人之間多了陰沉沉的魅影——玉玫低低的說：她去的時候，一定恨我吧，醫生問我，我那時就答應拔管……桂枝道：這倒不會，即使救活了，她也辛苦的。

玉玫漫不經心的一句：近來呢我都看到她……桂枝嚇了一下，問：在哪裡？玉玫悽惶一笑：只要精神稍微委頓，身體軟弱一點，她便無處不在，彷彿生前一樣。桂枝想了想：我有個師傅，有點本事，你可以去找他……玉玫說：我想沒有用，恐怕是多世的關係，今生解決不了……阿姨，我的過去，你是懂的。桂枝點頭：過去的事記著無益，都忘記吧，新的開始，新的人生都會再來……玉玫笑道：我何嘗不是這般想？就盼望以後一切，全是好的。兩代的女人對坐，縱使隔了遍布舊事的荒原，可都打算隨時拋棄，邊走邊忘——玉玫問：阿姨可認識黑川太太？她託人來說要找你教唱，一個婦女會主席出了高價呢。桂枝笑道：我並不認識，近年來我早就不收這些歌唱班，省心。玉玫饒有興味的說：我怎麼不知道你有朦朧歌后之稱？桂枝嘖一聲：咸豐年的事兒，別提了。

桂枝忽然問道：那天打電話來的，不是你哦？玉玫嘴角含笑：那真的不是我……玉薇現在用我的名字，做著她想做的事。桂枝笑道：你們姊妹倆，如今恐怕是等同重生了。玉玫眼神幽深起來，淡淡笑道：阿姨，很多事情都可以簡單化，只是總不會這樣如意，雙生姊妹看似一人，其實是兩人，而且是極端化的兩人，我們都希望是唯一，不喜歡有分身。也許有那麼一天，我倆徹底分開，便永遠安樂了。桂枝有點好奇：玉薇那天帶來的碗碟都不是真品？玉玫道：那人是這樣說，我也不知道可靠不可靠，玉薇可能再找其他人來鑑定。桂枝心想這當中的人事牽扯，也不宜說太多，嘉芙蓮留下精品給艾倫，那一年艾倫也走了，龍池大概接收了他的遺物——當中有多少好東西？難以估計。人生的諷刺莫過於如此，龍池坐鎮舊書店，生意好壞幾乎不在心上了，桂枝可以想像入夜時分，黑貓蹲坐，龍池一一的將彩瓷瓶罐取出來，慢慢鑑賞；她記得厲宅的那個藍釉描金孔雀紅白牡丹雙耳瓶，經常插著新鮮百合花，後來也就看不到了，如今理應是到了龍池的庫房裡。也難怪他，紅塵裡看破的很少，即使是死物，也屬於有點價值的死物……桂枝在龍池舊書店裡，覓到一本骨董彩瓷大全，她一一翻開，那金蓮魚草童戲圖的葫蘆瓢形盤子，不就是厲家飯桌上的常用之物？而那單嘴廣彩蝶戀花茶壺，亦是擱在花園漆几上的，桂枝看慣了，眼下倒是成為收藏的對象，往事如煙，都是身外物——她也曾受嘉芙蓮遺囑獲贈一只淺絳雙蝴蝶彩瓷盎，如今隨意放在櫥櫃裡，沒有拿來估價，也許就是個仿古彩瓷的贋品。

桂枝終於飲下那杯茶——龍池悠然的坐在圓墩上，慢慢的用抹布和清潔劑拭擦那陳舊唱片。她忽然此刻明白了龍池，剎那間沒有比自己更清楚，龍池以後當然不會容易的愛別人……即使是霎時浪漫，也是煙火噴發，之後便冷下去了。他大概守著舊書塵埃氣味一輩子，還有庫房裡的艷麗彩瓷，在深夜燈光下，慢慢細看，那雋永的圖案，斑斕的色澤，龍池想必眷戀沉醉很久了。彷彿孤獨老去在所不惜。她以為自己也同樣的拋卻老舊包袱，過一己的日子。

人世孽債。桂枝嘴角浮起淺笑，她那日巧遇月蘋——這舊日歌場姊妹一頭銀絲髮，也沒去染，境況很不好，路上遇見，講話夾纏不清，說如今照顧年邁家翁家姑兩老，二人病懨懨並排躺在鐵床，失禁嚴重，一天用紙尿片接近一大包。月蘋笑道：我心口有個瘤，腫起來很久了，醫生說要驗，良性惡性近幾天揭盅。桂枝敷衍著，只想方設法脫身。月蘋忽地低聲道：當年我替你送出去的男孩，據說進了精神病院了……桂枝笑道：什麼事？誰？月蘋也不管，幽幽的說：收養的人家傳出來呢，我想厲家的種都有癲狂遺傳，那對雙生花只怕也是瘋子……桂枝有點顫抖，但強硬無比的回答：告訴我幹什麼呢，何必告訴我？他有他的人生，我能怎麼樣！月蘋一笑：梅朵姊，別那樣說，那樣實在涼薄！你暗中和厲先生的羅曼史，當初也是旖旎纏綿的，嘉芙蓮不也睜隻眼閉隻眼，還不是寬宏大量？那確實是你的兒子，到底是瘋癲成病，抑或健健康康，為人母者也要弄清楚啊。桂枝冷笑道：月蘋，你還是好好照顧翁姑，人生晚景安分一點，萬事才順遂呢。她一轉身，筆直走去，決絕得不回顧，任由背後的月蘋叫喊喧囂。路途的風從未如此寒冷，桂枝渾身發抖，連手指也簌簌抖動不已，掏出香菸，點燃，猛吸好幾口，煙氣入內，彷彿注入了無限的熱光，抵禦了如地震雪浪的襲擊。茫茫天地，桂枝不知何去何從。回去之後，病了好幾日，近乎打敗仗——

桂枝如今飲盡了杯中茶，跟龍池說笑一會兒，逗弄了黑面妲己。這小動物也識趣，慢慢把嬌軀湊近過來，在她腳底依附。偶爾抬頭，渾圓的貓眼彷彿要讀透桂枝許多故事——那眼睛也像是故人的眼睛，滄桑而世故，她看了半天，忽然心開始篤定了。

特地避開午餐時間，來到師傅處，人倒少了一半，這裡原本是影碟租借中心，撥個小房間做個問事的地方，店主應是虔誠的信徒，桂枝坐在小椅子片刻，簾子掀起，師傅笑喊桂枝的名字，她堆起笑，弓身合掌參禮，忙不迭的走進室內。師傅倒也不老，額頭一綹劉海染成淺金色，一副無框眼鏡，很時髦，他笑盈盈的：你的心最近亂得很哦。桂枝歎道：我是有事情，放不下……師傅點頭：亂夢來擾，夜不成寐，食不安樂，要多念佛號，多念心經。桂枝低聲道：師傅，我想問一個人。師傅唔一聲，說：你先看著這紙上一會兒，心裡想著那個要問的人……桂枝照做。師傅須臾拿來那白紙，瞄了一下，沉聲說：這人很好，生活得不錯，你還要問什麼？桂枝顫聲：他如今在哪裡，是住在高牆圍住的所在？師傅一笑：他不會被關住的，他其實跟一般人一樣，日出而作，日落而息。桂枝幾乎要落淚了：他，究竟是在何處？師傅靜默一陣子，然後說：我看到了，他走過你曾經走過的街巷，你去過的地方，他也去過，甚至你見過的人，他也見過了。你們認識同樣的人。桂枝含淚笑道：他和我能夠見面麼？師傅打了個手印：你們到底還有未了之緣，以後仍然有見面的機會。桂枝合掌，念佛號不斷。

臨走前師傅給了桂枝一包鮮花——回到家，將之擺到浴缸裡，一缸水池漂浮著七色花瓣，浴室燈光略微昏暗，但也看得清楚，金菊花、紅玫瑰、紫雛菊、黃胡姬、白玉簪、粉紅茉莉、絳薔薇，在水上載浮載沉。師傅說洗了這七色花沐，也便沖去身上的晦氣，招來財氣。可水龍頭嘩嘩流出水來，一片水音，桂枝脫了衣裳，赤裸裸，歲月過去了，留下這身皮囊，她撥動水面，水聲愈加嘈嘈切切；她低低唱道：朦朧的燈光，人影兒雙雙，在這陶醉的晚上，愛情吐露著芬芳……往事紛至沓來，嘉芙蓮那時有一個貝殼扇形的浴盆，她喜歡在浴盆裡撒花瓣，桂枝笑她模仿好萊塢女明星的派頭。嘉芙蓮回首，橫了她一眼。桂枝淒然微笑，在鏡子前凝視，脂粉褪盡，斑斑點點，鬆弛耷拉，時間的痕跡明顯，她活著太久了，曾經生了孩子，也等於沒有，曾經有過溫柔，如今也蕩然無存。水聲流動，也是時間流逝的聲音，水上花色浮動，花瓣那點艷麗，也許轉瞬間黯淡凋零。桂枝腳跨進去，水溢出了，此刻讓時間的水，青春的花朵，洗滌一切，沉浸所有，前債，冤孽，洗褪，淡去，桂枝自此又是一個乾乾淨淨的人，靈魂在夢裡也甜笑，純淨得生出雙翅，翩翩飛到了雲天裡去。

國家圖書館出版品預行編目資料

浮艷誌 / 李天葆作. -- 初版. -- 臺北市 : 麥田出版 : 家庭傳媒城邦分公司發行, 2014.11
面；　公分. -- (麥田文學 ; 279)

ISBN 978-986-344-174-8(平裝)

857.63　　103021649

麥田文學 279

浮艷誌

作　　者　李天葆
責任編輯　賴雯琪
校　　對　吳淑芳

國際版權　吳玲緯
行　　銷　陳麗雯　蘇莞婷
業　　務　李再星　陳玫潾　陳美燕　杻幸君
副總編輯　林秀梅
副總經理　陳瀅如
編輯總監　劉麗真
總 經 理　陳逸瑛
發 行 人　涂玉雲

出　　版　麥田出版
104台北市中山區民生東路二段141號5樓
電話：（886）2-2500-7696 傳真：（886）2-2500-1966、2500-1967
發　　行　英屬蓋曼群島商家庭傳媒股份有限公司城邦分公司
104臺北市中山區民生東路二段141號2樓
客服服務專線：(886)2-2500-7718、2500-7719
24小時傳真服務：(886)2-2500-1990、2500-1991
服務時間：週一至週五09:30-12:00・13:30-17:00
郵撥帳號：19863813　戶名：書虫股份有限公司
讀者服務信箱E-mail：service@readingclub.com.tw
麥田網址／http://ryefield.com.tw

香港發行所　城邦（香港）出版集團有限公司
香港灣仔駱克道193號東超商業中心1樓
電話：(852) 2508-6231　　傳真：(852) 2578-9337
E-mail：hkcite@biznetvigator.com

馬新發行所　城邦（馬新）出版集團【Cite(M)Sdn. Bhd.(45832U)】
11, Jalan 30D/146, Desa Tasik,
Sungai Besi, 57000 Kuala Lumpur, Malaysia.
電話：(603) 9056-3833　傳真：(603) 9056-2833

封面設計　陳文德
排　　版　宸遠彩藝有限公司
印　　刷　前進彩藝有限公司

初版一刷　2014年11月

售價：NT$320

ISBN：978-986-344-174-8

城邦讀書花園
www.cite.com.tw